逃亡者

蒙细 著

重庆出版集团 重庆出版社

图书在版编目(CIP)数据

逃亡者/蒙细著.—重庆:重庆出版社,
2011.8
ISBN 978-7-229-04140-3

Ⅰ.①逃… Ⅱ.①蒙… Ⅲ.①长篇小说-中国-当代
Ⅳ.①I247.5

中国版本图书馆 CIP 数据核字(2011)第 111184 号

逃亡者
TAO WANG ZHE
蒙细　著

出 版 人:罗小卫
责任编辑:罗玉平
责任校对:杨　婧

重庆出版集团
重庆出版社 出版

重庆长江二路 205 号　邮政编码:400016　http://www.cqph.com
重庆华林天美印务有限公司印刷
重庆出版集团图书发行有限公司发行
E-MAIL:fxchu@cqph.com　邮购电话:023-68809452
全国新华书店经销

开本:787mm×1092mm　1/16　印张:17　字数:210 千
2011 年 8 月第 1 版　2011 年 8 月第 1 版第 1 次印刷
ISBN 978-7-229-04140-3
定价:28.00 元

如有印装质量问题,请向本集团图书发行有限公司调换:023-68706683

目 录
CONTENTS

第一季　曼谷逃亡

只能活一个！这场惊心动魄的死亡之旅！！！

第二季　终极揭秘

迷雾重重！真相永远只有一个！！！

第一季　曼谷逃亡

SEASON ONE

FUGITIVE

只能活一个!

这场惊心动魄的死亡之旅！！！

第一章 意外的曼谷

估计我没有什么机会来叙述我离奇的经历，这是一个真实的故事。而我现在唯一能做的就是朦胧于一丝蓝色光亮中，可怕的是它加剧了恐惧的侵蚀力，紧紧萦绕着我昏沉的视觉神经，就像致命病毒一样制约着人本能地扭动，任由冰冷的水摧残着我的意志。每下沉一步，压力都裹蚀着躯体，我没有了呼吸，窒息严重混乱了我的思考能力，我承认已放弃挣扎，因为30秒钟后我将会死去……

22秒的时候我见证了上帝的存在，因为当他有力的双手把我托出水面时，我才得以贪婪地大口呼吸。我没有迷糊，他是我的救命稻草，是把我从死亡线上拉回来的上帝！这种印象让你不由自主地去深刻记忆，上帝的笑容如此憨实，我记住了他。

"别怕，救护车和警察就快来了。"憨实面孔轻语安慰道。

"谢谢，咳咳咳……"呛到肺里的水引起了剧烈咳嗽。

"别急别急，慢慢来。"憨实人轻拍着我的背部，待我稍缓过劲后继续说道，"你叫什么名字？是中国人吧？我叫潘石，大家都叫我土地。"

"我叫木北，木头的木，北方的北，当然是中国人，难道我像外国人？"木北不解来人问语。

"呵呵，一看就是同胞，才偷渡来曼谷的吧？"土地笑道。

"曼谷！"这二字似重磅炸弹般震动了木北的神经，他瞪大眼睛问道，“这里怎么会是曼谷？这里不是成都吗？”

“成都？呵呵，原来你是成都人啊，我是河南周口的。没错，这里是泰国首都曼谷，怎么了？”土地非常疑惑地看着这个被他救起的人。

木北惊愕得没有作答，此刻有一种发散式的想象在他瞳孔里蔓延。

天使之城，一座由毗湿奴神创造的都市，以湄南河为中心发展起来，常年鲜花盛开，姹紫嫣红，这里有天宫般巍峨的皇宫以及百座大小佛寺云集。高楼林立的现代建筑和川流不息的车河人海在钢筋水泥城市森林中张扬着她的极致繁华，不同肤色的人群、不同语言的发音、奇装异服的街头时尚，身材火辣的泰国女郎窃窃私语，夹杂着小贩的吆喝声以及摩托发动时的轰鸣声共同奏响了一座城市的热舞曲……

“怎么回事儿？”木北使劲眨了眨眼，收回刚才脑海里勾勒的曼谷场景问道。

“我当然不知道，正想问你呢。”土地略显不安答道。

“我好像被绑架了！”木北抛出了一枚重磅炸弹。

[48小时前]

成都春熙路依旧如往昔般繁华，它似一架消费催化器，让整条街充斥着琳琅满目的商品和眼花缭乱的广告。来来回回楚腰卫鬓 、粉光若腻的各色美女是这条街常驻的动人美景，她们的质与量决定了异性目光的流连度，却没有吸引住脚步匆匆的木北，他边加快脚步边思考着非线性周期系统中能隙孤子和布洛赫波的对应关系。那天是一个极其普通的日子，但当他转进一个人迹较少的狭窄街口时他的人生之旅却变得不普通了，就像蝴蝶效应般离奇！一名尾随而至的蒙面人悄无声息地从身后击昏木北后，非常利索地把他拖进一辆早已停靠在旁的切诺基车里。

[24小时前]

木北除了知道自己被五花大绑，眼睛蒙蔽，听到机器轰鸣外，其他什么都不清楚。

[12小时前]

木北依稀听见一些完全不懂的语言，有点像是壮侗族语系，他以为是在云南。

[4小时前]

木北感觉自己好像被挟持到一家KTV的包间里。在解开眼罩和绳索之前被人注射了未知的药剂，药效释放很快，不多时木北便开始产生出躁动般的兴奋和畏光性的幻觉。依据模糊的记忆，他记得包间里好像进来了很多近似于赤裸着装的美女，随后烦躁的音乐声、飘荡的嬉笑声，以及扭动的赤裸胴体构成了一幅极度混乱的沸腾画面，那时的木北虽想努力思考却怎么也集中不了精神。

[2小时前]

恍惚间包间门突然被踢开，三名持枪的黑衣大汉闯了进来，包房里的女人们很惊慌，此起彼伏的尖叫声、慌乱的逃跑身影，以及黑衣大汉的粗暴驱赶瞬间交织在一起。木北在被击昏前，依稀听见击打他的黑衣大汉用听不懂的语言凶恶地咒骂着他。

[1小时前]

醒来时，木北第一眼看见的是泛光点点的水面，五花大绑着的身体被丢弃在肮脏的码头岸边，脚踝处还绑着一块硕大的石头。两名黑衣大汉轮番踢打着他的身体，疼痛使得木北非常痛苦地呻吟着。等施暴者打累了之后他才被别人架了起来，面对一个冲自己歇斯底里怒骂的凶横家伙，木北只是不断地重复“请说汉语”的无助话语，但大汉根本视若无睹，干净利索地一脚把他踢进河里，于是就出现了开头的一幕。

“我能想起的就这么多了。”木北把能回忆起的全部情节都告诉了土地。

“我的娘耶，太玄了吧！被人从成都绑架到曼谷来丢弃到河里，这是拍电影吧？”土地大为震惊。

“你是怎么救的我？”木北还有点惊魂未定。

“是这样的。我就住在附近，出来倒垃圾刚好就瞧见了你所说的那一幕，本以为是黑社会纠纷，不想插手管闲事。呵呵，别笑我胆小，但是听见你不断重复‘请说汉语’这句话，我就寻思着你应该是中国人，而且看你样子也不像坏人。既然是同胞，危难时刻肯定要帮一把，所以我就赶紧拨打电话报警，等他们逃走后跳下来救了你，大概过程就是这样。”土地讲述了事情的经过。

“非常感谢你，土地。”木北十分诚恳地道谢。

“都是中国人，就别那么客气，看，救护车来了！”土地指向远处说道。顺着他手指的方向，木北放眼望去，看到闪烁的救护车灯和警灯，不禁如释重负般长叹一口气。

救护人员简单地检查一番之后就把木北固定在担架上，盖上氧气罩，送入到车里，救护车拉着警笛呼啸而去。随行的土地和一名警察不停地用泰语交流着，应该是在交代事情的经过，木北当然听不懂，只能陷入自己的思考之中……

第二章　意外中的意外

路很平，即使躺在担架上也感觉不到什么颠簸，土地和警察在一旁轻声细语地录取口供。突然惊起的一串手机铃声打破了车厢里的宁静，警察中止了与土地的交谈开始接听起电话，整个通话过程他没有说过一句话，只是不断地点头并极力打量着木北。通话结束后，警察突然毫无征兆地拔出腰间的配枪“啪啪啪”射杀了随行的医生和护士！喷洒而出的猩红鲜血顿时溅在狭小的车厢空间里。

警察这一突如其来的疯狂举动没给任何人留有思考时间，黑洞枪口便骤然直指土地！

突发情况下的反应都出于本能，由于距离太近，土地猛地一抬手把警察的手腕挡在头顶之上，电光石火间枪膛呼啸而出的子弹洞穿了救护车的车顶。逃过一劫的土地迅速用强健的左手拿起身边的小氧气瓶“咣当”一声砸向对方的脑袋，巨大的撞击力让其头颅后仰砸穿了车窗玻璃，警察顿时昏死过去。

前面开车的救护车司机早已吓得魂飞魄散，拉开车门就准备逃命，可惜没跑出两步就被前面驾驶警车的另一名警察给快速击杀，可怜的人儿还未弄清怎么回事就冤死在枪口之下。警察的动作异常迅速，提枪径直来找车厢里的木北和土地。就在此时，突听“啪啪”枪声再次响起，仰面倒下的却是警察！原来开枪者是土地，他拿起昏死警察的枪捍卫了自己生存的权利！

“天！我杀人了！”

一切发生得太过突然，让人始料不及！土地哆嗦着扔掉手枪本能地蜷缩起身体，血腥恐怖的场景令他脸色极度苍白，呼吸急促。还好他并没有完全丧失理智，冷静片刻后颤抖着一脚踢开车门，推着担架车就亡命狂奔。和木北仅有一面之缘的土地第二次救了他的命，而且是在木北全身被捆绑毫无还手之力的情况下。

翌日清晨。

曼谷的阳光还没有照亮窗口木北就已清醒过来，柔软的床铺和一夜的休整让他身心得以放松，大脑已不像昨日般昏沉。起床后倚窗呼吸着新鲜空气，木北若有所思地眺望着窗外的风景。车水马龙是一座城市繁忙的标志，孩子跑跳嬉闹、妇女劳作家务、上班族脚步匆匆，以及寺庙悠远的钟声夹杂着被风吹动的棕榈叶、椰子叶的沙沙声共同勾勒出一幅安详平和的生活画卷。

“怎么样，精神状态好多了吧？”土地面带微笑推门而入。他面色苍白，眼袋凸显，定是受昨晚突发事件的影响而难以成眠。杀人对一个普通人而言毕竟是件很难接受的事情，更是难以抹去的心理创伤。

“好多了，谢谢你的照顾。”木北回头礼貌地答道。

“木北，我这人不太会绕弯，有些话想直说……”土地面带难色、吞吞吐吐地说。

“我明白，请放心，等我得到大使馆的帮助就立即离开。不会再给你添什么麻烦的。”木北很清楚土地的用意，局外人确实不应该被卷入到这种极度危险的事件中来。

“希望你理解，我国内的女儿才六岁，老婆孩子都指望着我。”

“兄弟，我当然懂。对于你的恩情，我已经无以为报了！”木北使劲拍了拍土地宽厚的肩膀，用“兄弟”一词来表达他的情感。

“行！我们下一步该怎么办？”土地转换了话题问道。

“我们现在唯一要做的就是逃命，所以应该求助于大使馆。”木北十分肯定地说。

“问题有些棘手，也只能这样，警察那边是无法再相信了。”

“放心，会过去的，大使馆肯定会帮咱们的。”

“会出意外吗？我一想到远方的老婆和孩子就有些忐忑不安。”土地抬头看了看窗外，伤感地说。

“我保证没有问题！”木北看着这个铮铮的汉子，极力安慰道。

“好吧，那我去打电话联系大使馆。”土地使劲揉揉脸，振作起精神。

“先等等，让我想想。”木北皱眉沉思半晌后继续说道：“土地你要注意，最好不要约在大使馆见面，就在这附近的哪条街见面就行了。”

“为什么？”这个要求让土地有些不解。

“昨天连警察都想谋杀我，由此推测背后的人一定不简单，他们知道我没死肯定能推测出我们会联系大使馆，恐怕会守株待兔。”木北解释道。

“有道理，行！我知道该怎么做了。”土地点头同意，既而转身出门。

空荡荡的房间里只剩下木北一人，他抬头仔细端详着镜子里自己的脸，努力地深呼吸，直到现在他仍不敢相信这离奇事件的真实性，命运的转盘格外无常，曾经安静而简单的生活就被转盘上的指针突如其来地打乱了，木北还无所适从。

“半小时后大使馆齐参赞和我们在宾克劳路见面，他先派了一名助手赶过来护送我们过去。”土地很快办妥了事情。

“好，非常好！这下有希望了。”木北仿佛看见了曙光。

“那行，你收拾好自己的东西，我们在走廊等齐参赞的助手。”

“我只剩下我了，呵呵，没别的东西可以收拾。”

“兄弟你别多心，我想问个问题，你不会是什么国际通缉犯吧？”土地倚着走廊栏杆和木北闲聊，其实这种疑惑不无道理，因为发生在木北身上的事实在是太离奇了。

“土地，这点请相信我！如果你实在不信，我可以提供所在单位的名字和地址，你可以打电话进行核实。”木北辩解道。

“呵呵，这倒不用。我只是觉得太奇怪了，你居然被人从成都绑架到曼谷来谋杀，难不成你得罪泰国什么人物了？”土地猜测道。

“这种可能性可以排除，因为我压根就没来过泰国，而且在泰国也没有什么亲戚朋友，所以结怨报复的可能性基本为零。”木北摇头否认了。

“总有原因吧，要不别人怎么会无缘无顾就置你于死地。”

“这也是我想知道的答案，唉……”

“算了，别想了，我来给你介绍一下曼谷吧。”

土地不想把气氛搞得太严肃，于是绕开话题开始饶有兴致地介绍起曼谷的地理概况和风土人情。闲聊让两人紧张的心理得以松弛，直到助手到来才结束了这愉快的谈话。助手是个身材魁梧、表情异常冷峻的家伙，黑色衬衣外夹挂着的中国大使馆工作证格外显眼。双方一番简单介绍后，木北和土地跟着这名助手朝约定的地点而去。

第三章 扑朔迷离的约会

一路无语，冷峻助手似乎并不擅长闲聊，问了几个必要的问题之后，就始终没再多说半个字，他时刻警惕着周围的情况，身后的木北和土地只能默默跟随着他穿行在曼谷的大街小巷。当三人走到一条幽暗的街道时，疾步如飞的助手突然停下脚步警觉地注视着前方。

有人！前方小巷深处出现一名女人。

怎样的女人？据穿着打扮判断，该女子应该是上班族，见她身体斜靠着墙，一手捂着脚，一手拿着移动电话，她的脚好像是扭伤了。此时三个大男人的突兀出现让这名女子本能地尖叫了一声，瞪大眼很是胆怯地注视着三人的一举一动，眼里透露出恐惧的神态，俨然看见了三名强奸犯！这种阴暗、僻静的场所通常是性犯罪者最中意的环境。

莫名人物的出现、身份的莫辨让双方都紧盯着对方的一举一动，此刻助手倒是不动声色地继续向前赶路，好像并不太在意这名女子。随着距离的拉近，三人已经清楚瞧见女子紧张得瑟瑟发抖，惊恐的表情像是面临着一场巨大灾难。

“别怕，我们只是路过。”双方擦肩而过时，善良的土地实在于心不忍，于是用泰语轻声宽慰道。

“闭嘴！”

没想到土地这一举动却引来助手大声叱呵，见他以迅雷不及掩耳之势拔出一把格洛克手枪死死顶住女子的额头！事发突然，这一举动让在场的人都为之一怔，木北和土地二人彻底被惊懵，而惊慌失措的女子更是吓得差点瘫坐到地上。

"全部都给你，求你别伤害我！"女子赶紧把手提包丢到助手面前并苦苦哀求道。

土地知道木北听不懂泰语，在耳边低语翻译给他听。

"装什么装，一个女孩子明知道这条路的危险性还走这里，恐怕不是用碰巧就能解释清楚的吧。"助手果然老到，一下就发现了漏洞。

"我是要急着赶回家才走的捷径。"女子带着颤音细声答道。

"你去搜身！"助手对她的解释充耳不闻，当即转身对土地命令道。

"啊！"闻听此言，土地黝黑的大脸顿时变得绯红，这个命令让他感到格外惊讶与尴尬，让老实憨厚之人去摸一个陌生女孩子的身体的确有些难为他。

"快去！"助手厉声紧逼道。

事已至此，土地只好吞了吞口水硬着头皮执行命令，颤抖的双手艰难地在女子身上游走，由始至终他都不敢抬头瞟她一眼，其窘迫表情像一个偷吃糖果的孩子一样。经过简单搜索之后，并未发现有什么可疑之物。

"对不起，打扰了。"对于唐突一幕助手只留下一句冰冷的道歉，而后头也不回地继续向前赶路，就像什么事都没有发生一样。木北和土地只好无奈地跟上。

"砰！"

就在此时猝不及防的一声闷响突然从身后传来！刚才还分外清晰的面孔瞬间就爆裂开来，猩红夺目的鲜血和破碎的肌肉组织刹那间四散乱溅，巨大的贯穿力让壮硕躯体轰然倒下，一颗血淋淋的头颅顷刻变成了喷涌不止的血泉。

助手被爆头了！

这是骇人的镜头，从来没见过这种场景的木北和土地顿时被眼前恐怖的一幕吓得魂飞魄散，正当二人发懵之际，一把黑洞洞的小鹰手枪和一张美丽面孔呈现在兄弟俩面前。没错，刚才还是懦弱胆小的女子瞬间就变成了凶相毕露的女杀手！

“分析得很对，可惜忽略掉了细节，当然该死。”女杀手冷冷笑道。

“别，别杀我们。”土地本能地哀求道，他似乎已预知接下来会发生的状况。

“放心吧，不疼的。”女杀手口中简单跳出几个字后枪口随即指向二人额头。

“对了，应该多说一句，你是个老实人，害怕我的身体所以就漏掉了检查大腿内侧，谢谢你的腼腆，Byebye！”女杀手在他们临终前还不忘解释藏枪的细节。

命运轮盘实在无常，前一秒还处在触手可及的希望中，下一秒却要面对突如其来的死亡威胁，喜与悲的滋味在眨眼间根本来不及转换就要承受离别之殇。

“砰！”可怕的枪声再次响起！

爆裂头颅夹杂着猩红的鲜血混合着白花花的脑组织四下飞溅，视网膜上充斥的红色意味着某个生命被剥夺，丢失了灵魂的躯体在刹那间柔软地倒向地面，血腥且惨烈的画面令人反胃作呕，空气中还残留着些许淡淡香水味，那种香只能来自女人的胴体，谁都没有料想到倒下的居然是女杀手！

开枪的是谁？这是一个很慌乱的问题。命运的轮盘戏剧性地把生的希望又重新拉回到身边，惊恐不安的敏感神经让木北和土地几乎忘记了呼吸，他俩早已丧失了思考能力，只能撑大着嘴巴呆滞于眼前的一切。

“对不起，他们是我的猎物。”慢条斯理的话语牵引出一名表情异常凶悍的持枪者，很显然他就是开枪人。而他刚才那番话似乎是说给女杀手听的。

“不用感谢我什么，因为等会儿你们将和她一样。”杀手瞟了一眼地下的两具尸体后冷漠地对木北和土地说道。看来他并没有给二人带来想要的希望。

“咦，我好像认识你。对了，你就是推我下河的那个家伙！”木北端详着来人突然惊呼道。昨晚在河边发生的一幕在他脑海里快速闪现，这让一旁的土地吃惊不小。

“你说什么？”杀手似乎不懂中文，需要土地充当翻译。

“你命真大，不过我瞄上的猎物是根本逃不掉的。”杀手听完翻译后冷笑道。

“我到底哪儿得罪你了？非要我死！”木北焦虑地问道。

“哈哈，我没想到你会问出如此愚蠢的问题。”杀手大笑起来。

斜阳余晖里的烂尾楼藏在闹市里显得有些凄凉且格格不入，噼里啪啦的击打声以及引发出的痛苦呻吟回荡在空旷的框架房间内很是刺耳。有人在滴血，有人在狞笑，施虐挥舞的拳头让烟尘覆盖在臃肿的唇角上，于是殷红的鲜血就变成了一种令人厌恶的污垢。杀手似乎在发泄一种强烈的不满情绪，肆无忌惮地殴打着绑在水管柱上的两个人。

“跑断两条腿就为了你这个该死的家伙！” 杀手又一记重拳直落在木北的腹腔上，疼得他连连皱眉，剧烈的咳嗽带出了细细血丝。

“你他妈是不是男人啊！折磨人算什么本事，有本事你这王八蛋给爷一个痛快！”身边的土地实在看不下去这种残酷的折磨手段，歇斯底里地向杀手怒吼道。

“嘭！”一记重拳直接招呼到土地的眉角，杀手用同样高分贝的怒吼回敬道：“你他妈当英雄当上瘾了啊！现在当好你的翻译，一会儿就轮到你了，肮脏的猪！”

第四章　逆境中的转折

“好好好，你的目标反正是我，求你放过他吧，这事和他一点关系都没有，有什么招就冲我来。”木北怕土地多受皮肉之苦，于是赶紧把杀手的注意力引到自己身上。

“幼稚！你应该明白这就是游戏规则吧。”杀手丝毫不理会木北的求情。

“稍微痛快点，像个男人。”木北明白目前的处境是凶多吉少。

“呵呵，猫抓住了老鼠不会马上就吃掉，而是玩得老鼠精疲力竭然后再慢慢享用它，这就是生命的游戏。折磨人最好的方式莫过于让他亲眼看见朋友在自己面前死去，体会那种切骨之痛。哼，所以你将亲眼目睹你朋友的头颅是如何爆裂的。”杀手掏出枪顶住土地的额头不紧不慢地说道。

“等等，2700万。”千钧一发之际木北突然抛出一串莫名其妙的数字。

“2700万，什么意思？”没想到这招竟让杀手停止了手上的动作。

“不知道2700万能不能改变你的主意。”木北喘了一口粗气幽幽说道。

“泰铢？美金？”金钱向来具有巨大的诱惑力，杀手对此果然产生了兴趣。

“美金，渣打银行的支票，随时可以提取。”木北顺着谎话继续往下编。

“呵呵，我想提醒你，我这人不太喜欢听什么谎言。”杀手用力拍打着木北的脸说道，刀口舔血的人并不那么好糊弄，他显然不太相信木北的话。

“我也提醒你，最好不要再打我的脸，否则就别打2700万的主意了。”

“嚯！都到这种地步了嘴还这么硬！既然这样，那我明确告诉你，钱我拿脸我照打，看清楚了，我现在就要扇你耳光！”傲慢的杀手决定好好羞辱木北一番。于是他慢慢抬起右手，蒲扇大的巴掌抡圆了朝脸颊扇去！

当巴掌贴近脸颊时，只听“扑哧”一声骤然停了下来，谁也没有想到戏剧性的一幕又发生了，厚实的手掌居然被一颗长铁钉整个刺穿。鲜血顺着伤口喷射而出。这一突发状况让嚣张的杀手来不及做出反应，他捂着受伤的右手痛得嗷嗷直叫。机会乍现！木北顺势抬腿用膝盖狠狠撞击杀手的腹腔，这强势一击撞得不轻，使得他猫腰斜倒在地上。

眼前发生的这一幕让土地也彻底傻了眼，他完全没弄明白被束缚着的木北是如何解开透明胶带的。紧要关头也无暇顾及那么多，既然好运降临肯定是不能轻易放过的，才松开绑的土地也迫不及待地冲上前去让杀手饱尝了一顿老拳，以他粗壮有力的臂膀击出的铁拳打得杀手着实够呛。

“呸！让你张狂，见你妈鬼的美金去吧！”土地逃跑时还不忘骂骂咧咧。

两人才跑出三条街道就累得直喘气，这也难怪，今天一上午都在不停地奔跑和逃命，体力显然有些透支。两人靠在墙角一边歇气一边环顾周围，丝毫不敢放松警惕。

“你什么时候藏了一颗钉子？”土地擦了擦额头的汗水问道。

“那个助手盘查女杀手的时候，我乘其不备在脚边捡的。”木北解释道。

“太幸运了，刚好就派上了用场。”土地暗自庆幸道。

“老是出现一些莫名其妙的人，我总感觉有些不对劲，所以就多了个心眼，留了这么一手。”

“莫名其妙的人和莫名其妙的暗杀交织在一起，事情发展到这一步让我越来越觉得糊涂了，你说是不是大使馆的人出卖了咱俩啊？”

“不知道，这个不太好判断。”关于这问题，木北心中也是疑惑连连。

“走！回家再说，齐参赞那儿咱也别去了。”土地想起刚才那一幕还心有余悸。

“别回家了，那地方已经不安全了。”木北连连摇头表示否定。

“哦，对！家已经暴露，那里肯定被监视起来了。”土地琢磨片刻然后点头道。

“还有什么地方可去吗？”

“这样吧，带你去一个绝对安全的地方，到那里咱俩再慢慢计划一下后面的事。”

檀木雕刻的斗大“福”字喻示着这里是华人的地方，大红雕花榑栌，艳彩华丽梁枋在中国传统建筑中再熟悉不过。青砖灰墙显得有些陈旧，岁月留下的划痕清晰地记录着在外华人的沧桑和风雨历程。这些特别的印记，能引发异乡游子浓烈的思乡情绪，对于木北而言也是如此，虽然他离开祖国只有数天而已。

土地扣开大门之后，木北见到了一个女孩，一个有着清澈眸子的女孩，云堆翠髻之下长眉连娟，未启朱唇已尽显江南少女的秀美。女孩似乎和土地很熟悉，一阵简单的寒暄之后，女孩很快就给兄弟俩腾了一间客房，木北先入房休息，土地则去向女孩交代事情了。

房间不大却很是干净，所有家具什物都按照中国传统习俗摆放，能在异国他乡看见熟悉的东西是件很温暖的事，木北饶有兴致地打量着屋内的一切。勿多时，土地提着一壶沏好的茶推门而入。

“这里很安全，咱们华人的地方，但不是唐人街，一般国内的人都认为华人应该住在唐人街，其实不一定，曼谷到处都散落着华人的居住点。”土地给木北倒了一杯清香绿茶继续说道，“一般华人出点什么事都喜欢到这里躲一躲，外界的人是根本不知道的，所以你尽管放心。”

“嗯，可这不会给希颜带来麻烦吧？”木北提到的名字就是刚才那位女孩。

“放心，没什么问题。其一，这里是华人的地方，在外华人都比较团结；其二，希颜她爷爷在这里可是长老级的人物，一般人不敢惹的。”土地小声道。

“原来如此。出门在外理应相互多照应。”木北点头赞同道。

“那是当然，记得当年我才来曼谷的时候，多老实的一个人啊，不敢惹是生非，结果老被几个泰国小地痞欺负，希颜她爷爷知道了这事，你猜后来怎么着？”

“带了一帮人打得小地痞满地找牙？”

“错！老爷子一人单枪匹马找到那几个小地痞，心平气和地说了些道理，结果那几个小地痞到现在都不敢出现在这条街了，厉害吧！”

“确实厉害。老爷子一定很凶吧？”

“恰恰相反，老爷子整天嘻嘻哈哈的特搞笑，有机会你一定要认识一下。”

“行，一定要拜见一下老前辈。”木北笑着点头道。

“好了，咱们说点正事，接下来怎么办？总不能坐以待毙吧？”土地切入正题。

“无论将来怎么做，目标只有一个：逃命！想尽一切办法逃命。”木北肯定道。

“如何逃命？对了，你觉得那个齐参赞有问题吗？”

“这个不太好说，任何可能性都存在。”

“据我分析，先前发生的事可能是个偶然事件，也许杀手早已窃听了我和参赞的通话，也可能因为杀手的耳目众多，让我们暴露了。”土地试着推理道。

“嗯，有这种可能，你继续说。”木北想听听土地的观点。

“咚咚咚。”

两人正讨论之际，房门突然被扣响，房间里的气氛陡然紧张起来……

第五章　华人的温暖

木北和土地侧耳仔细倾听，辨别出门外传来的是希颜的声音，这才让二人长舒一口气。有趣的是土地竟然被吓得脸色有些苍白，别看他拥有健硕的身材，但为人却有些老实胆小。看见希颜送来的可口饭菜，两人才想起已经半天没进食了，女孩这一细心的举动让这两个大男人很是感动，道谢之后一阵狼吞虎咽，吃得格外香美。温婉恬静的希颜言语不多，安静地守候两人把食物吃完，而后帮木北简单地包扎了一下伤口才轻轻掩门而去。

“很细腻的女孩子。”土地对已离开的希颜称赞道。

“绝代有佳人，幽居在空谷。不，应该改成幽居在曼谷。”木北笑着附和道。

“你结婚没？”土地忽然关心起木北的个人问题。

“呵呵，你想做媒？逃命这节骨眼上还不忘兼顾我这癞蛤蟆的个人问题？”

“瞧你说的，我这妹妹可是宝贝。哎呀，话题怎么扯到这问题上来了，说远了，还是继续刚才的推想。”土地被自己的话语搅乱了思路，拍了拍脑袋笑道。

“呵呵，土地你继续说，我听着。”木北暗自笑道。

“你注意到那个折磨我们的杀手说的话没？他说他是跑断了两条腿才找到我们的，这说明他事先根本就不知道我们的目的地。”土地继续推理。

“有这种可能。关于那个女杀手呢？”

“女杀手和参赞明显不是一伙的，哪有自己人杀自己人的道理？”

“有点牵强……”木北沉思着。

“牵强？那你怎么看？”土地反问道。

“说实话，其实我也不知道。毕竟可供分析的线索实在太少，现在任何推理都略显苍白无力，假如我们太武断，可能会断送一条逃命之路。”木北十分冷静。

“有些道理。对了，刚才我在外面的时候，参赞打了一个电话过来，我怕是什么陷阱所以没敢接，这通电话在我们逃生之后才冒出来，恐怕当中有猫腻。”

“这个问题难辨真假，但可以反过来设想，假如参赞没问题，他因为没见到我们才打的这通电话，这点从逻辑上分析也说得过去。倘若这是一条正确的逃生之路，而我们就此和他失去联系，就是自掘坟墓了。”

“木北你的意思是咱们应该相信参赞？”

“不全信，我们要有试探他的准备！”

“怎么试探？”

“继续约他，根据他的安排来布置我们的计划。”木北语气肯定。

再次约定的是一小时后在曼谷皇家城市酒店3024房间里见面，参赞信誓旦旦地保证了这次会面的绝密性。

土地按照事先商量好的计划到楼下采购所需物品，留下木北给国内的家人打个平安电话，他知道这通电话对于远方亲人而言的重要性。

终于听见消失了近62小时的儿子的声音传来，这让母亲心中悬着的巨石终于落了地，老人家的惊泣和责备让木北有股揪心般的疼痛。孝顺的他只有无奈地骗母亲说自己是在山西某地出差，由于地方偏远没有手机信号，所以直到现在才与家里人联系。孩子永远是母亲的心头肉，满腔思念让老人家无暇对木北的谎言多加辨别，只是不厌其烦地叮嘱他在外要保重身体。

挂断电话后的木北泪流满面。亲人如此遥远，缠绕着自己的却是异国里未卜的明天和四伏的危机。当种种离奇经历紧紧束缚着这个27岁的男人时，他唯一能做的却只是欷歔不已……

站在楼顶阳台上，把那些灰色叹息抛洒在阳光灿烂的天空中显得格外讽刺。通常描写灰色心境时，总是会相应出现阴霾的天空来烘托气氛，但生活毕竟不是电影，它没有蒙太奇的手法，只是将真实呈现在每个人面前，无论你接受与否，它都以本来面目存在。还好天空是清澈的，清澈得让人看着特别舒服，很像女孩的眼眸……

此时，木北想起了希颜。

"苏洵《辨奸论》曰：事有必至，理有固然，惟天下之静者，乃能见微而知著。"说曹操，曹操到，不知什么时候女曹操已悄然出现在木北身后。

"呵呵，是不是顺便也告诉我，故天将降大任于斯人也，必先苦其心志，劳其筋骨？"木北礼貌地回头报以微笑道。

希颜并未作答，只是拈花一笑。

"在国外生活都如此熟知国学，这的确让我很惊讶。"木北继续说道。

"国学就是华人的根。"话虽简单却是最朴素的道理。

"希小姐一直生活在泰国吗？"

"是的，虽然出生、成长都在泰国，但却是华人的根。谁会摒弃自己的母亲呢？谁又会不想念母亲呢？所以每隔两年我都会陪同爷爷回到国内去看看，找找他的回忆。"

"这就是在外华人的思乡之情。"

"成都美吗？"希颜眼眸里透露着对祖国点滴事物的兴趣。

"呵呵，和其他城市一样，来往的人群、林立的高楼以及快节奏的生活。特别之处在于满城飘香的火锅和'瓜娃子'的方言。"木北知道是土地"出卖"了他，但一提到千里之外的故乡便格外兴奋。

“瓜娃子是什么意思？瓜果的孩子？”

“呵呵，不是的。其实是骂人的脏话，就是傻子、笨蛋的意思，但它并不一定是贬义，有时候这个称呼也用于拉近友人间的距离。”

“明白了，木北是瓜娃子。”希颜反应非常快，马上现学现卖。

“哈哈。”木北佩服希颜的才思敏捷，大笑之后心中阴霾一扫而空。

“知道你们等会儿要出门了，这是我力所能及的事。”希颜话锋一转，变戏法似的拿出一叠泰铢放在木北面前。

“我很怕给你带来麻烦。”木北有些不知所措。

“大道理我就不说了，当一个人举目无亲流浪在异国他乡时，最迫切需要的就是朋友的帮助，扶弱自古就是华人的美德。”希颜的话极具说服力，她表现出的真诚也让木北分外感动，他无法接上希颜的话，只能认真地点点头。

“等事情结束了，你要报答我的就是带我去看看那个满城火锅飘香和有‘瓜娃子’称呼的城市，呵呵。”希颜仿佛对成都充满了兴趣。

“没问题！美食、购物、茶铺都会成为你美好的记忆！”木北恨不能马上就带希颜回到自己的故乡。

“那是怎样的一座城市呢……”希颜微笑着呢喃，思绪仿佛已飘到千里之外。

“自己小心点，一定多加注意！”希颜回过神，对木北叮嘱道。

“遵命！希长官。”木北搞笑地敬了一个非正规的军礼。

两人的笑声穿越彼此眼眸飘向遥远的天空，在这座忙碌的大都市一角，一丝萌动开始孕育，灌注了心灵交汇的鲜花会慢慢盛开，也许在某个安静的夜晚，它绚烂夺目的花火可以闪烁在两座城市的上空……

第六章　智慧与技巧

曼谷皇家城市酒店位于墩布里中心区域，毗邻曼谷市中心、商业中心和购物中心，是曼谷较新的高级酒店之一。高耸气派的穿云建筑，以及金碧辉煌的正厅让步入其中的客人惊叹其匠心独具的泰式风格设计。只是脚步匆匆的木北没有这份闲情逸致，他和土地换了一套行装，故意把耐克棒球帽压得很低，两人简单环顾了一下周围的情况后便分头开始行动。

出电梯，三楼走道并没有出现预想的安保人员，室内寂静得只听见自己脚步与地毯的摩擦声。3024号房门是虚掩着的，木北扣响之后听得屋内应答便径直而入。率先映入眼帘的是窗口旁站立着的一位西装革履的中年男子，中等身材、皮肤黝黑、眯缝着的小眼睛里透着精明，他应该就是中国驻泰国大使馆的齐参赞。

“我欣赏守时的人。”参赞一开口的声音就浑厚有力，举手投足间彰显良好素养。

“守时对人对己都是尊重，何况齐参赞的时间那么宝贵。”木北礼貌地回敬道。

“说得好，怎么只有你一个人来？”齐参赞转身给木北倒了一杯清水问道。

“本来就不关我朋友的事，自己的事最好自己解决。听参赞口音较软，想必是南方人士吧？”齐参赞蹩脚的普通话使木北听得略微皱眉。

“呵呵，我是北京人，来泰国曼谷都已三年多了，还是受不了这儿炎热的天气。”

“哦，原来齐参赞是北京人。北京我熟，您住哪个区呢？”

“还是说说你们的事吧，如果要闲聊可以改天约个时间。”齐参赞直接进入正题。

“其实也没什么大事，我被绑架到曼谷来了。”木北靠窗把玩着手里的帽子。

“具体点，比如你们知道些什么或者和哪些人接触过之类的。”

“我们唯一接触过的就只有大使馆的您了，为此还差点丢了小命。”

“木先生，对于这个问题我已经向你朋友解释过了。我根本就不知道后面发生的事情，况且我还失去了一名得力助手。”参赞显然已听出话外之音，努力解释道。

木北没有接话，只是继续把玩着手中的帽子，结果一不小心把帽子从窗口掉到了楼下。伸首张望时，他发现楼下泳池里有不少外国游人在游泳嬉水，泳池旁站立着一位身着黑衬衣、面戴墨镜的彪形大汉，估计应该是参赞的保镖。

“怎么？不相信自已人，还要藏着掖着吗？”参赞加重了语气。

“事实上我知道的就这么多了。”木北回头微笑着注视参赞的双眼。

“还有什么人帮助过你吗？”参赞低头点上一支烟巧妙地回避了木北的目光。

木北继续沉默不作答，只是简单摇了摇头否认。

参赞对木北嗤鼻以示不满，他表情凝重地说：“既然你不想说什么，那我们也没什么可聊的了，我的助手会护送你到大使馆去。记住别乱跑，他们马上上来接你，那就先这样吧。”话音刚落，参赞转身欲走。

“齐先生熟悉北京的春熙路吗？”木北突然开口问了句不着边际的话。

“嗯？不太熟悉，只路过两次。”参赞感到丈二和尚摸不着头脑，回头狐疑地盯了木北一眼之后迈步掩门而去。

屋内的木北渐露出得意的笑容……

谁也不傻，几句简单的对话足以说明问题，木北和所谓的参赞都得到了自己想要的确定的答案。木北认为参赞很有问题，而参赞同时也察觉到了木北这种不太隐蔽的试探。既然事情已败露，再啰嗦下去也是浪费时间，所以走到电梯口的参赞按照预先制定的计划召唤出匿藏在扶梯口的三名黑衣杀手，简单交代一番后便先行离开，而剩下的事就由三名杀手出面来解决了。

他们动作很麻利，戴手套、整装束、检查消声枪械等动作一气呵成。留下一名杀手守住楼道，其他两名杀手轻手轻脚地向3024号房门逼近。此刻，气氛陡然变得紧张起来。先前还是虚掩着的房门已被木北锁死，杀手二人并没有鲁莽地直接踢开房门，而是非常专业地侧耳倾听房内的动静，通过手语简单布置一番后才用力踹开房门！

房门被撞开的一瞬间，冲在最前面的杀手突然看见一个影子举枪瞄准自己，于是他本能地率先扣动了扳机！三声枪击之后，且听“哗啦”一声巨响，随着玻璃的破裂声那影子支离破碎，原来杀手击烂的是置放在门口的一面穿衣镜，而他先前看到的影子其实就是镜中的自己。怪事不断，穿衣镜后面居然悬挂着一包硕大鼓涨的塑料袋，袋子被子弹撕裂，满袋清水瞬间喷涌而出，溅得杀手二人浑身湿漉漉！

“请君入瓮！”

躲在盥洗室内的木北这才探头而出，与此同时，他蹲在椅子边手拿一根电线，将其裸露部分丢在被浸湿的地毯上！电遇水形成通路，两杀手还未来得及作出任何反应顿时就手舞足蹈起来。

木北使用的电线取材于浴室里吹风机上的连接线，其吹风机头已被剪断，裸露出零火两极铜线用作导电装置。

守道的杀手听得动静不对，赶紧提枪前来察看。

木北听到楼道里的脚步声异常急促，于是赶紧拔掉插头往窗口奔去。他非常清楚眼前的形势，想从房门逃跑是不可能的，时间紧迫不容多想，他二话不说拉开窗户便纵身一跃！

先前与参赞对话时，木北早已观察好了地形，三楼并不算太高，而且下面刚好是露天大泳池。只听“扑通”一声，他一头扎进了热闹的泳池，从天而降的木北引起了泳池嬉水者的骚动，众人纷纷躲闪避让着他。情况危急，木北顾不得周围的异样目光，奋力向岸边游去。三楼趴窗眺望的杀手本已举枪瞄准木北，但顾及游客太多怕引起不必要的麻烦，所以迟迟没有开枪射击。迟疑之际，木北已接近岸边，在泳池边守株待兔的黑衣杀手正慢慢向他靠拢，准备伺机掏枪动手。

依当前的情况判断，木北似乎在劫难逃。可就在这危急时分，一名游客突然掏出一罐喷雾剂喷射在杀手脸上，让杀手猝不及防，痛得他捂着脸哀嚎，游客顺势把杀手踹到了水里，然后拉起木北就开始奔跑。游客扔掉沙滩帽后露出憨实的脸，而先前木北扔帽的动作则是他和土地早已商量好的逃跑信号。

机会是留给有准备的人，依靠事前的周密计划他俩又一次成功逃脱！

狂奔两条街后见无人追赶俩人才躲进一个巷口稍事休息，木北把刚才发生的事情一字不漏地叙述给土地听。

“兄弟，我真服了你，这一切全估计到了。”土地竖起大拇指赞扬道。

“这都是逼出来的。逃命，错一次就彻底玩完了。”木北喘着粗气庆幸道。

“刚才听你讲述我怎么就没发现什么破绽啊？”土地好奇地追问。

“土地你想，参赞蹩脚的普通话听起来就不像国内人说话的发音方式。还有，他的音质较软，他却愣说自己是北京人，他来泰国三年就能改变自己故乡语言的音质？”木北逐一解释道。

“有道理，还有其他破绽吗？”土地继续追问。

“还有，就算他来泰国口音改了，但北京城应该很熟悉吧，可当我问他是否熟悉北京春熙路时，他居然回答说他路过两次。春熙路是成都的名街怎么可能跑到北京去了？他显然不是北京人，我甚至怀疑他根本就不是中国人！”

“原来如此，那他有没有察觉到自己的疏漏？”

“对方也不是傻子，他察觉到我开始怀疑他，寻思着已经套不出什么话了，所以借故离开，然后安排杀手来干掉我。”

“幸好咱俩早有防备，要不然刚才就魂断曼谷了。”土地抚胸口庆幸道。

“唉，土地，真对不起你。我本以为这事很快就能了结，可现在越整越复杂，还把你给牵扯了进来，我实在是过意不去……” 想到当前的处境木北对土地倍感愧疚。

“兄弟，事已至此，咱啥也别说了，命中注定咱俩要成为兄弟，一起逃命，所以咱俩谁也离不开谁！”土地慷慨激昂地说。

“谢谢！我的曼谷之行多亏有你的帮助。”木北紧紧握住土地的手感动道。

第七章　突如其来的危难

“啊哈乌拉……铛铛铛……索哈乌拉……铛铛铛……”

正当二人感动于至真的兄弟情谊时，远处飘来了一串怪异之声，由远而近的呼喊声悠长且悲凉，像是极度悲伤的哀嚎，听得人脊梁骨阵阵发寒，土地不由得打了一个冷战。

“这是什么声音？”木北一片茫然，只得询问土地。

“这……这是泰国本土招魂的声音。”土地的解释让木北感到头皮阵阵发麻。

声音是从街边拐角处传来的，不断重复的怪声牵引出一名满头红发、手臂文身、身着马甲的年轻人，他口中念叨的哀词配以手中砍刀不断撞击栏杆发出的“铛铛”声，协奏出摄人心魄的音律。长长的刀锋和红毛脸上诡异的笑容在斜阳余晖的照射之下显得狰狞无比，那人慢慢踱步而来，凶光乍现的三角眼目不转睛地盯着木北和土地，不用解释，他肯定是冲着这兄弟俩来的。真是一波未平，一波又起！

这诡异的一幕超出了兄弟俩的预计，三十六计，走为上策，赶紧跑吧！这要命的时刻也别等对方念什么开场白了，反正是来者不善。

兄弟俩不约而同地准备拔腿开跑，可刚一抬脚就收了势，原来他俩回头看见二十多名持刀年轻人已对二人逐渐形成包围之势，个个都是凶相毕露，杀气腾腾的样子！那场面极像香港电影《古惑仔》里的场景，现实版的黑社会砍杀即将真实上演！

“别跑了，大家满世界找你们多辛苦。看我多为人着想，已经提前帮你俩招魂了。”红毛怪笑着一步步逼近兄弟俩，手中不停挥舞着明晃晃的砍刀。

“认错人了吧？”土地的问话显然是徒劳的对白。

“认错人？换个新颖点的借口行不！我们在这儿等大半天了，你居然还跟我开这种玩笑，蠢猪！”红毛张狂地摇晃着脑袋咒骂道。

“我们是中国人，根本不认识你们，真的找错人了！”土地紧张地解释着。

“中国人？好啊，我专砍中国人。别再费话了。兄弟们，直接砍死他俩！”红毛一声令下，二十多把砍刀齐刷刷地举了起来。

“谁说的专砍中国人的啊！”

危急时刻，一声断喝如雷贯耳，顿时镇住了在场所有的人。寻声望去，不知何时红毛身后已站立着一位老人！怎样的老人？中等个子，微胖体型，着一身休闲沙滩服，杵着一根漆黑的拐杖，雪白剑眉下目光如炬，华发束在身后形成一根仿清式的麻花辫。老人刚才那一声断喝中气十足，极具穿透力！

“希老！”土地脱口而出。

这一声叫唤，让一旁的木北立刻明白了来者的身份。老人就是希颜的爷爷，在当地华人中被尊为长老级的人物。希老的出现让兄弟二人看到了，希望星火重新点燃。

“咦，这么巧，小土地你也在。”希老竟假装不期而遇。

“妈的！这里是泰国，给我说泰国话！”红毛显然不懂中文。

“呵呵，看吧，多掌握一门外语很重要，这下你抓瞎了吧。”希老戏谑道。

“老东西滚一边去！没空搭理你，我他妈还不想砍老头！”红毛暴躁地骂道。

“我也不想被你砍啊，我老头子只是出来打酱油的。”希老此话一出，众人皆笑，他果然像土地先前描述的那样无厘头，连时兴的网络语言都用上了。

“那你就去打你妈的鬼酱油去，这里不是老年活动中心。”红毛已经极不耐烦了。

“是啊，我是准备打好酱油回家的，所以我就到这儿来了嘛。”

“操！你个老东西没事找事啊，这儿哪有什么酱油？”

“喏，这不就是酱油嘛。”希老用拐杖指了指木北和土地。

希老的话把兄弟俩弄得哭笑不得。这是什么比喻啊，竟然把两个大小伙比作酱油？

“操！居然糊弄我，看来你这老东西摆明就是来捣乱的。不过，一会儿你可别后悔。”红毛不可一世道。

“我真是来打酱油的。”希老的回答差点让众人晕倒，他好像无厘头上瘾了。

“再不滚就别怪我心狠手辣了！”希老的话显然激怒了红毛，他歇斯底里地怒吼道。看其气急败坏的样子，木北和土地在一旁暗自偷笑。

“行，我带走他俩，完毕。”希老话锋一转，对话瞬间又变得言简意赅。

“哈哈，痴人说梦。来啊，我倒想看看你能用什么方法带走他们。”

“功夫。”

“功夫？”

“对，中国功夫。”希老模仿功夫巨星李小龙摆出了一个招牌动作。

这一滑稽动作让在场所有人都忍不住哈哈大笑起来。

“这老头有点意思。好！我不用刀，今天咱俩就比试一下，看看是中国功夫厉害还是泰拳勇猛。”红毛爽快地丢掉手中的刀具，握起了拳头。

“小子尽管放马过来，顺便送你一句英文FUCK YOU。”希老并没有拉开架势，而是双手背在身后不动，冷眼盯着对手，颇有些大侠的风范。

“故弄玄虚。”红毛傲慢地讥讽道。

话音未落，红毛径直向希老冲了过去，异常迅猛，屈肘大力地一击直指希老太阳穴！略懂泰拳的人都知道手肘和膝盖具有极强的杀伤力，红毛一上来就直奔太阳死穴，可见其歹毒的心肠。

第八章　神奇的老华人

红毛势大力沉的屈肘就快接近头部的时候希老依然纹丝不动，看他泰然自若的表情似乎没有要躲闪的意思，倘若这一击打在死穴上，别说是位垂暮老人，就算是健壮的小伙恐怕也会当即昏死过去。紧要关头，木北和土地的心都提到嗓子眼了。说时迟那时快，又惊又险之际，且听得“噗”的一声闷响，红毛居然瞬间停下了迅猛的进攻，在场所有人都为之一怔，完全不明白事发缘由。待仔细一瞧，原来希老的拐杖已经死死顶住了红毛的咽喉凹点，此处是人体的弱点，顿时让其感到咽喉剧烈疼痛且无法呼吸。

“好一个四两拨千斤，恰到好处。精彩，绝对精彩！”木北拍手称快。

轻轻一点就化解了来势汹汹的攻击，很难想象这位年逾古稀的老人居然有快如闪电的手段，着实不可思议。在场所有人都怔怔地杵在原地，像是在欣赏一部精彩的武侠剧。

“红头小子，我可以打酱油了吗？”希老搞笑地向红毛挤眉弄眼道。

“你，咳咳……你，咳咳咳咳……”红毛涨红着脸猫腰不住地咳嗽，连句整话都说不出，先前那飞扬跋扈的嚣张气焰已荡然无存。

“你看嘛，好端端的打什么架。不急不急，慢慢来，我等你，揉揉脖子两侧会好很多。”希老果然有大侠风范，居然还教对手如何疗伤。

许久红毛才缓过劲来，双眼虽恶狠狠怒视着希老，但身体却不自觉地后退了两步，希老轻松一点便已分出胜负，估计红毛已没有胆量再领教中国功夫了。他佩服地竖起大拇指，然后转身去捡丢在脚边的砍刀。

“学好吧，不是什么都可以靠暴力来解决的。”希老轻捻白须微笑道。

“学你妈！”红毛突然回转身来举刀砍向希老。

偷袭！红毛居然偷袭一位老人！

谁也没想到红毛会来这一手，千钧一发之际木北和土地都本能地惊呼起来！好一个希老！见他身体轻轻一侧便巧妙地躲过了呼啸而来的刀锋，红毛由于用力过猛收势不住使得身体重心向前倾斜，希老趁机将拐杖一扬，听得“啪”的一声，拐杖结实地砸在红毛后脑勺上，他狠狠地跌在地上哀嚎不已。

“你小子居然偷袭！这可是武林人士最不耻的行为。”希老做了一个羞臊他的动作。

“我……我是黑社会，哪管什么耻不耻的。”红毛哭丧着脸说。

红毛这番小孩儿撒娇似的举动逗得木北和土地哈哈大笑，就连红毛的手下也忍不住偷乐起来，这下丢人可是丢到家了。

“笑你妈呀！个个像死人一样，老大被人打你们还在旁看笑话。不用怕，我们人多，直接砍死他们！”红毛把怒气全撒在自己人身上。

“慢着！哟，你小子想仗着人多来分胜负？”希老大呵一声镇住了红毛蠢蠢欲动的爪牙。

“我操！难道我还跟你讲什么江湖道义？死老头，我就是靠人多你能怎样？反正今天你俩是死定了！”红毛寄望于这唯一的优势。

“好！靠人多，同胞们，都出来打酱油咯！”

随着希老的一声吆喝，四面八方的街道突然拥出许多头扎红布条、身穿白色T恤衫、手提铁棍的壮汉，每个人胸口都绣着一个斗大的“华”字，明眼人一看就知道这是华人的社团！足足有二百多人黑压压地团团围住了红毛和他的手下。

“我的左邻右舍够多吧，还想打吗？”希老威严的表情让人不敢再搭话。

铁观音的清香弥散在整个书房，沁人心脾，让紧张的神经得以放松，房间格外安静，只有透明玻璃壶中的沸水发出轻微杂音。沐浴完毕后的木北不无好奇地环顾着希老书房的一切摆设。房内装修皆是中式风格，家具什物摆设简单而合理，正墙挂有徐悲鸿名画《田横五百士》，书桌上整齐地摆放着文房四宝，未完成的水墨图旁斜躺着一本线装版《梅花易数》。

“观梅以雀争胜，布算知次晚有邻人女折花坠伤其股。”木北幽幽说道。

“嚯，你小子居然懂这个？”木北的话显然让希老略感惊讶。

“偶然看过，翻了翻觉得挺有意思，但此书太过深奥。”木北笑道。

“小子不错唷，现在很少有年轻人知道《梅花易数》这本书了，有机会咱爷俩探讨探讨。”希老很是赞赏地冲木北微笑道。

“希老见笑了，我是乱看书，样样都不精。”木北显得有些腼腆。

“小伙子挺谦虚。好了，大家稍作休息，都来尝尝我的功夫茶。”希老邀请所有人端杯浅品。老人家的茶艺功夫果然了得，满口的茶清香让兄弟俩赞不绝口。

“木北啊，有件事我要稍微提醒你一下。”希老轻抿一口茶继续说道。

“希老请说，木北敬听教诲。”木北对老人家格外尊敬。

“不准泡我孙女！”希老突然冒出一句无厘头的话让木北险些喷茶。

“爷爷说什么呢，你正经点嘛！”希颜红着秀美的脸赶紧抢话道。

“嘿嘿，我老人家只有这么一个宝贝孙女。本来挺乖巧的，今天突然变得啰唆起来，就在我耳边唠叨什么救木北啊，木北可怜啊之类的话，吵死我了。”

“爷爷，不是你教我助人于危难之时当倍修善心嘛。”希颜坐立不安地娇嗔道。

“这话当然没错，但是丫头你怎么不唠叨救救土地之类的话呢？你土地哥可是来曼谷五年了，看来这哥哥没能引起你的重视啊。”希老嬉笑逗趣道。

“嘿嘿，就是，我希颜妹妹可真没义气。”土地在旁假装愤愤不平。

“我去做饭了，哼！我才不做爷爷的饭呢。”希颜辩解不过便赶紧找借口离开。

屋内留下一片爽朗的笑声。

“好啦，这又不是什么害臊的事，小子你自己把握吧。”希老笑着拍拍木北的肩膀说道。尴尬的木北在旁不敢接话，耷拉着脑袋恨不得找个地缝直接钻进去。

“还是说点正事吧，木北你把事情的经过全部叙述一遍。”希老开始转入正题。

终于换了话题，木北如释重负地深吸一口气，清了清嗓子后，把这两天所发生的事一字不漏地叙述了一遍。刚才还是轻松诙谐的气氛顿时消失得无影无踪，那离奇悬疑的经历让希老听得不禁皱眉连连，老人家低头不语陷入到深深的思考当中。

第九章　茫然与无助

“警察被我们杀了，大使馆的人又有问题，仿佛所有出路都被堵死，难道我们只剩下偷渡这条路了吗？”土地对眼下的情形感到困惑不解。

“有些路看起来像路，但未必就是条好路。”希老意味深长地说。

“希老的意思是？”土地感到茫然。

“打好属于自己的牌，这就是我们的路。”木北似乎已理解到希老的言下之意。

“什么意思？木北你说清楚点。”土地完全不明白二人的对话。

“土地，我们把发生的事情都联系起来想一遍，你不觉得一直有人在牵着我们的鼻子走吗？而且我们始终处于被动的局面。”木北展开思路分析道。

“是这样的，我们始终在别人的圈套里转。”土地点头肯定道。

“好，逃命之路如果抛开报警、求助大使馆这些方法，也只剩下偷渡这条路了。我们毕竟不能永远在希老的庇护下生活，这显然不是长久之计。”

“嗯，是这个理，不过偷渡却是最艰难的一条路。”

“对！艰难在于我们必须要和泰国偷渡组织打交道，所以问题就随之而来了。一、我们能想到的计划，对手肯定早就预料到了；二、他们既然连警察都能动用，那么想控制住偷渡这条线恐怕是轻而易举，所以依靠当地偷渡组织显然不是我们手中的好牌！因为我们掌控不了这一切。”木北思路很清晰。

“说得很有道理，而且我们也不懂泰国道上的规矩，这样很容易出事。如此分析下来，似乎我们已经无路可走了？”土地犯难道。

“当然有路。”木北的回答铿锵有力，似乎心中已有了打算。

“什么路？”

“现在商业贸易往来如此频繁，有很多中国商人在泰国做生意，如果他们能捎上我们，那风险度就大大降低了。”木北梳理了一下思路后说出了自己的想法。

“很有见地，小木子这种想法很聪明。刚好我认识一些华商，可以让他们帮帮忙，庞大的运输队伍里捎上两个人应该不难。”希老眼神里流露出赞许的目光。

“对呀，我怎么没想到。”土地一拍脑袋恍然道。

“但有一点我要提醒你们，做任何事情都不能只盯着一条路。”希老继续说道。

“希老的意思是……”

“就算那个齐参赞本人有问题，并不表示大使馆所有的人都有问题。老头子我和中国驻泰大使章启恒先生有过数面之缘，明天下午可以直接登门拜访，如果能当面向他解释清楚，那所有的问题都变得非常简单了。”姜果然是老的辣，希老考虑问题很是周全。

“等等，有些不妥。既然我们能想到，对方说不定也早有准备，万一他们在大使馆周围设下埋伏，那希老此行岂不是变得非常危险！”木北辩驳道。

“呵呵，小木子别太担心，我老头子自会加倍小心。”希老摆手不以为然道。

“万一有个闪失，我们心里肯定会过意不去的！”木北还是忐忑不安。

“放心放心，你小子没得到我老头子的同意是泡不到希颜的。”希老又开始无厘头地逗乐起来。

“开饭咯！”

随着希颜一声吆喝，香喷喷的饭菜牢牢地吸引住饥肠辘辘的人，三人结束谈话，动手收拾停当后围坐在一起享用美餐。温暖的灯光和餐桌前的欢声笑语让曼谷这座城市的一个角落充满了温馨与关爱……

没有噩梦的缠绕，一夜休整让木北和土地精神爽朗。两人按照计划简单乔装打扮后便随希老一同出去寻找中国商人。非常幸运，只走访了两三家华人公司便寻得了帮助，一秦姓商人听说缘由之后愿意出手相助。这绝对是个好消息，无论对方是出于热心还是碍于希老的情面，反正已答应运送货物时捎上兄弟俩返回祖国内地。

希望毕现，木北、土地二人掩饰不住内心的喜悦相互拥抱庆祝！

第十章 视频追踪

下午四点半左右，希老和助手阿复去中国驻泰大使馆会见章启恒大使，木北和土地则留在家中休息。兴许是土地太累了，两人闲谈没多久他就悄然睡去，木北躺在床上百无聊赖地思考着前后发生的种种事件，良久才迷糊睡去……

我又看见了那一丝蓝色光芒，它虽然紧紧萦绕着昏沉的视觉神经，但不再让我恐惧。原本冰冷的水慢慢变得有些温暖，虽然没有了呼吸，却没有混乱思考能力，因为我在等待那双强有力的手再次把我托出水面。

30秒的煎熬显得很漫长，当窒息撑到28秒的时候，我才突然意识到那双强有力的手根本就没出现。刹那间我很慌乱，想奋力挣扎，就在这一刻，一名同样被捆绑着的人也被丢进了水里，我定睛一看，赫然是土地。

“啊！！”

可怕的梦魇让木北突然惊醒，他本能的一声叫唤把身边的土地着实吓了一跳，他揉了揉惺忪的睡眼后询问起缘故，听得只是一个噩梦作祟之后，憨笑着倒头继续睡去。

“不好了！”此时房门突然被撞开，神色慌张的希颜和助手阿复闯了进来。

“怎么了？”木北惊呼着从床上蹦了下来。

“爷爷他被绑架了！”希颜口中蹦出的字似晴天霹雳，木北和土地瞪大眼睛不敢相信听到的一切，担心的事终于还是发生了。

“别急，慢慢说，到底怎么回事儿？”木北迅速调整情绪问道。

“是……是这样的，希老和我在去大使馆的路上一直都很小心谨慎，就快到大使馆的时候，突然遇到一辆警车临检。于是我就靠边停车接受检查，但没想到那伙警察拿着枪把希老给劫持了，他们放我回来传话。”阿复磕磕巴巴地说。

“传什么话？他们有几个人？什么时间发生的？”土地急切地问。

“一共就三个人，大概是在六点半左右发生的，他们说一会儿就给你们手机传视频过来，里面会有希老的消息。”阿复受惊不小，满头大汗紧张地答道。

“视频？什么视频？”

“我不知道，他们就说了这么多，然后就把我放了回来。”

“怎么办啊？木北，土地哥！”希颜的泪水直在眼眶里打转。

“别急别急，他们的目标是我，暂时还不会把希老怎样，我们现在应该冷静，等视频传送过来再说。”关键时刻还是木北最为冷静。

慌乱是解决不了任何问题的，大家只得听取木北的意见平静下来耐心等待。阿复知趣地退出房门，焦急不安的土地和希颜瘫坐在沙发上犯愁，木北则靠着窗户独自冥想，三人都惶恐地等待着那事关重要的视频。

两个小时之后，桌上手机骤然响起。

一个陌生的电话号码果然发来了一段视频，三人屏住呼吸目不转睛地盯着手机屏幕。

视频里的希老手脚被反绑在椅子上，一块黑布蒙住了双眼，衣服并不凌乱，显然没有受到过殴打和折磨，整个人很镇静。约莫三分钟之后听见希老开口说话：“大家不用担心，我虽然被绑架，但绑匪对我还算客气，所以目前状况算是良好。关……对于今天的遭遇，对于带来的麻烦，对于没有完成的任务，我深感愧疚和遗憾。”

绑匪没让希老多说几句话就转移了摄像头，这时画面中出现了一名身着金色衬衣、头带金色面罩的人，他凝神注视着镜头冷冷地说道："如果一个半小时内电视里看不到木北跳楼身亡的新闻，那就只能换作老人家高空坠楼的新闻了，好自为之，再见。"话音刚落，视频即刻结束。

希颜很坚强，她并没有像一般女孩那样失声痛哭，而是涨红着脸紧紧咬唇不放，心里显然无比担心和难过。土地甚是心疼，赶紧扶着她安坐下来。

"现在怎么办？"土地焦躁不安地问。

此时的木北已无力作答，绝望的情绪油然而生，往日的活力荡然无存，取而代之的是那颓废的眼神。他想到自从来到曼谷以后发生的种种生死经历，再联想到当前几乎陷入绝境的状况，心里很是伤感。上苍似乎总是反复无常地和他开着玩笑，让他一直游离在希望和绝望的边缘，本已勾勒出的美好蓝图还没有机会呈现却即将破灭，而且是亲眼看见它彻底地破灭……

"别担心，他们要的结果无非就是我死，我接受。"面对死亡，木北变得坦然，太多人被他牵连受罪，这让他很是内疚，恐怕这是他唯一的报答机会。

"不许胡说。"土地恼怒地呵斥着悲观绝望的木北。

"是啊，木北你千万别轻易放弃啊！"希颜也赶紧劝慰道。

"总有办法的……总有办法的……"土地不停地低声念道。

心理学上说：如果想让一个人痛苦死去，首先要折磨这个人的心志，看来幕后谋划者深知人性的弱点所在。此时的木北的确很痛苦，对于朋友的鼓励，他只能心存感激，但是要在短时间内解决如此棘手的问题，恐怕比登天还难。一个半小时后会有一个人死去，无论是谁离开都会让剩下的人悲痛欲绝，木北宁愿选择自己死去，只有这样他才不会亲历那种撕心裂肺的痛。

木北的眼神开始黯然褪色……

绝境中每个人都会祈祷奇迹出现，但奇迹却是"只闻其声不见其人"的虚幻之物，所以现在房间里只剩下死一般的寂静，三人都笼罩在手足无措的阴影当中。沉默是可怕的，因为它意味着无计可施。眉头紧锁的木北靠着窗反反复复观看着视频，恨不得顷刻钻到对方的场景中去解救希老。

"妈的！他们若敢动希老，我一定宰了那帮狗娘养的。"土地暴躁地怒吼道。

"土地哥，急是解决不了问题的。"希颜提醒土地少安毋躁。

"嗨，他妈的！"焦头烂额的土地愤恨地咒骂着。

"咦，这个影子是？"此时木北突然自言自语。

"怎么了？你发现了什么？"土地和希颜异口同声问道。

"你们来看。整个视频拍摄的效果很暗，结合现在的时间大致可以推断出拍摄时间应该是在太阳落山的时候。希老背后那面墙上有个影子，既然太阳都已经落山了，那还有什么光源能投射出较清晰的影子呢？"木北分析道。

"路灯。"希颜和土地同时答道。

"很好，我们继续往下看。因为这个影子是呈五片状，绝对不是人影，而且偶然还会摇动一下，那会是什么东西的影子呢？"

"植物。"希颜和土地又异口同声道。

"这说明绑架希老的房间阳台上应该有盆栽植物。"此时木北瞪大了眼睛。

"曼谷这么大，有盆栽植物的阳台多了去，怎么能知道准确的地址呢？"土地问道。

"不知你们发现没有，爷爷在说到'关'字的时候故意停顿了一下，而且他说话的语法好像也不太对。后面那部分又总在重复对于什么对于什么，难道他是故意让我们注意到这些？"希颜好像也发现了疑点。

"有道理，其实我一直在怀疑这段话。希老似乎想提醒我们什么，也许答案就在这里面。"木北认同希颜的看法。

"不对吧，希老被蒙着眼睛，他能知道些什么呢？"土地反驳道。

“虽然希老被蒙住双眼，但是他可以听，他可以把听到的动静加以判断后再传递给我们。”

“嗯，有这种可能，那他到底传递了什么信息呢？”

“爷爷传递的信息肯定是别人不知道，但我们三人中有人能够参悟的。对方也懂中文，所以爷爷用的方式一定相当隐蔽。”希颜似乎已经找到问题的切入点。

“对于今天的遭遇，对于带来的麻烦……”土地拿着手机不停念叨这句话。

“希颜你发现一个问题没，希老的话里出现得最频繁的是哪个字？”

“应该是‘对’字。”

“重复了三次，难道希老是想让我们注意到这个字？”

“有这个可能，说不定有什么关联。”

“难道是暗指曼谷有条街叫对什么街？”希颜提醒道。

“对啊！有道理。但是我在曼谷生活了这么久，从没听说过有叫对什么街的啊。”土地随声附和却又迅速推翻了这个推断。

“不对。这种解释有点牵强。凭幕后策划者的聪明才智，他肯定能觉察到这一破绽，我想希老应该会把想传递的信息隐藏得更深。”木北持理否认道。

思路似乎很难突破瓶颈，答案到底是什么，每个人都心急如焚，迫切地想知道谜底，三人都很清楚，剩余的时间已经不多了……

“嘫。”木北倒吸一口凉气，突然开口说道，“希颜你刚才说什么来着？说希老用的方法应该是别人不知道，而我们中间有人能参悟的，是不是这句？”

“是啊，怎么了？你想起了什么？”希颜和土地面面相觑。

“非常感谢你的提醒。土地去叫出租车，我们去救希老。”

木北单手一挥，神采奕奕地笑了起来……

第十一章　木北的猜想

木北的一番话让希颜和土地似丈二和尚摸不着头脑，可从他那自信满满的表情上来看，显然他已经参透了希老的暗示，那个重要的信息到底是什么呢？

“木北，你找出答案了？你知道确切的位置？”希颜急切地问。

“你想到了什么？快告诉我们。”土地跟着问。

木北双手环胸深呼一口气说道：“希颜刚才说的那番话提醒了我，希老传递的信息，他自己是明确知道的，而我们当中也有人知道。我顺着这个交叉点去想，于是联想到昨晚的情景，我和希老聊到了一本书，你们还记得吗？”

“《梅花易数》。”希颜几乎不假思索就脱口而出。

“对。就是《梅花易数》这本书。”木北点头认同道。

“那书和希老的话没有什么直接的关联呀？”土地疑惑道。

“和书名没有什么关系，但和里面的内容却有极大关联。读过此书的人都知道，书中有一个非常著名的卦例叫‘观梅占’，答案就在这里面。”

“有点迷糊，你说具体点。”

“那段视频中，希老读到‘关’字的时候突然停顿了一下，说明此字非常重要！关和观同音，希老暗指的应该就是书中观梅占这个卦例。”

“那观梅占里又有什么呢？”

“观梅占里有个卦象叫兑卦，兑和对又是同音。是不是和希老一再重复的‘对’字联系上了，而兑卦在观梅占里代表的是女人。”

“女人？和女人有什么关系？”土地挠头纳闷道。

“土地我问你，什么地方女人最多？我提醒你，希老是蒙着双眼的，所以他只能靠听，既然能清楚听见女人的声音，说明那地方不仅女人多而且很喧哗。”

“红灯区！”希颜突然惊叫起来。

“对！就是曼谷红灯区，而且是旁边有路灯，阳台有植物的房间，那就是希老被禁锢的地方。”木北将答案全盘托出。

“合理吗？”土地将信将疑地问。

“这应该是最符合逻辑的解释。红灯区格外嘈杂，正好掩盖了其他声音，所以不容易被外人注意到，绑匪果然考虑得细致周到。”木北解释道。

“那行。咱也别再细琢磨了，时间紧迫，赶紧出发吧。”土地这下来了精神。

“要不要多叫几个人，以确保你俩的安全？”希颜关切地问。

“不用，这样反而容易打草惊蛇，我和土地秘密行动最安全。”木北似乎已有了全盘计划。

“那你俩一定多加小心，有什么事立即给我打电话。”希颜叮嘱道。

曼谷真正的绚丽是从夜幕降临时才开始的，酒精和肾上腺素激发的澎湃欲望，欢淫巨魔张牙舞爪向这座城市抛洒着彩色迷幻，人们在这里迷离得淋漓尽致。红灯区主要集中在patpong区的surawong大街和solim大街之间，其中有若干的soi小街。这里的色情行业发达得难以想象，因为当你步入任何一家饭馆或酒吧，哪怕是类似于吉野家这样的快餐店，都能阅读到免费的色情杂志。

这就是曼谷的另一张名片。

和寻花买醉的游客相比，混入人流里的两名头戴沙滩帽的年轻人略显异样，二人好像并不留意风月场景，只是不停扫视着街道两侧的楼宇。没错，二人正是木北和土地，他们正在按图索骥，费力地找寻，三十多分钟后才发现了符合条件的楼房和阳台，于是两人心照不宣地寻路而上。

楼道里有些阴暗，空气里弥漫着呛人的烟草味和怪异的臭味，简陋的房间里不时传出一些活塞运动的呻吟。擦肩而过的妖娆女郎搔首弄姿地挑逗着木北和土地，这让二人有些无所适从，只得低头不语奔着目标房间而去。

房间很容易就被找到了，木北贴耳辨听屋内动静之后向土地发出行动的暗示。土地心领神会，从随身背包里拿出一柄铁锤猛地砸向旋转式手把。门锁被破坏，木北顺势一脚踢开房门，手握一把从街市买来的仿真玩具枪就径直冲了进去。这里额外提一下，受过专业训练的人在闯进门之前都会首先确认视线范围内的安全，以保证自身不会受到暗处的袭击，木北毕竟不是专业人士，门开后就愣头愣脑地直接冲了进去。

果然是这间房子，室内的布置和视频中的一模一样。屋是闯进来了，可戏剧性的一幕也随之呈现，两人搜遍房间的每一个角落都没有发现希老的身影。这是一个始料未及的状况，木北和土地面面相觑有些措手不及。

“这到底是怎么回事儿？”土地一时没了主意。

“应该没有错啊，视频中希老所坐的椅子就摆放在原有位置，而且用来捆绑的绳索还有一截遗落在地上，难道对方已经有所察觉，早就挟持着希老逃跑了？”

“木北你看椅子上有张纸条。”木北正疑惑不解时，土地突然有所发现。

“嗯？”木北甚感意外，走了过去拿起纸条翻看，发现上面居然有留言。

“写的什么？”土地着急问道。

“上面写着：木北，你果然聪明，而且聪明得让我有些惊讶。我开始对你有几分欣赏了，所以并没有伏击你。既然斗智游戏一开始就如此有趣，就没有不继续下去的道理，再给你一次救老头的机会，明天下午我会电话联系你。另外，虽然你很聪明，但我比你更加聪明，好自为之。”木北对着纸条逐字念道。

木北念完后，一旁的土地听得脊梁骨阵阵发寒，很明显幕后的人对他们的行动了如指掌，二人是在别人的游戏里疲于奔命。对方很可怕，面对这样高智商的对手，兄弟俩有种无处遁身的感觉。

“这张纸条有没有什么用？”土地不安地问。

“没啥价值，只能判断出对方是个左撇子，中文水平不高。”木北淡淡地说。

“嗯？你是怎么看出这些的。”土地很好奇。

“呵呵，这个很简单。你看纸条上书写笔画明显左重右轻，这说明他是用左手写字。至于中文水平不高的问题，是因为他写的字实在太烂，有些笔画都不太正确，就这么简单。”

“那下面怎么办？”

“稍晚一步就会丧失主动权，现在已经别无他法了。”

“那我们就回去等消息，他说过会儿打电话找我们的。”

“也只能这样了。”

回家的路上两人都沉默不语，只是让窗外片片风景掠过黯然的眼眸。夜晚出租车行驶很快，机械地带着他俩在黑暗中穿梭，那一刻的黑暗让人很害怕，害怕黑暗吞噬掉才刚点亮的希望灯火。

进房间的时候，木北始终躲避着希颜的目光，害怕从她眼里读出失望，只好由土地把事情的经过简略地叙述了一遍。希颜很坚强，只是沉默了片刻，然后反过来鼓励起兄弟二人。细心的她早已洞察到木北和土地那份低落无比的情绪，不想再给他俩增加无谓的压力。

压抑让人窒息，焦虑如此煎熬，等待如此漫长。

明天变得未知，命运变得叵测。

第十二章　与死亡赛跑

麻木的清晨、无味的饭菜、呆滞的表情。

时间对于忐忑不安的三人来说就是油锅，煎炸的不是身体，而是焦急万分的灵魂。从来不沾烟的木北居然点起了一支香烟来熏染胀痛不已的大脑，剧烈咳嗽引来他人的劝阻，可他却依然坚持烧完了这支舒解压力的香烟。

“嘟——嘟——嘟！”

期盼已久的电话声终于急促地响起，三人心情陡然变得复杂起来，既期望能听见希老的最新消息，同时又担心这电话铃声成为鬼门关的丧钟。

“喂。”木北稳了稳情绪，果断地拿起电话接听。

“你的声音已经出卖了你的内心，现在是不是倍感煎熬啊？”电话那头的人国语说得很差劲，基本上是在咬文嚼字，木北首先联想到了金衣人。

“希老怎么样了？”木北不想和他闲扯，直奔主题问道。

“放心，老头子很好，你应该担心的是你自己。”金衣人冷笑道。

“你想怎么样？”

“纸条上已经说得很清楚，我们继续玩游戏。”

“你想怎么玩？”

“凯宾斯基酒店5019号房里有你想要的东西，你和朋友现在就可以出发了。不用考虑多带帮手来，因为根本帮不上忙，就这样。”金衣人话毕即掐断电话。

这又是一场怎样的游戏？无人知晓，既然希望存在就不可能轻易放弃。木北凝视着希颜和土地真挚期盼的目光，实在不忍心让他们再次失望，所以义无反顾是他唯一的选择，哪怕这次是以命换命也要将希老救出来！

“放心，我能做到。”木北打起精神安慰二人道。

“不，应该是我们能做到。”土地并肩站到木北身旁认真地说。

关键时刻朋友的陪伴是一种莫大鼓励，土地没有听取木北的劝告，而是毅然选择随他前往目的地。伟岸的友谊让人变得坚强，这正是此刻木北心中所需要的力量，即使身处逆境也当奋勇向前。

两人很快就找到了约定的地点，一路走来，并没有察觉有什么异样，周围也无人盯梢。进入房间前，两人努力深呼吸稳了稳情绪才叩响房门，良久都无人应答，于是两人直接推门而入……

终于见到希老了！

老人家安然坐在床边，身体虽被束缚，但神态非常镇定。看见兄弟二人进来，希老的表情变得既惊喜又担忧。整个房间里并无旁人在场，这与最初预想的情况大相径庭，眼下救人要紧，不容多想，木北和土地赶紧去解绳索。

“别靠近我，赶快离开这里。”希老一声断喝阻止了二人的动作。

希老的话让木北和土地一脸茫然。

“没时间了，你们赶快离开这里。他们在我身后绑了一枚定时炸弹，所剩时间已经不多了。”希老的话似惊雷般震懵了木北和土地，二人绕床去查看，果然在希老身后发现了一枚黑色炸弹，屏幕上的数字还在不停闪烁跳动。

定睛一瞧，居然只剩下五分钟了。

“希老……”木北和土地惊愕道。

“冷静，别惊慌。你们现在唯一要做的就是赶快出去，跑得越远越好。”希老面不改色地命令道，泰然自若的表情看上去好似根本没有危急事情发生一般。

“不！我们要救你出去，一定要救你出去。”土地急得跺脚。

“嘟——嘟——嘟！”

此时，随身电话突然响起，土地掏出一看，是金衣人打来的。

“你想要的结果无非就是我死，一命换一命，我的命是你的了。”木北抢过电话冲对方愤然怒吼道。此刻的他显然已被愤怒冲昏了头脑，一心只想救出希老。

“不不不，命运是掌握在自己手中的，你不用乞求我什么。你是这场游戏的主角，所以还是用自己的智慧去解决问题吧，愤怒只能干扰你的思考。”电话里金衣人的声音显得极为得意，好像一切皆在他掌握之中。

“什么方法才能救老人家？”木北强压怒火问道。

“呵呵，别急。现在的状况我得提醒你一下，如果你打电话报警，警察和拆弹专家到来需要十五分钟，如果你想解开老头身上的绳索需要八分钟。当然，你还可以选择逃跑，倘若那样的话，那老头就是死在你手里的，所以……”

“别所以了，直接说拆弹的事。”木北知道时间紧迫，不想与金衣人多废话。

“呵呵，性子太急可不是件好事。想救老头只有一个办法，那就是拆弹。床头柜里有一把钳子，那是你唯一的工具，而你要做的就是一道选择题，红线或蓝线。电话我不挂断，欢迎你随时咨询我这个爆破专家，哈哈。”金衣人狂笑道。

木北把电话丢到书桌上，拉起土地就往门外推，时间紧迫已顾不得向他慢慢解释，只能做最坏的打算，尽量减少伤亡人数。

“木北你干什么？”土地清楚木北的意图，于是奋力地挣扎。

“没时间解释了，如果有什么意外，希颜就麻烦你照顾了，记得代我向她道歉。”土地很壮实，木北只得使出浑身力气努力推挤着他。

“不行，绝对不行！兄弟你不能这样，我要和你们在一起。”土地哀求道。

“土地你理智点行不行！我们不能把三人的性命全搭在这儿，事情因我而起，就理应由我来完成。别废话了，时间已经不多了。”木北近乎歇斯底里了。

“可是……”

“别可是了。记住我的话，认识你是我最大的荣幸。谢谢你为我做的一切。”

木北一席肺腑之言让土地这个铮铮铁汉顷刻间流下了滚烫的泪水，面对死亡，眼前这个才认识几天的兄弟用实际行动证明了友谊的难能可贵。趁土地发愣时，木北用力把他推出房间并紧紧锁死房门，此时木北已经没有任何可选择的余地。

他径直来到希老身后，小心翼翼地翻看着定时炸弹装置。

“木北你也走吧，别这样耽误下去了。”希老不想让木北无辜搭上性命。

“希老不用劝我什么，我铁定留在这里陪着您。就算是到黄泉路上，我也要报答您的恩情。”木北头也不抬地仔细琢磨着炸弹。这是一个非常棘手的难题，对拆炸弹他的确是一窍不通。

“你还年轻，很多美好的事物都等着你，孩子理智点吧。有这份心老头子我已经心满意足了，还是赶紧走吧，黄泉路不应该有你的。”希老努力劝说着木北。

“喂，红线和蓝线是不是肯定有根线能解除炸弹？”木北并没有答理希老的话，而是拿起电话询问金衣人，他现在全神贯注于拆弹这件事。

“是的，但是到底剪哪根线就要靠你自己判断了。”金衣人在电话里冷笑。

“能不能提示一下？”木北无从下手。

“好。既然你开口了，那么热心的我就友情提示一下吧。剪蓝线，蓝线通常表示零线之类的，这说的可是真话喔。”

木北没有作答，转身从抽屉里拿出钳子准备开始动手剪线。成功与否毕竟直接关系到两条鲜活的生命，手中的钳子变得异常沉重，木北不免有些发慌，迟迟不敢下手……

“孩子别怕，按你自己的想法去做吧。”希老不再强求木北离开，而是鼓励他说。

“希老，如果木北选错了，请您原谅。”木北忐忑不安地说。

“呵呵，请求原谅的人应该是我，委屈小伙子你和我这糟老头共赴黄泉，事已至此，无论结果如何我们都坦然面对吧。”希老动容道。

“那我就动手了。”

“好，动手吧。”

时间一分一秒在流逝，转眼间只剩下十秒钟，每一个数字的跳动都拉扯着木北紧绷的神经，虽然他努力告诉自己要冷静，但豆大的汗水还是止不住地往下滴淌。

据说人在面临死亡的时候总是非常留恋很多事物，但此刻的木北大脑里却一片空白，干净得不留一丝杂念，也许是因为这生死攸关的选择题只能在别无杂念的一剪之间。

五秒、四秒、三秒……

“咔嚓！”最后时刻木北果断捏下钳子，刹那间本能地闭上了双眼。

空白，一片空白。

时间瞬间凝固，足足停顿了有五秒多钟，大汗淋漓的木北才睁眼去瞧那枚黑色炸弹，跳动的数字居然奇迹般停留在二秒。成功了！命悬一线的危机终于解除了。

“了不起的小木子，你成功了。”紧张的气氛让希老都忍不住喘了一口粗气。

“希老，我们安全了。”木北满脸洋溢着孩子般的纯真笑容。

听得房外土地激烈的敲门声，木北赶紧开门去迎他进屋。激动不已的土地一进来就手舞足蹈地紧紧拥抱木北和希老，逗得老人家哈哈大笑。的确，这份劫后余生的畅快感来得实在太突然太幸福了。

“喂，对不起，你输了。”木北还没有忘记电话依然接通着。

“木北你确实让我很惊讶。没想到你能破解这样的难题。看来你真的值得刮目相看。不错，是个有智慧的人。”金衣人听见电话里的欢呼声冷漠地说。

“谢谢你的夸奖，不是我聪明，而是你的布局不够完美。”木北嘲讽道。

“成王败寇，你赢了怎么说都行，试问你是如何识破了我的布局？”

“其实那个定时炸弹有三根线，只不过你把最细的那根灰色线绑定在捆绑希老的绳索之上，不仔细查找是很难发现的，至于红线和蓝线不过都是幌子而已。”

“噢，那你是如何认定红蓝两线都是幌子的呢？”

“认识任何事物都应该拨开表面看实质。表面上你就是在和我玩心理战，所以肯定会揣测我心里到底是信任你剪蓝线还是不信任你剪红线，如果真是这样的话，我就有50%的几率逃命。但我回过头来仔细想想，你所做的一切根本目的是什么？是想我死，顺便也干掉希老。所以我估计你不会把这50%的几率白白送给我，由此断定红蓝二线都不能剪。还好我细心发现了那根隐藏的灰线，果断下手剪了它。哼，天不佑奸，结果你都知道了。”

“呵呵，精彩，你果然不是一般的聪明。不过没关系，胜负乃兵家常事，来日方长，我们还有较量的机会，别指望能翻身，因为这里是曼谷。”金衣人嘴里虽逞能，但心里还是暗自佩服着木北的这番逻辑分析。

“你到底是谁？”木北目露寒光追问道。

“哈哈，你永远不会知道这个答案。”金衣人闻声大笑。

“那你回答我，是不是你把我绑架到曼谷来的？”

“是。”

金衣人的声音一直萦绕在耳畔，扭曲的音质注定成为木北心底挥之不去的梦魇。未知事物依然未知，明天依然未卜。

到家的时候，大家的欢呼拥抱并没有让木北真正开心起来，沉重的心事压得他喘不过气，只能强颜欢笑陪着大家一起开心。晚饭后他独自一人躲到天台上眺望着遥远的星空，看久了，眼角隐隐有些湿润。不知道这时候成都的天空是否也有这么多璀璨星星，不知道家中的母亲是否能感受到孩子浓烈的思念而一同眺望星空，诸多思绪堆积在一起，让牵挂变得格外惆怅。

成都，我在这里，而你在哪里……

“你会把曼谷的骄傲带回到梦里那座城市的。”希颜悄然来到木北身后柔声说道。她仿佛会读心术，即使还没有和木北交谈就已读到他的心思。

“谢谢。”木北心领神会，回头对希颜报以微笑。

“不，应该谢谢你。”

“呵呵，回家以来你都已经感谢我三次了，再谢下去我更不好意思了。”

“救命之恩，没齿难忘。”

“对！没齿难忘，我永远不会忘记在曼谷经历危难时你们给予我的帮助。”

“太客气了。木北，陪我看会儿星星吧。”

“好，我就在这里陪你慢慢看。”

第十三章　回家之路

要走的日子突然到来。

先前联系的秦老板终于有车队要前往中国，这对于木北来说是一个好机会，借此可以摆脱噩梦的缠绕顺利地回到国内。匪夷所思是对曼谷种种经历最直白的描述，木北完全没想到自己平淡的人生竟能像电影情节般不可思议，倘若有机会一定把它写成一本小说，书名就叫《逃亡者》。

希颜很懂事，默默为木北准备好了行囊，离别之日并没有去送他，而是选择独自一人依窗仰望湛蓝天空，一遍又一遍遥想着那座让她分外向往的城市。木北的离别信握在手里感到炽热滚烫，烫得晶莹泪珠在眼眶里打转。

哭泣的是土地，这个硬汉的泪水冲垮了“男儿有泪不轻弹”的河堤，宣泄出来的不舍情感深深烙在朋友的心上。几天时间不算长，但出生入死的患难之情早已流淌进彼此的血液里。木北咬牙努力不让泪水滑落，紧紧拥抱着这个让他感到最为踏实的身躯。土地，这是一辈子都不敢忘记的名字。

最为镇定的是希老，经历大风大浪的他心静如山。但真正面对离别的那一刻，老人家的手还是不经意地颤抖了一下，搭在身边阿复的肩膀上，不眨眼地眺望着渐渐远去的车队……

车走了，本以为故事完了，但那只是我们以为的而已。

夜幕下的书房略显冷清，欢声笑语暂时躲进惆怅的盒子里不出来。希老和土地爷俩就着几样小菜举杯浅酌，有一句没一句地闲聊着木北留下的点滴轶事。土地本应该和木北一起逃走的，但他毕竟在曼谷生活了五年之久，身边还有很多事情要处理，而且他并不是犯罪分子的首要目标，所以决定过几天再走。

希颜独自一人在厨房里忙碌着杂事，黯然的神情和飘忽的思绪早已追随着那个渐行渐远的身影。估摸着这时候他应该走到猜纳地区了，猜测此时此刻他能否同样也想起自己，未知的答案藏在心中勾勒出思念的轮廓。

蓦然想起木北离别时交予她的信件，希颜赶紧掏出来启开阅读。这封信仿佛被注入了神奇魔力，居然读得希颜柳眉舒展，“咯咯咯”开心地笑了起来。

信上并没有书写任何一个字，而是呈现出一幅很简单的蜡笔画。星空下，男孩女孩并肩坐在草地上，满脸幸福地眺望着满天星光，闪亮的六颗星星很自然地排列成一行。冰雪聪明的希颜马上就领悟到画中的寓意：木北让她等着他。六个点组成的省略号代表了等等的意思，木北很巧妙地把自己想说的话通过可爱的蜡笔画清楚地表达了出来，希颜自然笑得格外开心。

此时书房里的希老和土地两人喝得很高兴。话题七拐八绕扯到了土地童年时光淘气的点滴小事上，杯影交错间二人笑声连连。

“啪！”

突如其来的一声玻璃碎响打破了平静。希老和土地刹那间停止了一切动作。声音好像是从厨房传出来的，希颜！两人赶紧站起身来猛然冲向厨房。

玻璃杯碎散在地上，浓香四溢的咖啡流淌一地，表情万分惊恐的希颜捂住嘴目不转睛地盯着小电视里播放的即时新闻。报道中提到，在当地时间17：43猜纳市以北50公里处发生了一起汽车爆炸事件，一队属于中国商运车队中编号为7号的加长货车突然发生爆炸。看到此处，三人心中猛然一紧，因为木北恰巧就藏匿在7号货车里。新闻进一步报道了警察清理支离破碎现场的画面，一组镜头突然闪现，顿时让三人半悬的心跌落至谷底，他们清楚看见现场有件血迹斑斑的破衣，那正是木北离开时身上所穿的衣服。

天哪！难道他……

三人不敢想象，更无法接受眼前的事实。心在撕裂，绝望的希颜此刻眼泪止不住往下流淌，俨然哭成了一个泪人儿，她不断摇头否认这一切，无法相信数小时前的离别竟然变成了生离死别。

灯光昏暗，人心落沉……

以为痛楚是故事的结束，那只是以为而已。

尽管已近午夜，土地却独自一人在附近大街上散步，他不知道发生的这一切到底该怨天还是尤人，一个受尽磨难的兄弟就这样离他而去了，甚至连家人都不知晓这阴阳之隔。抑郁的怒火在胸中熊熊燃烧，土地捏扁手中的易拉罐奋力掷向夜空，用家乡话不断咒骂着始终沉默不语的上苍。

街上夜游的红男绿女向土地投来异样的目光，在他们眼里这不过是个酒鬼在撒酒性而已，早已见怪不怪。心里的痛楚和眼中的繁华形成强烈对比，土地耗尽了所有力气瘫坐在地上，神情格外恍惚，现在他大脑里只剩下混沌了。

“请问你是潘先生吗？”一个十五六岁的泰国男孩突然出现在土地身边问道。

“嗯。我是，有事？”土地没起身，只是无力地抬头瞟了对方一眼。

“有人叫我把这手机给你，说里面有你感兴趣的东西。”男孩利索地从挎包里掏出一部手机塞到土地手里。

“嗯？什么意思？谁给的？”土地感到莫名其妙。

“我不知道，是有人叫我给你的，你自己看吧。”男孩回话之即人已跑远。

土地微微一愣，拿着手机左右翻看起来，发现屏幕中有段视频，点击播放后，他的表情瞬间发生了巨大变化，刚才还慵懒无力的他似被针刺一般猛地从地上弹跳起来，如见鬼魅。他看见了什么？

他居然见到了木北。

视频中的年轻人虽然眼睛被蒙，但其身型、模样清晰可辨，此人就是一个活生生的木北。天哪！这怎么可能，他不是已经……

“嘟嘟嘟。”手中电话突然响起，土地立刻警觉起来，他试着接通。

“你所关心的事都看见了吧？”电话里传来一副沙哑低沉的男音。

“看见了，你想怎样？”土地努力使自己冷静。

“右边拐角处停着一辆切诺基，你应该明白怎么办了吧。”沙哑声冷笑道。

“好！我马上来。”事关兄弟性命，土地义不容辞。

第十四章 惊悚的死亡邀请

成排的路灯把午夜情欲渲染得有些妖媚。蓝衣女孩专注于身旁男子手中的烟火，两汪清水似的眼眸堆满甜蜜与羞涩，朦胧月光都沉醉于其中。女孩故作害怕状躲藏在男孩身后，听得“啪”的一声脆响，男孩手中烟火喷射出的绚烂花火绽放在夜空，照亮了女孩甜美的笑容，照亮了年轻的爱情。

同时也照亮了大厦高楼玻璃里的冷峻表情。

他只能默默感受窗外的那份幸福，却无法带走内心的不安，诸多烦恼事压抑在心中让笑容变得吝啬起来。当别人在追求幸福之时，他却只能疲于奔命，因为他是木北。

“还迷糊于所发生的事之中吧？”身后的门被开启时门口伫立着一高瘦身影。

“嗯。”木北简单回应了对方的问话。

“不用害怕，呵呵，我是来帮你的。”高瘦人踱步走进屋来。面孔逐渐清晰起来，来者年约四十岁，黝黑干瘦的脸颊下有条醒目的刀疤，话音略显沙哑。

“帮？哼！这词很值得推敲。”木北嘲讽道。

“如果不是帮，七号车厢恐怕早就成为你的升天之处了，救你一命难道不是帮？”高瘦人显然是有备而来，语调强硬且咄咄逼人。

“好，姑且算帮。那你想从中得到什么？”

“得到谈不上，只是希望你能像我帮助你那样来帮助我。”

“呵呵，我就剩下半条命，实在想不出还有什么可利用的。”

“只要你同意帮忙就行，至于利不利用另当别论。”

“我不同意。”木北严词拒绝了高瘦人的要求。

“呵呵，知道你会是这样的态度，但你却没有拒绝的权利。”高瘦人摇头冷笑道，他似乎早已预料到这一幕，信心十足地要挟着木北。

木北并未作答，只是冷眼瞧着对方下一步的举动。听得高瘦人“啪啪啪”击掌鸣响数声，房门再次被打开，两名黑衣大汉押着一位壮汉走进屋来，木北定睛一看，不由得倒吸一口凉气。

“土地！”木北失声惊叫，原来被押解进来的壮汉正是土地。

“木北！”土地看见眼前赫然而立的木北顿时激动万分。

生离死别的酸楚让兄弟俩紧紧拥抱在一起，久久不愿分开。土地上下仔细打量着木北的身体，见兄弟身体状况尚好，一切无碍，那标志性的憨实笑容才重新挂满脸上，他无法掩饰内心那份喜悦和兴奋之情。

“你怎么会到这来？”木北紧抓着土地的双臂激动地问道。

“他们给我看了一段你的视频，看见你还活着，我就跟来了。”土地解释道。

“原来是这样。”木北轻叹一声。他已陡然领悟到高瘦人的意图，原来对方早已经料到木北不会轻易答应要求，所以必须抓住他的弱点让他就范，而土地正好就是这个弱点。土地顾及兄弟情谊，肯定会来搭救，所以两人自然而然就走进了高瘦人的计划之中。果然是处心积虑，木北想到这点不禁侧目冷眼瞟向高瘦人。

“我无意打扰二位叙旧，但是我们还有更重要的事情要办，所以请二位就座详谈吧。”高瘦人仰眉轻笑道。

既然一切都已在别人掌控之中，木北和土地也别无他法，只得听从安排坐在沙发上等待对方进一步发话。

“我汉语不太好，请二位见谅。来个中国式的开场白，鄙人叫弘塞，这次专门请二位前来协助我完成一个计划。对于二位各自的资料信息我们掌握得相当清楚。”弘塞说话之际，从公文包里拿出厚厚的一叠文件丢在茶几上。

“计划？我看是笑话吧。我俩居然还有完成计划的潜质。”土地讥讽道。

“什么计划？”木北盯着厚厚的资料，清楚对方是有备而来。

“这个就要从头说起了，木北你知道这种种离奇经历的幕后策划者是谁吗？”

“不知道。”木北虽口说不知，其实心中已隐隐联想到金衣人。

“幕后策划人叫拿轲，父亲是台湾人，母亲是泰国清迈人。他本人是一个不折不扣的犯罪天才，现在是曼谷黑社会第一社团龙头。泰国很多大案都与他有关，可惜警方一直苦于无确凿证据起诉该人。目前我们掌握到一些情况，知道有个存了他所有犯罪记录的移动硬盘，所以需要你们……”

“需要我们去偷？”土地插话道。

“呵呵，可以理解为借，借才是合理的行为。” 弘塞微笑辩解道。

“我就不明白你为什么要选择我们去偷？我们根本就不是吃这行饭的。”

“道理肯定是有的。因为你们和拿轲交手过几次后，他越发欣赏你们俩了，特别是机智过人的木北，所以他将安排你俩参加一场死亡竞赛。”

“死亡竞赛！”木北和土地不约而同惊讶道。

“是的，是一场非常特别的死亡竞赛。由于时间关系我就不多作解释了，一会儿拿轲本人会亲自向你们解释清楚。”

“哼，你就那么肯定我们会参加？”木北面无表情。

“呵呵，茶几上资料的用途我就不用多作解释了吧。我不太愿意采用非法的手段来胁迫你们就范，请为你们的家人和朋友，特别是那个老华人和漂亮姑娘的安全多作考虑，伤及无辜总不是件好事。” 弘塞的话似刀锋般锐利。

“参加这个死亡竞赛到底有什么用？难道只为玩。”木北避其锋芒问道。

“只有通过死亡竞赛的胜利者才有机会被拿轲培养成心腹，成为心腹才有机会接近他身边窃取那个移动硬盘，这个逻辑关系我阐述得很清楚吧。”

“明白了。”说到这里，木北和土地恍然于弘塞的真实用意，原来是利用他们充当接近拿轲窃取犯罪证据的工具，但随之一个新的疑惑在木北心里产生，他正色问道，“你的身份难道是警察？”

“果然聪明，我就是警察，一个潜伏在犯罪组织里的卧底。现在你可以理解先前发生的一些事情了吧。”弘塞的话让木北茅塞顿开，他终于明白了先前他们射杀警察却没遭到警方的通缉和围捕的原因，以及清楚了汽车爆炸事件中新闻报道的假象，原来这都是警察干预的结果。

“等等，让我想想。先前那两名警察要杀我们，难道警察队伍中也有坏人参与到这件事里来？”土地皱眉琢磨片刻恍然问道。

“呵呵，是的。不过你们不用担心，我们正在内部清理那些问题警察。”

“这个拿轲到底和我有什么关系？为什么要把我绑架到曼谷来？”

木北突然追问起他最关心的问题，因为这个问题的答案才是整件事的主线索。

“对不起，我现在无法回答你这个问题。等事情全部结束后一定给你一个交代。”弘塞并没有正面回答，这让木北倍感失望。答案显得非常神秘，木北隐约感觉到好像牵扯着一连串秘密似的。

“二十分钟后拿轲本人会亲自来和你们交谈，他会详细介绍整个竞赛的细则。我们先前的对话只限于三人知道，倘若漏半丝风声，那你们的亲人和朋友就只能替你俩接受惩罚了！二位是聪明人，应该很清楚我的意思，警察办案一样会不择手段。”弘塞每一句话都刺入木北和土地的心底，被对方拿捏住七寸很是难受，似乎他俩根本就没有选择的权利，只能任由摆布。

弘塞翻腕看了看表，转身欲走，才迈两步却又回头叮嘱道："切记今天的谈话只限我们三人知道，外传的后果很严重。拿轲快来了，你们先享用醇香的巴西咖啡吧，好自为之。"话音刚落人已推门而去。

房间里瞬间寂静得有些突兀，木北和土地兄弟俩对于刚才的一幕有些无从适应，只能慢慢回想弘塞说的那番话。其实他们也不知道是否应该相信那个刀疤脸，但选择权却不在自己手里，这种感觉特别难受。

当房门再次被打开的时候，一股霸气迎面袭来。

未见其人已觉其势，可见来者不同凡响，绝非泛泛之辈。

"哈哈哈，终于见到朝思暮想的二位了！"嚣张的笑声从门口引出一位身着金衣，口叼雪茄的高瘦男子，与木北的猜测完全吻合，果然就是视频中见到的金衣男子。他依然带着金色面罩，虽无法看清面罩下的脸庞，但隐约能感觉到那得意狂妄的笑容。他应该就是弘塞口中描述的曼谷职业犯罪天才——拿轲。

"怎么样，二位还惊魂未定吗？"拿轲吞吐着古巴手工雪茄问道。

"托上苍福，我们还苟活着。"木北头都未抬懒散地答道。

"能活着应该说是托我的福，呵呵。"拿轲厚颜无耻地说。

"托你的福？托你福我们早就死硬了，我们是靠自己。"土地怒斥道。

"哈哈哈，好。我欣赏这种自信，但是我要提醒你们一点，如果不是我有心安排你们来这里，恐怕木北早就和那辆车一起尸骨无存了。所以……"

"所以我还应该感谢你？"不等对方话说完，木北直接抢白道。

"那是当然，怎么着我也算是你们的救命恩人。"拿轲对于自诩并不吝啬。

"操！"土地在旁直爆粗口以示不屑。引得拿轲身边的壮汉保镖按捺不住欲上前教训土地，却被其主人拦了下来，只得嘴里嘀咕咒骂着土地。

“先自我介绍一下，我叫拿轲，在曼谷这片土地上算是有头有脸的人物。我这人说话不绕弯。自接触二位以来甚是欣赏，所以特别邀请二位加入一个有趣的游戏。当然，你们可以选择拒绝，只要二位有本事能活着离开曼谷。”

“我也直截了当，先回答我三个问题。”木北面对威胁毫不畏惧。

“爽快，你问吧。”拿轲把整个身子陷进沙发里，傲慢地盯着木北。

“一、你为什么把我绑架到曼谷来？”木北始终不放弃这个疑惑。

“这个问题的答案只有等你真正属于我的时候才会告诉你，继续第二个问题。”

“二、如果我们不参加你的游戏，是不是肯定会死在曼谷？”

“这点可以肯定。”

“三、我们如何才能回到中国？”

“帮我完成一些事，自然就可以回到中国。”

“什么事？”

“对不起，这是第四个问题！”拿轲思维相当清晰，他深知言多必失的道理。

“我还有一个要求。”木北清楚对手的智慧，只能尽量争取。

“木北先生，人心不足蛇吞象的故事你应该比我更懂吧。”拿轲目露凶光道。

“你可以选择不答应。”木北漠然笑道，他打算采取以退为进的方式。

“好吧，答应你。谁让我如此欣赏你呢。”拿轲果然作出了让步。

“你的目标是我，不许你去伤害我身边任何亲人和朋友。”

“直截了当，痛快。我答应你，但这是有前提的。”

“什么前提？”

“你必须和我合作，而且要参加我的游戏。”

“关于这点可以考虑，但我得先知道是什么游戏。”

“非常有意思的游戏。本人爱才，喜欢结交天下有才之士，所以每三年举办一次死亡竞赛。通过比赛选拔出我所中意的左膀右臂，共铸大事。”

“打住，打住，我还真佩服你。你居然能把这些话说得如此冠冕堂皇，能不能直接点，大家都是明白人。”土地不耐烦地打断道。

“既然这样那我就直言不讳了。我三年举办一次死亡竞赛，专收罗一些世界各地臭名昭著的犯罪分子，他们都是些被本地政府通缉的无处可逃的重犯，所以被我召唤到这里来参加死亡竞赛，为我效力。”拿轲撕去虚伪的面纱直入主题。

“怎么个死亡法？他们凭什么要来参加？”木北的反应出奇的冷淡。

“死亡法就是整个比赛决胜出的只有冠军，剩下的失败者人全部留给警察逮捕或猎杀，反正他们都是些十恶不赦的亡命徒。至于为什么要来参加比赛，理由很简单。第一，可以重新获得自由；第二，还能获得巨额奖金，当然只是冠军才会拥有这一切。”拿轲话毕，等待着兄弟俩吃惊的反应，他对自己的创意向来充满信心。

“巨额奖金，多少钱？”

“四亿泰铢。”

“四亿泰铢！”木北和土地本能地惊呼起来。

“相当于一亿人民币。”拿轲对于兄弟俩的吃惊反应感到心满意足。金钱的魅力向来都是巨大的，不管是鬼推磨还是磨推鬼，都足为奇。

“看来你已经掌握了这群亡命之徒的致命弱点。”虽然对方是想致自己于死地的敌人，但木北心里还是挺佩服他的创意以及笼络人心的方法。

第十五章 与狼共舞

“优厚的待遇值得考虑吧？”

拿轲说话之际右手下意识地轻轻扭动了一下左手小拇指上的戒指。这一细节被木北尽收眼底，从心理学角度分析，这是典型的心有所想的表现。

木北和土地犹豫再三。

“冯·歌德曾经说过，决定一个人的一生以及整个命运，只是在一瞬之间。生的希望和巨额财富堆放在你们面前，所以这个选择很重要。”拿轲逐步诱导着兄弟俩。

“倘若涉及犯罪，我们会变成被唾弃的人。”土地焦躁不安地说。

“可以，你们是自由的，大门在那里。”拿轲抬手指了指房门，礼貌地说道。

这招很是狡猾，采用以退为进的方式来逼迫选择，弄得兄弟俩顿时不知如何作答。理智永远是男人的思考习惯，二人很清楚如果逞一时之快迈出那个房门的话，其结果会变得非常可怕。可能比他们预想的更为残酷和恐怖。

“时间，地点？”

木北沉默半晌之后还是妥协了。他麻乱的脑海里不断泛现出所有关心的人的身影，特别是最为牵挂的希颜，他害怕给她带去本不属于她的灭顶灾难。

“很好，你们的选择相当正确。明天下午三点，所有参赛人员集合抽签分组，三天后比赛正式开始，整个比赛采用淘汰制，直到最后决出冠军。你们是我特别邀请的，一切条件我都尽量满足，希望届时能欣赏到二位精彩的表演。”

“比赛细则。”

“比赛细则到明天下午三点再详细说明。”

“那我们现在是自由的？”木北心神不宁地问道。

“呵呵，你可以去见梦中情人。但记住明天下午三点准时来这里报道，提醒一下，我不想假设你没来所产生的种种后果。这句话你可以理解为威胁。” 拿轲果然厉害，早已洞察木北心中所想。

木北点头算作应答，然后起身拉着土地就走，此时的他一刻也不想多耽误。与拿轲擦肩而过时，木北有意识瞟了一眼对方的右手，还好他手上并没有多余的动作。

这是两人第一次面对面交手，拿轲占了上风。

目送二人离开后，面罩下的嘴角露出一丝不易察觉的狞笑，现在的拿轲已经开始憧憬起美好蓝图。一个人的自负往往是来自于内心的自信和对事物的掌控。机会只留给有准备的头脑，拿轲从小就深知这样的道理，所以他时刻要求自己严阵以待，像下围棋一样，别人能想到十步之遥，他就必须远虑到百步之外。

“老大，为什么要对那两小子如此客气？”在旁保镖忍不住插嘴问道。

拿轲没有作答，只是侧身冷眼注视着保镖，寒光射得对方心里直发毛，保镖陡然意识到自己多嘴引起了主人的不满，赶紧扇了自己一个耳光。

“每个人都有属于自己的位置，应该清楚自己这个位置上应有的言行。”

“老大我错了，以后不敢了。”保镖吓得瑟瑟发抖，他深知主子的脾气。

“可以告诉你一些道理，了解中国古代三国时期的历史吗？”拿轲说道。

“了解不多，不多。”这种时候，就算是自己熟知的知识也不敢造次。

“刘备征战天下、划分三国靠的是军师诸葛孔明，知道为什么吗？”

“不太清楚，可能因为孔明聪明吧。”保镖额头上的冷汗都渗了出来。

“因为刘备需要诸葛亮这样的人才来帮他夺取天下，巨人的肩膀永远都存在，而你要考虑的是如何才能站得上去。聪明的人利用工具，而愚蠢的人连当工具都不配。”拿轲的话虽有些极端，却有几分道理。

“老大高见，老大高见。”保镖机械地点头哈腰。

“自己切个小手指就行了，以后多长点记性。”

拿轲假意拍了拍一尘不染的金色衬衣，大步流星地走出了房间。

第十六章　生存进化论

能回到异国他乡唯一熟悉的地方，木北心中倍感温暖，经历了生生死死，这里已经成为他安全的家。幸亏希颜曾留给土地一把大门的备用钥匙，两人才得以在不惊扰他人的情况下顺利进入屋内。

希颜房门半开，里面却不见其人，木北寻思着她可能去了天台，果然在那里寻见了朝思暮想的熟悉身影，而且还看到了分外感人的一幕。孤身孑影的希颜点燃一支蜡烛在默默祈祷，柔弱的双肩微微颤动。

“你的祈福灵验了。”眼眶有些湿润，木北努力让自己的微笑自然些。

简单的一句话让希颜猛地抽身回望，当她清楚看见这个男人好端端地站立在自己面前时，惊喜的表情里竟夹杂着些许怀疑。是的，她无法相信眼前的事实，如此不可思议。难道传说中的天堂和地狱真的只有一步之遥？

“木北！”

随着希颜一声惊唤，澎湃的情感已完全溃堤，她不顾一切投进木北的怀里，紧紧抱着他，就像领受上帝恩赐的圣礼一般，生怕一松手就会变成一场梦境。

“别怕。我在，我一直都会在。”木北的笑容有些腼腆，因为这是他和希颜第一次拥抱。

“我很害怕，我真的害怕。”希颜躲在木北怀里放声大哭起来。

“呵呵，没事的，你看我这不是好好的吗。”木北轻抚着希颜的秀发安慰道。

“吓死我了，你知不知道？担心死我了，你知不知道？”

“我知道，我都知道。所以上天被你的祈福感动了，让我回来了。”

“你不要离开我！”

“不离开，绝不离开！阎王爷说我还有段婚姻未完成，先让我去幸福百年。”

“讨厌。人家都担心死了，你还有心情开玩笑。”希颜破涕为笑娇嗔道。

此刻言语已不再重要，木北只是把希颜紧紧拥在怀里，感受着对方的心跳，他能充分理解思念和牵挂一个人的滋味。在外遇险的一刹那，生死未知的一瞬间，他又何尝不是这般挂念希颜呢。爱情的美妙之处也许就在于每个人心中不同的感受，不仅是激动与兴奋，或许它还能带给你内心的坦然和宁静，那种宁静是从心底透出来的温暖、踏实。如果你拥有它，就能闻到一股奇香，那是心香……

听到木北归来的消息，希老爷子兴奋得像个孩子，拉着年轻人上下左右仔细打量个不停。看着眼前这两个眼神迷茫、略带倦意的孩子，老人家心中特别伤感，暴风骤雨般的危难彻底改变了兄弟俩平凡的生活，曾经简单幸福的日子现在只剩下了疲于奔命，命运无常，造化弄人。

安康便是最大的安慰。

四人落座简单寒暄之后，木北把前后发生的事详细叙述了一遍。个中离奇让众人瞠目结舌，心中不免格外担忧。拿轲是一个极其危险的人物，很轻易就能把兄弟俩玩弄在股掌之间，与他为伍或是与他为敌，都无异于自掘坟墓。

“我不赞同你们参加那样的比赛。”希老的看法全然在木北意料之中。

“希老，目前的处境我们已经没有可选择的余地了。”木北很清楚老人家担心他和土地的安危，但是棘手的问题摆在面前是必须要面对的。

“木北、土地哥，你们就躲在这里，他们不敢来侵犯。”希颜也很是担心。

“躲不是长久之计，几乎所有的路子都已被他们控制，甚至连警察都想利用我们。躲得过一时，但躲不了一世，而且每个人都将一直生活在恐惧与不安之中，这不是我和土地希望看到的结果。反正我俩现在已被推到风口浪尖之上了，拼，可能有机会赢；败，草根之命死不足惜。但这场灾难却不能转嫁到你们身上，你们是我的曼谷亲人。”木北说到此处哽咽了。

“木北说得对，这是一个男人必须要面对的问题，祸不及家人，我和他会努力扛起一切困难。土地我只是一个凡夫俗子，原本一直重复着平静而卑微的生活，现在它改变了，那我也要勇敢站起来面对。或许我和木北会死，但至少我们勇敢过，将来我的孩子长大后会为有这样一个老爸而感到骄傲！”土地的肺腑之言深深打动了在场所有的人，一个男人在危难时刻变得格外伟岸。

“好兄弟，认识你是我一辈子最大的骄傲。希望永远存在，我们不放弃不绝望，再不可能的事也要努力让它变为可能。”木北极力鼓励道。

“木北你既然如此有信心，是不是已有什么想法？”希颜思索着问道。

“我们现在是生活在别人的严密监视之下，我想这种注意力会在后面的竞赛中慢慢转移，到那时候就是逃出生天的契机。而且有一样东西是我们可以加以利用的工具，他能成为别人的小卒，也能成为我们的棋子。”

“什么东西？”

“人。一个通风报信的人。”

“什么意思？说具体点。”

“你们设想一下，我搭乘中国车队离开的时候，只有熟悉的几个人为我送行。这就产生了一个疑问，拿坷是如何知道这个消息的呢？显然是有人通风报信。我们努力回想一下当时在场的人……”木北逐步提示道。

“不会怀疑是我通风报信的吧？”土地此时的接话让众人哭笑不得。

“明白了。”希老长叹一声，瞬间明白了木北的意思。

阿复的身影悄然进入到每一个人的脑海中。

“来，我们合计一下接下来的计划。”木北示意大家聚拢来低语交谈。

夜已深沉，希望的光芒却照亮着每个人的内心，努力奔跑是为了生存的渴望，生存的渴望有了友情相助衍变成智慧的光芒，这样的光芒又继续照亮希望的内心。

能够生存下来的物种，并不是那些最强壮的，也不是那些最聪明的，而是那些对变化作出最快反应的。

——达尔文

第十七章　发出死亡讯号

次日，木北和土地按约定准时出发。出发前，希颜不断叮嘱兄弟俩要小心谨慎，有任何风吹草动，保命是首要选择。任何女人在情感面前都如出一辙，兄弟俩微笑着答应下来。

拿轲的管理的确很到位，组织成员全部着统一黑色服装，个个似军士般昂首挺胸，精神抖擞地各就各位，那架势看上去比曼谷某些警察都要威武三分。注重细节想必是拿轲的过人之处。见到兄弟俩的到来，手下显得格外礼貌，很客气地把二人引进会议厅。

会议厅大而阔气，欧式简约风格把室内装潢得既时尚又极具条理，巨大落地玻璃窗能清楚透见曼谷美丽的城市风景，主人营造的风格体现出自我的审美习惯。会议厅还有一特别之处引起了木北的兴趣，会议桌正中居然摆放着一座奥斯卡小金人。难道死亡竞赛和电影有关联？

会议厅略显寂静，偶尔有三两句听不懂的外国语言传入耳中。气氛很是压抑，当你知道这里被邀请的都是些罪不容诛的恶人时，就完全没有想与其认识或者交流的兴趣，甚至有种错觉，觉得自己也是名罪案累累的重犯。

这里什么样的人都有，有穿环挂饰的妖媚男子，凶神恶煞的金须壮汉，邪恶怪异的绿发少年，而且还有一名姿态优雅、高挑时尚的西方美女。

最特别的其实是一名躲在角落里的男子，他非常不起眼，相貌普通、衣着朴素、目光呆滞，始终低着头沉默不语，一副永远也思考不完的样子。这样的对手才是极端可怕的，因为你永远也猜不透他在想什么。

“哈哈哈。欢迎，欢迎世界各地的精英来到天使之城！”众人落座后，拿轲满面春风地出现在主席台前。他换了一套黑色收身西服，但依旧带着那标志性的金色面罩，以保持神秘感。他的英文说得相当流利，看来是受过良好教育，幸好木北的英文也不差，完全不用依赖身边的翻译就能理解了拿轲的话语。

“大家可能首先会注意到桌上的奥斯卡小金人，估计都在猜测它的寓意。呵呵，其实那是我个人最中意的奖项，因为它代表了电影界的最高荣誉。那是艺术和创意的完美结合，而我的人生也像一部电影，所以它时刻激励着我去努力和奋斗。”

“我们这里不是国家会议，可以省去诸多客套话。想必各位已经很清楚本次竞赛冠军的丰厚奖励，我手中拿的就是曼谷银行的巨额本票，上面的零多得让我有点数不过来，究竟花落谁家，就看各位的精彩表现了。”

“你们之间没有友谊，没有同情，只有角逐和竞争。去打败你的对手，打败身边的人。胜者可以呼风唤雨，失败者只配被丢弃给屋外的疯狗警察。这里是天堂不是地狱，但是这里的天堂只属于胜利者！我期待诸位的精彩表现。谢谢各位，再次欢迎诸位来到实现梦想的曼谷。”

拿轲似乎很满意自己的激情演说，礼貌性地合十作揖后退到台下。

“下面我来逐一介绍一下各位，让来自于世界各地的天才彼此认识。”随后上台讲话的是那个卧底警察——弘塞。

“最左边的这位来自于美国号称‘公路送葬者’的戴维先生，他在全美各条公路上猎杀了十五名驾驶者，被美国列为一级通缉犯。在他旁边的是来自于荷兰的约克先生，他被誉为荷兰‘开膛手杰克’，曾经……”弘塞讲述着各路诸侯的辉煌战绩。

大家百无聊赖地听着，只有木北一人认真地在记事本上勾画着，这一细节被远处的拿轲尽收眼底，严肃表情下流露出一丝欣赏的微笑。

弘塞按部就班地宣读着选手的资料，到最后介绍木北和土地的时候，听得他说："下面三位是来自于中国的木北先生、潘石先生和宋先生，他们是我们本次大赛组委会的特邀选手。"

"宋？"多出来的名字让木北和土地吃惊不小。怎么会平白冒出一个人来？

"下面我开始介绍竞赛规则。目前总共有16组参赛队员，每组队员名额不超过5人，以抽签的方式进行分组竞赛，抽到1号标签的选手与另一个1号进行比赛，抽到2号与对应的另一个2号比赛，以此类推。每次比赛淘汰一组队员，胜者晋级，败者淘汰出局。比赛过程中对手双方不得攻击或干扰对方，如果在比赛过程中出现伤残、死亡和警察追捕等状况一律和本会无关。每一组抽到号码的队员都会领到一张任务单，在规定时间内完成任务的为获胜者，如果两组都未按时完成任务则同时被淘汰。比赛细则就是这样，诸位是否都清楚明白了？"弘塞念完手中的稿子后抬头环视在场所有的人。

"比赛中需要用到工具该怎么办？"德国美女杀手率先发问。别看她楚楚动人的样子，在德国却是个家喻户晓的女魔头，曾肢解过九名巡逻警察的躯体。

"本次大赛提供一切所需物品，而且每场比赛向每组队员提供两万泰铢作为现金支持。这里除了原子弹和航天飞机提供不了外，其他任何想要的工具随时都可以领到，各位还有什么问题吗？"弘塞自信地答道。

场面一片寂静，罪犯们都点头表示清楚。

见无人再提出问题，弘塞清了清嗓子继续说："那现在就请各组派一名代表上台来抽取号码签，并把手中号码亮给在场所有人看，请诸位依次上台来吧。"

桀骜不驯的罪犯此刻倒是挺听话，排着队依次上台抽取了密封箱里的号码。土地作代表上台抽取到数字为3的号码签，木北放眼满场找寻对应的另一个3号，原来是美国的尼采兄弟。兄弟俩是德国著名哲学家、诗人尼采的极端崇拜者，常根据尼采所写的诗来进行犯罪。先后受到过谋杀、强奸、暴力抗法等多项罪名指控，是得克萨斯州最臭名昭著的职业罪犯。第一个对手就是这等穷凶极恶之徒，木北心中难免有些担忧。

"我要提个要求！"

就在木北担忧之际，尼采兄弟突然举手站起身来喊道。他的突然喊话把所有人的目光都聚拢过来。

"尼采兄弟请讲。"

"我们要求换组！我们不想和无名之辈比赛，他们中国人根本不是对手，我们需要一个更强大的对手，这样才够刺激。"尼采兄弟的言论立刻引来在场哄堂大笑，他们的话显然是对木北和土地的莫大侮辱，甚至是对中国人的歧视！

"操你妈！你说什么！"土地按捺不住怒火开口骂道。

"大家静一静。请遵守比赛规则，如果违反规则就视为失败，将被逐出此次竞赛，所以请尼采兄弟还是遵从比赛程序。"弘塞打着圆场。

"我有话要说！"木北猛然举手道。

"木北先生请讲。"

"是，我们是无名之辈，但比赛胜负不是靠名气大小来决定的。我不管你们是什么尼采兄弟或者狗采兄弟，你们只需记住一件事，那就是准备好你们的棺材。最后回敬你们一句话，问候你老妈！"木北把满腔怒火都发泄了出来，就算是这种地下犯罪比赛的场合，他都不能给中国人丢脸，死也要争这口气。

"啪啪啪。"一直稳坐不动的拿轲终于有所动作了，他拍掌赞许着木北的志气，眼神里充满了期待和鼓励的意味。

"好了，大家别再进行口舌之争了，请各位认真阅读手中的任务纸条。三天之后比赛正式开始，这三天之内，任何人不得离开这座大厦，如果需要外出办事，必须先向工作人员提出申请，我们的安保工作相当严格，倘若出了什么意外那就只好对不起诸位了。”弘塞控制了一下场面，最后宣读了额外要求。

交代清楚后，队员纷纷离开会议室，根据安排各自回到属于自己的房间。心中带着疑问的木北和土地特意留了下来，他们要找拿轲讨个说法。而拿轲本人一直安坐在原地，似乎专门等着解释兄弟俩关心的问题。

“宋是谁？”木北不满地问。

“是你们的队友。”拿轲习惯性地点上一支雪茄答道。

“我们不需要其他什么人，我和土地两人就够了。”

“呵呵，你也太看得起自己了吧。你要明白对手是谁。刚刚在场的都是些穷凶极恶的家伙，个个杀人不眨眼。让你去杀人放火你敢吗？敢吗！别充大了。正是因为考虑到这点，所以我才专门为你们安排了一个得力的助手。出来，宋。”

随着拿轲的一声令下，从侧门走出一位身高近一米九的壮汉，强健的体格看起来比土地还壮硕，棱角分明的国字脸上没有一丝笑容，双眼炯炯有神。

“宋是老挝人，接受过各种魔鬼训练，擅长自由搏击和泰拳，能熟练使用各类枪械及兵刃，精通英、泰两国语言。但是你们不用和他交谈，他是个哑巴。”宋听见拿轲介绍起自己，礼貌地向木北和土地鞠躬行礼。

“哑巴？”这点超乎兄弟俩的想象，没想到如此彪悍的人居然身负残疾。

“呵呵，上帝造人就是留有缺憾，吝惜造出完美的人。”看来拿轲很是欣赏宋这个人，惋惜似的拍了拍他宽阔的肩膀说道。

“无间道。”木北冒出一句莫名的话。

“呵呵。”拿轲会心一笑并不作答。

第十八章　美国尼采兄弟

安排好的房间里各种物品应有尽有，三人自从进入房间后一直都缄默不语，各自想着自己的心事。过了半晌木北才想起任务单的事，于是赶紧启开来看，纸单上写着《死亡竞赛》第一关的任务计划。

目标任务：刺杀泰国大毒枭。

目标人物：瓦贡·卡里户。

完成时间：一天。

备注说明：所有档案资料均存放在电脑里。

根据提示，木北赶紧打开电脑查阅起资料。拿轲做事的确很细致，连电脑所装的视窗系统都是中文版的。木北把所有资料都打印了出来，一份份仔细贴在墙上开始研究起来，时不时在纸上圈圈点点。

三人间一直没有对话，木北只是偶尔与土地用眼神交流一下。

"宋，我想申明一件事。不管你是站在哪边，我们都是为了一个共同目标而组成的团队，所以需要大家齐心协力，同时更需要你的鼎力相助，你能听懂我的意思吗？"木北终于开口说话了。

宋不会说话，但他显然明白了木北的意思，点头表示同意。

"好，那我现在分配一下任务。资料上清楚标明卡里户这个大毒枭的别墅是在Surasak Rd（苏拉沙克路），所以宋这三天都要蹲守在那里进行监视。我和土地则在Sarasin Rd（沙拉辛路）进行侦察，因为那里是他们开会的地点。每天晚上回到住所后把收集到的情况汇总一下，切记，要详细记录每一个细节。”木北把设想的工作分配了一下，三人简单合计一番后便分头开始行动。

“木北，我们要如何对付宋？”在路上土地忍不住提出心中的疑惑。

“其实我们不用考虑对付他，因为宋充其量不过是个眼线而已。拿轲说得对，我们确实需要一个有力的帮手来协助我们。”关于这问题木北想得很透彻。

“那他会不会坏事？”

“不会。他只是一个工具，而拿工具的人才能起到关键作用。”

听得木北这番解释，土地便不再继续追问，他相信自己兄弟的判断。

细节不必多表。三天时间过得很忙碌，每个人都按部就班地实施着行动，到晚上再把收集到的资料汇总到木北那里，然后三人加以讨论分析。宋这人好像挺实诚、耿直，什么事都不藏着掖着，而且做的文字笔记和摄像资料都格外细致，这倒是让木北有些欣赏。如果不是各为其主的话，说不定此人是一个不错的朋友。

正式比赛终于来临，三人早早起床各自准备着物品。毕竟这是一次残酷的刺杀行动，大家都知道“不成功则成仁”的道理，自然不敢马虎。三人把各自的分工表看了又看，生怕漏掉什么细节。

日出日落，一天的时间显得短暂而漫长。等行动结束后，小组成员都疲惫不堪地回到会议室交付任务。这一天的经历可谓惊心动魄，险象环生，即使是回到了会议室，木北和土地还有心有余悸的感觉，杀人并不是件容易的事。

各组开始汇报工作。

尼采兄弟的表情显得格外得意，一边用冷漠的眼神瞥视木北和土地，一边叙述着今天的刺杀经过，那傲慢的语气仿佛想证明胜利早已掌握在他俩手中。

[尼采兄弟回忆]

烈日下曼谷的正午格外炎热。

流淌不止的汗水打湿了衣襟，但埋伏在角落里的双目依然一眨不眨地注视着周围。对野兽而言，困难不过是增添猎杀的乐趣而已，深重的喘息慢慢蓄积着随时可能迸发的能量。当两辆豪华加长版林肯缓缓驶出豪宅时，野兽在狞笑，但他只是目送着车队的离去却无任何动作。约莫半小时后，从豪宅大门驶出的两辆普通雪佛兰车才让野兽倍感兴奋，放光的瞳孔急剧收缩。

熬守的猎物终于出现了!

小尼采一边驾驶着摩托车跟踪一边打电话汇报情况，他们通过详细观察和周密部署来实施这次暗杀计划。事前兄弟二人充分揣摩了大毒枭卡里户的心态，分析出他常坐的林肯车在今天不过是个幌子而已。既然他已经清楚今天有杀手要刺杀他，但又不能借故缺席泰国毒枭会议，所以他肯定会改变习惯来加以防备，选择乘坐一辆毫不起眼的雪佛兰汽车前去参加会议只是一种障眼法。

时间、地点都是经过精心挑选的。当看见车辆拐过小十字路口时，大厦楼顶早已守候多时的大尼采兴奋地丢掉了手中的烟头，熟练地打开M82A1半自动狙击步枪镜盖举枪瞄准。该枪轻便、精准度高，是军队中狙击手的宠儿。最为关键的是该架枪点是极佳的狙击位置，因为这个时刻阳光是直射在过来方向的车窗玻璃上，司机往往在拐弯的一瞬间多少感觉到有些刺眼和不适应，根本看不到高楼上狙击镜的反光。尼采兄弟并非浪得虚名，他们把交通、天气、位置等各类因素全都考虑在内了，看来这次大毒枭卡里户的小命必定休矣。

“嘟!”一声闷响，大尼采抓准时机扣动了扳机。

子弹精准地射爆了第一辆车的前胎，这一突发状况并未引起路人的警觉，大家以为是寻常的爆胎故障。但车里的人明显感觉到了异样，纷纷拔枪警惕着周围的情况，后面那辆车见势不妙，想倒车逃跑，却被狙击枪射爆了后胎，这下两辆车都瘫痪在那里动弹不得。此时街上的行人这才意识到事态的严重性，纷纷呼喊着四下逃散，场面开始混乱起来。

车里突然下来一名保镖，他畏手畏脚地想侦察一下情况，可刚一露头就被狙杀在车门旁。车里的人被镇住了，全都龟缩在避弹车里惊慌失措地四处张望。

躲在车里是个好方法，至少不透明的防弹玻璃会给他们提供暂时的保护。而楼顶上的大尼采好像也不急于解决他们，只是潇洒地点上一支烟狞笑着注视混乱的街面。他疯狂迷恋人们脸上的恐惧，每当射杀一名素昧平生的人都让他获得极大快感，嗜杀能激发他内心的潜能，鲜血才是野兽应有的效应！

“嘟嘟嘟。”

小尼采这时候驾着摩托车不紧不慢地出现在街面上，那悠闲的样子俨然像是一名观光游客，吹着欢乐的口哨慢慢逼近雪佛兰轿车。见得他晃晃悠悠地把摩托车停靠在两车之间，习惯性地掏出一支香烟点上猛吸几口。果真是孪生兄弟，连个人习惯都保持一致，待过足烟瘾后，小尼采才探手从斜挎包里拿出两个铁家伙放在手里把玩。这一奇怪动作让注视着他的车里人顿时炸了锅，原来小尼采手里拿的竟然是两颗手雷。

这招果然狠毒，把希望全部浇灭，躲在车里会被炸弹炸死，逃出车外又会被狙击射杀，惊慌失措的车里人不知该如何是好。正在犹豫不决之际，后车车门突然打开，一中年秃顶胖子似兔子般箭射而出慌乱寻找掩体。

等的就是这个结果。

大尼采端起狙击枪果断地扣动扳机。随着一声闷响，秃顶胖子应声倒地，鲜血似泉涌般从后脑勺喷射而出。血腥的场景吓得车里其他人魂不附体，战战兢兢地龟缩在车里不敢妄加动弹。小尼采见目标已被成功解决，任务圆满完成了，狂笑着朝大厦方向竖起称赞的大拇指，然后加大油门一溜烟消失在喋血的街头。此时警笛声才由远及近呼啸而至，收拾残局的大檐帽来了。洋洋得意的大尼采不紧不慢地收拾好枪械，哼着小曲回去交差了。

第十九章 对手的破绽

听完尼采兄弟的叙述，在场每个人都被精彩的过程牢牢吸引住，虽然兄弟俩狂妄自大、目空一切，但行事风格却甚是细心谨慎。按常理去理解，杀人犯往往会被冠以五大三粗、野蛮粗暴的形容。其实不然，犯案累累的连环杀人犯如果没有过人之处或者周密的计划，很难频频得手，而且更不可能长期逍遥法外。所以即便是歪门邪道上的恶徒也有天赋和努力的要求。

“精彩的过程，可怜的替身。”木北鼓掌微笑道。

“替身？你小子胡说什么？”大尼采不相信自己耳朵所听到的。

“你确定杀死的那个胖子就是卡里户？”木北懒懒地问道。

“我确定！”

“你凭什么确定？”

“我凭什么要告诉你？”

“好了好了，大家还是回到主题上来，双方请心平气和地讨论问题。我刚才听到的整个刺杀过程确实很精彩，但是需要进一步确认结果才行。”弘塞极力控制着场面，火药味十足的对话容易让双方情绪失控。

“过程很精彩无可否认，只可惜杀错了人。”木北调整了一下情绪后说道。

“你凭什么这样说？”大尼采不依不饶地吼道。

“嗯。当你们监视卡里户别墅的时候，我们同样也有人在蹲守。不错，别墅里那个秃顶胖子无论从体形还是衣着上看都确实挺像卡里户本人，可惜他不是。”

“你如何判断他不是？证据呢？”

“证据当然有。我来问你，你亲眼见到秃顶胖子的面容了吗？”

“看见了。”

“真的看见了？”木北加重语气追问。

“我操！看不看见有什么关系，身边的保镖一直都给他打着遮阳伞，我又不可能冲上前去把伞刨开瞧个清楚。”大尼采的辩解显得既愤怒又缺乏底气。

“既然你没看清容貌，那你如何确定那人就是卡里户？”现在该木北反击了。

“愚蠢的问题。那是因为他有条标志性的项链。我查过，据说那是家族一直流传下来的传家宝。”大尼采努力找寻证据证明自己的判断。

“终于说到关键点了，你继续。”

“既然那条项链是家传之宝，就算是替身也不可能随便带。虽然他极力遮遮掩掩，但还是被细心的我发现了。”

啪！木北把两张照片丢在桌上厉声问道：“这里有两张照片，一张是电脑资料里提供的，一张是在别墅偷拍到的，请你瞪大眼睛看看这两张有什么区别。”

尼采兄弟将信将疑地把照片拿起来辨认，足足看了半个多钟头，嚣张跋扈的气焰开始慢慢变得黯然失色，最后两兄弟哑然不语地放下了照片。

“让我来解释给裁判先生听。”

木北拿起照片递到弘塞面前说道：“传家之宝固然不能随便佩带在别人身上，但可以仿冒。注意这一点细节，卡里户本人佩带的项链在链坠部分刻着一个很细微的图标，而在别墅偷拍到的照片上的链坠却没有。这是一个显而易见的漏洞。”

木北的解释让弘塞恍然大悟，他非常赞许地点了点头，没想到面前这个年轻人如此细心谨慎。

“那真正的卡里户呢？”弘塞反问道。

木北闻言向土地递了一个眼色，土地心领神会，清了清嗓子开始叙述起来。

第二十章 技高一筹

[木北、土地、宋回忆]

三人按照预先计划兵分两路监视卡里户出没的重要地点。前面已交代宋是日夜守候在别墅周围，而木北和土地则一直在Sarasin Rd（沙拉辛路）的财富大厦周围转悠，这是毒枭们的会议地点。

“木北，我们在这里转悠干吗？”土地问道。

“我一直在揣摩一个问题。从被害者的角度来看，危险系数最高的地方应该是路上，然后是家里，最后才是会议地点，因为会议室所在的大厦戒备森严，土地你看我梳理的逻辑顺序对不对？”木北若有所思地问道。

“没错，应该是这样。会议地点的安保肯定是最严密的。”土地肯定道。

“那会议室呢？”

“会议室？等等，你不会是想在会议室下手吧！”土地对于木北的大胆想法感到非常惊讶，不知他到底在琢磨什么。

“会议室里既然都是些毒枭巨头在开会，应该没有其他闲杂人在现场，包括保镖和安保人员，这难道不是一个机会吗？”

“你说的都有道理，但问题是会议室外围肯定会被严密布控起来，我们不可能找门大炮把整座大厦给轰了吧！”

“呵呵，可以试想一下。假如我们混进了大厦，假如我们进到会议室，假如我们埋伏下来，那刺杀的问题不是变得简单多了吗？”木北饶有兴致地说道。

“那是假如！你的三个假如本身就是难以逾越的障碍，我们在任何一关失手，都会彻底玩完。我不赞同你的疯狂想法，咱们还是按常规路子来吧，这毕竟不是儿戏。”土地否定道。

“那好，那我们就按常规路子来实施刺杀计划。土地你打算如何行动？”

“我们可以在别墅周围堵他，在路上劫他。”

“那我们如何能断定他就住在别墅里？如何肯定他就必走某条路线？”

“这……”土地哑然，木北抛出的问题倒真难住了他。

“土地，我们把问题反过来想。既然对方已经知道有人要刺杀他，肯定会想方设法躲避，我们剥开复杂的过程单看结果，结果就是他肯定会来这里开会。无论他要什么花招或者运用什么样的障眼法，都是为了能安全来这里开会，这才是问题的实质，对吧？”木北逐步引导着土地的思路。

“这点我明白。问题是你设想的计划太疯狂了，完全是不可能完成的任务。”

“只有把主动权掌握在自己手中才可能有胜算，我们千方百计算计卡里户，他也在千方百计防备我们。在这短短的三天时间内，难道我们有把握识破卡里户的藏身计划？曼谷那么大，这几天他住在哪儿我们无从知晓，道路那么多，他会走哪条线路我们无法揣摩，大海捞针其实才是真正不可能完成的任务。”

“那你的意思是……”土地不得不承认木北的话确实有道理。

“我的意思很简单，就在最不可能的会议室里干掉卡里户！”木北自信地答道。

“有把握吗？”

“把握不敢讲，但至少可以出其不意，让那个大毒枭防不胜防。”

“行！既然兄弟你信心十足，那我们就赌一把，大不了赔上两条性命。”

“呵呵，别这么悲观。我们先把场地和环境熟悉一下，然后再分工协作。”

“好！”

暴风雨来临之前是一段宁静。

会议正式开始当天，财富大厦的安保措施果然如预料中一样，三步一哨五步一岗，戒备格外森严。尽管会议是在下午三点才举行，但从上午开始，安保人员就已忙碌起来，密切观察和注视着大厦的来往进出人群。

湖水的平静只是表面，水下的暗涌才是实质。

大厦来往的人很多，两名身着蓝色工装、肩挎工具包混迹于进出人群中的工人被眼尖的安保人员拦了下来，定睛一看，居然是乔装的木北和土地！安保人员仔细查看了两人的证件，并疑神疑鬼地打量着二人，不敢有丝毫的马虎和懈怠。听得安保人员用对讲机喊道：“总台总台，请帮我核实一下今天上午是不是有电力公司的人预约来检修大厦的电路。”

“糟糕！”

土地一听安保要核实他俩的身份，心中不禁暗自一紧。千算万算漏了这一细节，一经核实立马会露出马脚，这该如何是好？土地心里似猫抓一般惊慌不安。

“一号位安保，今天上午确实有电力公司的人前来检修大厦电路，对方在前天已预约好，回答完毕。”约莫过了十分钟，突然听得对讲机回复道。

这个回复让土地顿时丈二和尚摸不着头脑，他偷瞟了一眼身边的木北，发现他居然在暗自偷乐，原来木北早已估计到今天可能会出现的状况。他的辛苦没有白费，拿着大厦结构图通宵达旦地研究，反复不停地推敲细节。他还专门罗列出可能出现的各类细节问题，并找到弘塞帮忙，请他以警察办案的名义要求电力公司电话预约财富大厦，这样就滴水不漏地应付过安保人员的盘问和核查。

虽然兄弟俩蒙混过了关，但细心的安保队长还是派了一名工作人员一直跟随着木北和土地，监视他俩的工作。控电室在大厦一楼的角落里，空间相当狭小，本来两人在里面就已十分拥挤，监视他们的安保也强行挤了进来，目不转睛地注视着他俩的一举一动。可两人好像并不在意，埋头自顾自假意检查起便压器和线路，装样要装像，土地用泰语对木北叽里咕噜地交代起来，木北假意在工作本上记录着。随后两人各自带上一口罩，土地从工具包里拿出一喷雾剂对着一黑色电线狂喷起来。

“这是干什么？”安保盘问起土地。

“这根线有些部分已经老化，如果现在不换，我保证你们一个星期内就会生活在黑暗之中。”土地头也不回地解释道。

“那你喷这个东西干什么？”安保闻到喷剂气味咳嗽起来。

“塑料腐化剂，方便我们剥落电线塑料表皮用的。”土地边忙碌边解释。

守候在旁边的安保人自然不懂这些专业知识，只是觉得剧烈的咳嗽相当难受，胡乱叮嘱了两句便赶紧退出控电室，还顺手把房门关了起来。他担心刺鼻气味飘进过道会引起安保队长的不满，到时候免不了一顿训斥。

安保就此上当了！

其实土地喷射的根本就不是什么塑料腐化剂，而是五氧化二砷化学剂，这种东西弥漫在空气中会引起人剧烈的咳嗽，并产生呼吸困难等症状，常用的杀虫剂就带有此成分。

等的就是这个机会。

木北赶紧打开身边的玻璃窗，向躲在栅栏外的宋招手示意。为防止有人潜入，平时这扇窗户是绝对紧锁着的，所以木北和土地必须由内而外给宋制造溜进来的机会，这一切都是他们事先计划好的。

见得信号，同样身着工作服的宋趁外围安保稍不注意，肩扛一捆电线轻松跃过栅栏，假意蹲在草坪上开始布线。巡逻至此的内围安保只是瞟了几眼忙碌的宋和假意在窗口指挥的木北，并未上前盘问。这让三人暗自窃喜不已。

随后的三十秒时间很关键。因为几组巡逻的安保人员交差的时间空隙正好是三十秒，这是木北通过三天的仔细观察获得的重要信息，时间虽短但足够宋完成下面的一系列动作。待交班的巡逻安保消失在拐角处，宋便迅速收拾好线揽，快速跑到窗口直接翻身而入。

一切仿佛事先演练过那般纯熟，土地早已打开头上的通风口盖，宋矫健地抬手轻松翻身而入，紧张刺激的过程一气呵成。见计划已成功实施大半，木北和土地兴奋地拥抱庆贺了一下。戏码还要继续上演，土地拿出黑色胶布把刚才那段电线厚厚裹了几层，等门口安保开门进来的时候，看见兄弟俩正收拾工具准备走人。

“完成了？”安保粗略检查了一下房间并未发现异样。

“完工了。终于可以回家陪女儿了，今天是她六岁的生日，结果还被老板叫过来加班，太他妈黑了！”土地嘴里故意嘀咕咒骂着。木北虽然听不懂泰语，但很清楚土地应该是在忽悠安保。

“好吧，那请跟我走吧。”安保礼貌地报以一笑。在用对讲机把情况汇报给队长后，带着木北和土地二人回到正门并目送两人离开。进去时是两人，出来时也是两人，没有留下任何让人可怀疑的破绽。临走时，安保队长还和二人握手道谢。

会议按时举行，下午大厦的安保工作更是谨慎而严密。泰国毒品界的巨头们在里三层外三层的安保人员和贴身保镖的簇拥下鱼贯而入，其中就夹杂着卡里户这个大毒枭。

和木北预想的一样，这个老狐狸果真是丢了很多“烟幕弹”来迷惑他人。土地先前就已守候在别墅周围，刚从别墅里出发的“卡里户”居然在短短几分钟之内就到了会议地点，而且乘坐的还不是同一类型的车辆。由此可见，别墅里的“卡里户”根本就是个替身，而他本人也没住在自己的别墅里。

狐狸终究只是狐狸，他永远不可能成为猎人。

离实施最终刺杀的时间越来越近了，木北心里燃起了忐忑不安的紧张和莫名的兴奋。对于正在进行的犯罪事件，紧张是自然反应，可莫名的兴奋却让木北疑惑不解，他好像感觉到了一丝从未有过的快感，这份快感的来源却无从分析，难道是人潜意识里的罪恶心理？还是男人特有的征服心态？

“嘀——嘀——嘀。”

手机急促响起打断了木北的沉思，掏出一看，原来是宋发来的英文短信。这不看不要紧，一看让木北的脑袋“轰”的一下就懵了，他如木头般痴愣地杵在原地。

待土地驱车赶过来时木北还没有缓过神，细心的土地察觉到了异样，赶紧把他拉进车里急切地询问起来。可是清醒过来的木北并没有解答土地的疑问，而是疯狂地从挎包里翻出大厦的结构图仔细察看起来。看来是出了什么意想不到的突发状况，一种不祥的预感悄悄地向土地袭来。

时间一点一滴在流逝，握在木北手中的笔都快被他挤出了水，可他依然眉头紧锁地思考着问题，时不时在图上涂涂画画、圈圈点点，并不断探头观察财富大厦。土地在旁边看着木北忙碌，不敢去打扰，只能掏出纸巾为其擦拭额头上的汗珠。

约莫过了半小时，焦虑不安的木北似乎找到了问题的答案，下意识地点了点头，好像是在自我鼓励。见他果断拿起手机给宋发起了短信。宋不会说话，只能采用短信的方式进行交流，在频繁往来数条短信之后，木北才长舒了一口气瘫靠在座椅上，傻傻地看着土地。

“兄弟，到底发生什么事儿了？”土地此时才敢开口询问木北。

“会议室上面的通风口被铁网焊死了。”木北抛出的答案似重磅炸弹。

“啊！”土地张大嘴惊愕不已，他陡然明白了木北刚才在紧张什么。他们原先的计划是将宋送进入控电室通风口，然后由宋爬到十五楼的会议室，再从那里的通风口轻松地干掉正在开会的卡里户。这一周密计划可是他们仔细研究了三天的成果，现在居然被一副铁网给全盘打乱了。

“宋不是带了工具的嘛，让他撬开啊！”

“不可以，焊得很死不容易撬开，而且还会弄出很大的声响。”

“这群安保还真厉害，居然连这个都想到了。”

“嗨，是我低估了别人。我一直以为通风口是最可利用的地方，因为它贯穿了整座大厦，可惜对方也不傻，直接把通风口焊死了。大意啊，真大意。”

“那……那怎么办？”

“只有走一步险棋了。”木北祈祷道。

会议室里激烈的争吵声给通风口的宋提供了有利条件，他按照木北短信的要求顺利来到九楼房间，该房间是工程部的工具储藏间，里面储备了大量器材。宋一边与木北发着短信一边准备着物品，而木北则通过短信来遥控宋执行变阵计划。

时间一分一秒过得很慢，每一秒的跳动都煎熬着三人的心。宋透过玻璃看见正门安保人员开始骚动起来，知道会议马上就要结束了。紧张时刻就要来了，楼下准备接应的木北和土地此时把心都揪紧了，成败在此一举。

宋到底如何刺杀卡里户这只老狐狸？

毒枭巨头的圆桌会议好像并没有取得预想的成效，九位老大均是怒气冲冲地带着各自的保镖大步离开会议室朝正门口走去。当巨头们逐个走出大门时，法拉利、加长林肯、兰博基尼等豪华坐骑早已整齐地一字排开，他们之间并不相互谦礼告别，而是自顾自钻进车里便绝尘而去。

卡里户是倒数第二个走出来的人物，那张表情恼怒的脸好像一碰就炸的火药包。他步伐很快，皮鞋摩擦地面的声音嘎吱作响，好像是在宣泄内心极度不满的情绪。

“啪啪！”

当他刚踏出正门，两声脆响突然传来，惊得他骤然止步。身边保镖反应很迅速，快速把他护在身后，持枪警惕地寻声而望。没想到这只是一场虚惊，原来街边有两个大气球爆了。

没有偶然和巧合，弄爆气球的人正是土地。他就是要吸引卡里户和众保镖的注意力，提供驻足停顿的几秒宝贵时间。几秒是一闪而过的概念，但成败的关键往往就在短短的几秒之内。电光火石间，忽见财富大厦九楼的外窗一前一后坠下两个黑色物体。听得“哗啦”一声巨响，前一个硕大金属坠物的巨大冲击力直接洞穿了大厦正门的玻璃雨棚，紧接着坠下的黑色物体迅速下落准确地穿过玻璃洞口，定睛一看，是宋！

这突如其来的一幕让众人惊骇不已，大家万万没想到危险竟然是从天而降。虽然保镖们个个都是训练有素的好手，却从未经历过这种猝不及防的偷袭，瞬间傻愣在原地有些不知所措。

宋身后悬挂的弹力绳给予他足够的缓冲力，在即将触地的一瞬间骤然停止了下坠。目标瞬间即现！卡里户的大秃顶脑袋此刻就呈现在宋面前，他当然不会放过这来之不易的机会。随着消声手枪的一声闷响，卡里户的脑袋应声而裂，子弹近距离射击让其未作任何反应便一命呜呼，狡猾的卡里户到死都没想到杀手居然是在他头顶之上取走了他的性命。

出其不意的偷袭的确出乎所有保镖和安保人员的意料，其实他们的安保工作已经做得相当完善了。大厦楼顶、过道、外围均设有安保和报警设施，只是万万没想到杀手居然会从戒备森严的大厦中间飞身而下，真是让人防不胜防！这主要归功于木北的周密策划以及宋出色的军事素养，没有受过严格训练的人根本不可能完成这一系列的高难动作。

话归正题。保镖们虽然一时惊愕不已，但很快就反应过来举枪准备射杀宋。粗大的弹力绳此时恰好又把宋拉回到高空，运动中的物体不容易被瞄准，保镖和安保人员只得等他再次落地。可还没等到宋的自然下落，却先等到了三颗白色物体坠下。

触地的一瞬间“轰轰轰”发出三声闷响，众保镖和安保人员突觉眼睛一阵刺痛，瞬间眼前一片白茫茫。众人纷纷捂眼哀嚎，原来他们中了宋从高空中抛下的闪光弹，一时间战斗力尽失，毫无还手之力。当宋再次落下的时候，他用军刀轻松地割断了后背的绳索，几次跳跃后便潇洒地落在接应他的车辆边，利索地拉门而入。土地加大油门绝尘而去，此时倾巢而出的大批安保再追击已无济于事了。

所有的辛苦终于换来了圆满的结果，此刻汗水的流淌欢畅淋漓！

第二十一章 蝴蝶效应

听完土地的陈述，尼采兄弟和弘塞都撑着嘴巴惊愕不已。特别是尼采两兄弟盯着木北直发愣，他们无法相信眼前这个年轻的中国人居然有如此不可思议的智慧和胆识，心里陡然闪过一丝恐惧，但很快这种念头就被自大的心态给掩盖，他们绝对不肯轻易认输。

“精彩！故事编得相当精彩，可惜未必就是真的。你说卡里户是你们杀的就是你们杀的了？那我也可以胡编乱造。”大尼采桀骜不驯地诋毁事实。

“别急，我们自有公正的评判来决出胜负。”弘塞抢过话。

见裁判开口，木北这组也就懒得再辩解什么了，双方都安静下来，准备听弘塞如何对这场比赛作出评判。此刻每个人的内心都藏着几分紧张与担心，因为不到最后的宣判，谁都可能是失败者，世上的事本来就充满了无数的意外。

“我手上这个信封是刚刚收到的线人报告，它将清楚告诉我们卡里户到底死没有，以及死在哪里。”弘塞边说边从资料夹里拿出一个淡黄色信封。

“瓦贡·卡里户死在Sarasin Rd（沙拉辛路）财富大厦门口。”

“YES！”弘塞的一锤定音似兴奋剂般注入木北和土地紧张的神经，他俩闻听喜讯后从椅子上雀跃而起击掌庆祝。辛苦终于换来胜利，喜悦之情无以言表。

“不不不！肯定搞错了，不应该是这样。”尼采兄弟摇头极力否认道。他俩很清楚失败意味着什么，抵死不认输。

“对不起，两位尼采先生的确输了，所以也就被淘汰了。”弘塞礼貌地解释了一番，随后按下桌上的按钮，门口守候的数名彪形大汉立刻涌了进来。

“你叫什么名字来着？”大尼采垂头丧气地瞟了木北一眼。他似乎压根就未曾在意过这个对手，现在大势已去，突然想知道眼前这个中国人的名字。

“我叫中国人！”

木北自豪地给了他一个响亮的回答。

此时尼采兄弟已无话可说，只得耷拉着脑袋跟着安保人员准备离开。傲慢之后的失败是最大的嘲讽，看见一个桀骜不驯的人轰然倒下，木北突然在心里感叹中国古人关于谦虚谨慎的教诲实在是至理名言。

“FUCK YOU！”当木北还沉浸在沉思中时，没想到大尼采猛然转身举起沙包般的拳头奋力砸向木北的脸。失败的懊恼已让他失去理智，不堪羞辱的心理衍生出疯狂的报复行为。这一举动很是突然，让人猝不及防。

躲闪已来不及，木北本能地闭上了双眼……

木北咬牙侧头准备承受这疼痛一击，却听得“啪”的一声响，奇怪的是声响过后自己竟丝毫感觉不到任何冲击与疼痛，满怀诧异，随即睁眼来看，只见大尼采来势汹汹的拳头被宋那蒲扇般大的手掌劫在了半空。太悬了，幸亏宋及时出手才化解了这番偷袭，不然势大力沉的拳头砸到木北脸上绝对够呛。

土地也被吓了一大跳，他压根没想到尼采兄弟居然会采用如此卑劣的偷袭手段。无耻卑鄙的家伙！土地气不打一处来，二话不说飞起一脚猛地踹向大尼采，这一脚力道十足，把他踢得踉跄跌出几米远。旁边的小尼采见自己兄长吃亏想反击报复，但被众大汉用枪死死地顶住太阳穴，他不敢贸然动弹。

捂胸爬起来的大尼采肯定不甘心被打，似疯狗般咬牙咧齿冲向土地，半路却被宋那高大威猛的身体挡住去路。看见宋怒目圆睁的样子，心中不免陡生怯意，他深知此人的身手，不敢再造次，只得怒气冲冲地杵在原地。

“二位尼采先生可以再多打一会儿，警察还有三分钟就到这里了，这样打下去估计警察这趟不会空手而归。”弘塞抱胸威逼道。

这话果然起了作用，尼采兄弟对视一眼，愤恨地瞪了木北三人一眼便转身离去。

“再见！美国佬。”土地冲二人的背影讥讽般地大笑。

“好了好了，恭喜三位顺利晋级下一关。”弘塞逐一和木北三人握手道贺。

“这任务真是玩死人不偿命的苦差事。”木北叹息一声。

“这就是死亡竞赛的魅力所在，白花花的银子不是那么好拿的。”弘塞笑道。

“算了，我们下一关的任务是？”木北关心起重点问题。

“呵呵，不急不急，今天就好好休整一下吧，明天下午继续。”弘塞答道。

“既然这样那我就不多问了，剩下的时间我们是否可以自由支配？”

“呵呵，完全可以。去见你的情人吧，对于这点拿坷先生是特别叮嘱过的。”弘塞笑道。

心灵蝴蝶的翅膀振动带来的是连锁效应。

困难激发了思考，思考依赖于智慧，智慧赢得了胜利，胜利引起了担忧。当喜悦的心情过去之后，未知的惆怅又重新回到前途渺茫的担忧中来，木北有些伤感。人是很奇怪的动物，微笑不代表高兴，伤感也不代表真正的绝望，但思念却是真正的思念。

木北很思念远方的母亲。在电话中不仅向母亲嘘寒问暖，而且还杜撰出一些出差旅途中的趣闻来逗老人家开心。儿行千里母担忧，此话一点不假，老人家对心头肉的唠叨让木北心里充满温暖，他的伤感慢慢在淡化。借此机会土地也给家里挂去了电话，听见家人安康的消息和女儿甜蜜叫唤他的声音，憨实的笑容绽放得无比幸福。是啊，亲人就是动力，亲人就是一切！

希颜很思念危境中的木北。自从得到电话通知以后，她就一直伫立在门前不停地眺望，望眼欲穿的期待充满了无尽的想象。

家常便饭就合着比赛的精彩过程听得希老爷孙俩啧啧称奇，再加上老人家时不时插上一些无厘头的言语更是让众人开心不已。也许家的温暖就体现这些细节之处，在这里你可以释放所有的情怀。

茶余饭后，土地陪着老爷子杀两盘象棋过过瘾，木北则和希颜牵手来到湄南河畔散步闲聊。牵手这一细节好像并没有很刻意很郑重地在某个时刻开始，自然而然的十指紧扣将彼此的心连在了一起。坐在河边，双脚浸泡在清凉的河水里，任由眼神绵绵交缠，此时言语已不重要，爱情的心跳已成为动人的主旋律。呼出是情，吸入是爱，河潮轻拍打着脚面的同时也撞击着两颗萌动的心。

情到浓时心动身亦动，他们吻在了一起……

第二十二章 梅花之悟

第二天。

在会议室再次聚会时，里面的选手明显比前日少了很多，偌大的房间显得有些寂静。第一次看见的那个高挑美女依然在，这让木北吃惊不小，看来所谓蛇蝎美女之说并非无稽之谈。让木北惊讶的还有那个衣着朴素、沉默不语的忧郁男子，他仿佛永远只有一个动作，低头思考。看久了，会以为那只是一尊雕塑。

落座之后，听得主持人弘塞微笑着开口说道："首先恭喜各位晋级到下一关，你们离胜利又近了一步。幻灯片上的分组已经很清楚地告诉各位下一关的对手是谁。同样，我们的工作人员依旧会给每组发一张任务单，程序和要求都和前次一样，这里我就不再重复了。希望各位能发挥出过人的水平，击败对手顺利晋级。"

"爱新觉罗·雷曳。"土地看着幻灯片上对应的名字读道。

"这姓有点酷，什么来头？"土地侧身问木北。

木北掏出笔记本查阅资料，只听他轻声念道："爱新觉罗·雷曳，满族人，四十三岁，原籍中国台湾，曾任高雄警察署高级警探。他疾恶如仇，憎恶当地司法的不公正，便沦为一名杀手，专门追杀逍遥法外的恶徒，前后共刺杀了十七名不法分子，被台湾警方通缉至今。"

"唷，原来他和别的参赛人员不一样啊。"土地略感惊讶。

"应该算是个好人吧。"木北答道。

“这好人当得还真够窝囊，杀坏人却被警方通缉。”土地打趣道。

“嗨……”木北的一声叹息带有强烈的惋惜。他感叹法律在严惩犯罪分子的同时也葬送了一些惩恶扬善的勇士。

无论怎样，对方是一名从业二十多年的老警察，值得尊敬。

“中国人？”木北正感叹，忽见一中等身材、浓眉大眼、着蓝衬衣的中年男子踱步来到自己面前，礼貌地伸出右手作握手状。

“是的，我是中国人。先生应该就是雷曳吧？”木北起身握手回礼。

“对，我正是爱新觉罗·雷曳，中国台湾人。”雷曳微笑答道。他果然是个经验丰富的老警察，连看人的眼神都略带审视的意味。

“爱新觉罗这个姓氏在台湾比较少见，雷曳先生莫非是满清后裔？”

“呵呵，我的确是满族人。至于能追溯到清朝哪位先人就无从考证了。”

“他乡遇故人，木北能在这里认识雷曳先生感到十分高兴。”

“呵呵，客气了。我查阅了一下资料，发现你们二位没有任何案底，感觉有些诧异，而且都是中国人，又是对手，所以特地过来打声招呼。”

“雷曳先生如此客气，这倒让我们三人不知该如何比赛了。”

“这点请放心，比赛是比赛，我不会手下留情的。”雷曳正色道。

“好！我欣赏这种做事风格，那我们放手一搏。”木北也毫不含糊。

出于礼貌，木北把土地和宋介绍给雷曳，大战在即，互通姓名也算是战场上的礼节，土地和宋很知礼地和雷曳简单交谈了几句。寒暄过后，见得其他参赛人员已陆续离开会议室各自准备去了，木北三人也与雷曳就此道别。

回到房间三人开始着手忙碌起新的任务，这次的任务单变成了淡蓝色信纸，启开来看，上面写着《死亡竞赛》第二关的任务计划。

目标任务：找出曼谷妓女杀手。

目标人物：未知。

完成时间：六天。

备注说明：所有资料均存放在电脑里。

破案！居然让犯罪分子去破案！第二关的任务绝对超出了三人的意料，不过这大胆的想法确实够有创意。

新任务让木北着实有些犯难，因为破案对三个门外汉而言纯属盲人过河。

“这下玩完了，让我们仨和一老警察去比破案，真不知组委会是怎么想的。还不如干脆直接枪毙我们得了，这任务另类得有些过头了。”土地泄气地说。

“呵呵，这不是还没到决出胜负的时候嘛。”木北笑着安慰道。

“可是……算了，我也别可是了，免得大家气馁。那你说该怎么办？”土地直挠头皮。他和宋不约而同地看着木北，想知道这颗聪明的脑瓜此刻究竟有什么好办法。

“嗯……”木北抱胸沉思着，土地和宋就等着他“嗯”之后给出的答案。

“我也不知道。”木北的话差点惊得二人跌倒。关键时刻，聪明脑袋也不给力了。

虽然心中没有明细计划，但三人还是依旧把所有资料打印出来贴在墙上仔细研究。隔行如隔山，三人从未涉及过破案这类事，所以迟迟找不到头绪。时间流逝，烦恼随之加剧……

怎么办？怎么办？这是几天以来最让人焦虑的问题。

诸多资料摆在木北面前好像无一可用，从中找不出半点头绪，烦躁不安的他只得依窗眺望风景来让自己静心。手中烟雾袅绕的香烟是他平生抽的第二支烟，虽然依旧不习惯那呛鼻的味道，但保持清醒成为他目前的首要之选。身边的土地和宋看在眼里暗自心疼不已，他们隐隐感觉到压在木北身上的沉实分量，却又别无他法可以缓解，只能尽量不去打断他的思路。

事情往往会出现意想不到的转机，木北突然想起了希老。

“喂，是希老吗？我是木北，我想向您请教些问题。”木北赶紧挂通了电话。

“原来是小木子。怎么了？遇见什么麻烦事了吗？”希老关心地问道。

“头疼的事一大堆。”

“说说怎么个头疼法，我老头子帮你分析分析。”

“我觉得自己思路有些闭塞，所以想和您聊聊天。”

“原来是这样啊。我猜测你肯定遇见了一个棘手的问题，感到手足无措了。”

“希老果然厉害，木北的心思一下就被您看出来了。”

“是哪方面的问题要来考我这迂腐老头呢？”

“我现在面对一个从未涉及过的行当，感觉无从下手，完全处于迷茫和无助的状态。”木北想静下心来听听老人家的看法，毕竟希老阅历丰富，说不定他会给自己带来一些启发。

“呵呵，明白了。你先别急，我们换个话题，我且问你几个问题。”

“希老请说。”

“《梅花易数》一书的作者是谁？”希老突然莫名转到另一话题上来。

“相传为宋代易学大家邵雍先生所著。”木北接下希老的话题。

“呵呵，其实《梅花》一书并非邵雍一人所著，而是历代梅花门高人的智慧结晶。当然这个并不重要，我们姑且认为是邵雍先生所著。那问题就来了，邵雍先生是不是什么书都不看就自己编出了《梅花易数》呢？”

“当然不是，他老人家也是基于《周易》之上才创作出来的。”

“说得好。那如果邵雍先生绕过《周易》他能创作出《梅花》吗？”

“当然不能。嗯？希老你的意思是……” 听到此话木北好像略有所悟了。

“如果《周易》是土壤，那么《梅花》就是根植在其中的奇葩。”

希老暗寓道。

“等等，我好像有些明白了。”木北眼前一亮。

“呵呵，小木子你很聪明，应该能理解我的意思。”

“非常感谢希老，你几句话就帮我拨云见日了。”木北满脸兴奋。

这是一段神奇的对话。几句简单交谈之后，木北居然又信心满满地继续忙碌起来。在旁两眼茫然的土地和宋则是丈二和尚摸不着头脑。唯一能感觉到的是希老语言的神奇魔力，居然几句话就能让先前还是一筹莫展的木北瞬间就变得斗志昂扬！

第二十三章　寻找妓女杀手

六天时间过得很快，两路人马各自忙碌着。破案对于雷曳而言那是驾轻就熟的工作，所以干起活来得心应手。而木北这边却显得极为神秘，不知道他们三人成天在忙碌什么，反正到最后揭晓答案时一切自会明朗。

转眼就到了交差的时间，两路人马齐聚会议室，一场精彩的较量又将上演……

[爱新觉罗·雷曳回忆]

午夜两点后的一场大雨带来了丝丝凉意，坐在车里略带倦意的雷曳一言不发地盯着窗外的风景沉思。曼谷对他来说并不陌生，在这里他曾亲手把两名台湾逃犯推下了二十七层的大楼。嗜杀并不是他的爱好，只是每每在办案过程中看见那些受害者的惨烈，以及犯罪嫌疑人被判无罪释放后走出法庭时嚣张的模样，他就感到怒火中烧。这是一种愤恨，甚至每当看到佩带在自己身上的警徽都会感到无比耻辱。正义在这物欲横流的社会变得势单力薄，恶贯满盈的歹徒成为社会名流，而维护正义的斗士却成了丧家之犬，他无法让自己心态平和，只有亲手结束掉那些人渣的性命才能换得些许慰藉。

“到了。”身旁驾车的翻译兼助手把车停好后提醒雷曳。

为了方便行事，组委会专门为语言不通的参赛选手配备了翻译，而且还可充当助手。雷曳轻应一声，拉开车门便开始忙碌起来，只要一进入到工作状态，立马像换了一个人似的，不苟言笑的表情让人肃然起敬。

案发现场是在高架桥的桥墩下面，前后共有三名妓女在这里被杀害，尸体均是搁置在十三号桥墩旁的简易棚里。雷曳把资料翻了出来认真比对起来，时而蹲地俯身察看，时而起身踱步从不同角度审视，他的观察相当细致，生怕漏掉了某个细节。

“凶手应该是个心理有些扭曲的人。”雷曳自言自语道。

“为什么？”助手看了看雷曳不解地问。

“第一，目标很明确，被害人全都是妓女，说明他内心对妓女充满了憎恶；第二，顺着马路的角度看过去，可以看见被害者裸露在棚外的大腿，这说明凶手是故意让人发现尸体的，属于典型的挑战警察侦破能力的罪犯；第三，根据资料上的记录，三次案件中最早的一次案发在十二天前，最晚的一次是在六天前，也就是说短短几天时间里就连续发生了三次凶杀，凶手好像抑制不了自己杀人的冲动，进而频繁作案。”雷曳冷静地分析给助手听。

“有道理。”助手听完分析后点头称赞。

“让我们找找更有价值的线索。”

说话之际，雷曳从工具箱里拿出一瓶喷雾剂大面积地喷洒着化学药剂。

“这是什么东西？”助手自然不懂这些。

“发光氨。”

“有什么用？”

“一会儿你就知道了。”

喷洒完毕之后，约莫过了十几秒，地面出现了点点淡蓝的光，雷曳赶紧举起相机咔嚓咔嚓连拍了数张。淡淡的蓝光消失得很快，短短几秒后就无影无踪了。

“这发光氨有什么用？”助手继续请教雷曳。

"它能找出残留的细微血渍。就算被雨水冲刷或人为破坏过，它都能反映出当时残留血液的情况，这是刑警勘察现场的必备之物。"雷曳很专业地解释了一番。

"原来是这样。"助手恍然大悟。

"咦？"雷曳目不转睛地盯着照片吸了一口冷气自言自语道，"现场明明有残留的血渍，但为什么在提供的资料照片里，案发现场却没有什么血迹呢？"

"也许在警察到来之前现场就已经被清扫过了。"助手随口一说。

"很有这种可能。凶手在案发后应该会尽量抹去一些犯罪证据，从理论上讲应该是符合逻辑的，那么谁是第一个发现案发现场的人呢？"雷曳若有所思道。

"我查查资料。"助手接过资料夹仔细查阅了一番，然后说道，"第一具尸体是一个清洁工首先发现的，大约是在午夜三点钟左右。后面两具则是警察局接到匿名电话报案才发现的。"

"也就是说清洁工第一个发现首件案件的案发现场。"

"对。"

"好，我们马上去清洁公司查一下当晚在这个路段工作的清洁工是谁。找到他再详细了解情况，这很可能是个突破口。"

"现在都三点了，公司早下班没人了吧。"

"不会，清洁公司一般都留有人值班。"

"那行，那我们就赶过去。雷曳先生做事还真拼命！呵呵。"

利用假警察证件骗得清洁公司提供的员工住址后，雷曳和助手马不停蹄地赶往曼谷的贫民窟。Klongtoei Port是泰国曼谷标准的贫民窟，意思为"居住在铁路旁的社区"。低矮简陋的房屋杂乱无章地排布在凹凸不平的荒地上，尽管空间狭小而拥挤，但家家户户都把门前打扫得干干净净，几乎每家每户的门口都摆放着花盆，一些花儿开得正艳。

两人费尽周折才找到了清洁工的家。弯曲不平的路实在太难走，而且住在这里的居民对于陌生人格外警惕，这主要源自贫民窟居民与政府的长期争斗。通过三三两两出来方便或纳凉休息的人才慢慢打听到那名清洁工的住址。

初次见到清洁工时雷曳和助手有些诧异，印象中清洁工通常是上了年纪的人，但眼前却是个弱不禁风的年轻人，瘦窄脸上架着一副白边眼镜，看起来更像是个文弱书生。雷曳以警察办案的名义骗开了房门，等说明来意之后，睡眼惺忪的清洁工礼貌地把二人让进屋来。环视房间，狭小而紧凑，家具简陋却很干净，看来这人个人卫生习惯相当好。

“长话短说，二十五号你去上班时的情景还记得清楚吗？”雷曳开门见山道。

“记得非常清楚，亲眼目睹凶杀案的尸体恐怕这辈子都难忘。”清洁工胆怯地答道。

“你是在什么时间段发现尸体的？”雷曳的态度像是在审问犯人。

“大概，大概是在凌晨2：35的时候。”清洁工回想了一下说道。

“嗯？你居然能把时间记得如此清楚？”雷曳倒吸一口凉气。

“因为朋友刚好给我打电话，我就留意了一下具体的时间。”清洁工紧张地辩解道，看来他很害怕威严的雷曳。

“那么晚了朋友给你打电话干吗？”

“他是个赌棍，又输钱了，想找我借钱救急，所以……”

“那后来呢？你继续往下说。”

“可能是因为手机铃声太大的缘故，后来我就看见一中年男子慌慌张张地从水泥柱子那儿跑了出来，手里拿着一把尖刀，刀上依稀还沾有血迹。”

“什么样的中年男子？”

“个子不高，大概就和警官您差不多吧。相貌普通，下巴左边有颗痣。”

“他当时看见你没有？”

“看见了，就是因为看见我他才匆忙跳上旁边的摩托车飞快地逃走了。”

“然后呢？”

"然后我就跑过去一看究竟，结果吓了我一大跳。发现一个女人躺在简易棚里，胸口被捅了两刀，喉管位置也被划开了一条大口子，还不住往外冒着血。我壮着胆探了一下她的气息，好像快不行了，于是我赶紧打电话报警。"

"那后来呢？"

"后来警察就来了。"

"你说谎！"雷曳突然提高声调吼道。

"啊？没，没有啊！"清洁工惊恐地看着雷曳。

"没有？根据你刚才陈述的情况，凶手是杀了人之后匆忙逃离现场的，也就是说他根本没有清理过现场。但警察来到现场勘察时所拍下的现场照片中居然没有任何血迹！这不是一个天大的漏洞吗？只有两种解释，要不就是你在说谎，要不你就是凶手！"雷曳的语气咄咄逼人。

"不不不！我不是，我……"清洁工百口莫辩。

"我什么我，说啊！我等你把故事编圆。"雷曳抱胸审视着清洁工。

"我，我不敢说。"清洁工似乎有所顾忌。

"行，你可以不说，那我们就到警察局慢慢再说。"

"啊！"清洁工果然被镇住了，他很清楚警察局让人招供的残酷方法。

"自己考虑清楚吧，别选错了路。"雷曳步步紧逼道。

"我怕说了会出事。"

"你不说一样会出事，而且马上就会出事，我保证！"

"唉。"清洁工哀叹一口气缓缓说道，"是我说了谎。其实案发现场是我打扫的，不过那一切都是被凶手逼的。"

"嗯？"答案着实让雷曳和助手吃惊不小。

"凶手在发现我之后根本没有立刻离开现场，反而跑过来要挟我。而且还把我身份证上的地址记了下来，威胁我说可以报警，但不准透露过多细节。如果说漏了嘴，他就会来报复。然后又逼着我把现场清扫了一遍，最后才让我打电话报警的，事情经过就是这样。我真不敢乱说，就怕他找我报复。”

“嗯，你这种担心可以理解，放心，很快就会抓到凶手了。”

“是是是，只有拜托你们警察了。”

“允许你报警却又不让你透露过多细节，这里面有蹊跷。”

“我也想不明白，我琢磨着他是不是想挑战警察？警官，我是瞎猜的。”

“先暂时放一放。我问你，你出门都带着身份证？”

“家里根本不安全，容易被偷，所以我一般都随身携带。”

“你打电话报警的时候为什么没向警察提到中年人和清扫现场的事？而我们一来你却一五一十全盘托出了实情。”

“我以为你们警察已经查出我在说谎了，害怕吃官司，所以就……”

“还有什么能回忆起的吗？”

“对了，中年人逃跑的时候从裤包里掉出一个安全套，我把它交给警察了。”

“嗯，好的，还有其他的吗？”

“没有了，所有的一切都已告诉您了。”清洁工一脸无辜地看着雷曳答道。

“好！那现在你把刚才阐述的事全部倒叙一遍。”雷曳话锋一转突然命令道。

“啊！”清洁工对于这个奇怪要求感到分外吃惊。

“啊什么啊，快！”雷曳严厉地命令道。

回去的路上雷曳一直低头沉默地思考着。旁边的助手几番欲言又止，好像有诸多问题想问他，但又怕干扰到他思考，只得默默驾着车行驶在路上。

“清洁工会是凶手吗？”憋了很久的助手还是忍不住开口了。

“可能性不大。”雷曳给了一个较为肯定的答案。

“他好像很害怕与你对话。”

“害怕是正常的心理反应。还记得最后我让他倒叙整个过程吗？”

“记得。当时我就觉得你的做法特别奇怪。”

“如果犯罪嫌疑人是撒谎编故事的话，那么他很难流畅地把故事倒叙回去，这是多年办案的经验。清洁工能做到这一点，这说明他说谎的可能性极小。”

“哦，原来是这样，雷曳先生果然厉害。”助手佩服道。

“那下一步应该怎么办？”助手继续问道。

“找到安全套的主人。”雷曳似乎早就明确了方向。

“人海茫茫的怎么找啊？这不是大海捞针？”

“其实目标很明确。安全套、妓女本身就有很大的关联，意味着那个中年男人很可能是名嫖客，而且还能把小姐带出来，说明此人应该是常客或熟客。我们到红灯区去调查一下，相信很快就能知道此人的身份了。”

“雷曳先生果然厉害，跟着你学到不少破案技巧呢。”

“但有一点我要提醒一下，我们找鸡头套话的时候不能再冒充警察了。”

“为什么？”

“这个行当的人普遍对警察带有抵触心理，很难对警察说实话，说不定他们还故意编些谎话来迷惑警察，所以我们不能犯傻。”

“明白了。我完全听从雷曳先生的安排。”

按照事先的安排，第二天晚上两人乔装成嫖客来到了红灯区，很快就在一家名为“红粉天使”的夜店探听到了消息。雷曳和助手在假意挑选美女的时候与老板攀谈起来，不断套他的话。

“老板，我选中的美女可以带走吧？”雷曳问。

“这可不行。这段时间不太平，您要消火在这里玩就行了。”鸡头赔笑道。

“为什么不行？怎么个不太平？难道警察来扫堂子了？”雷曳明知故问。

“呵呵，警察才懒得管这里的事呢，他们只管按时收钱就是了。主要是这段时间出了人命，小姐们都不敢和客人出去过夜了。”

“嗯？出了什么事儿？我才来曼谷两天完全不知道呢。”

“哟，您不知道啊？这段时间有三个小姐被杀了。现在闹得人心惶惶的，大伙给凶手取个名字叫曼谷妓女杀手，还真他妈变态！”

“妓女杀手？专杀小姐的？”

“谁知道那狗娘养的是不是专杀小姐的呢，他妈的死的第一个小姐就是我这里的。操！把我这里其他小妞吓得都不敢接客了。”鸡头愤恨地臭骂道。

“嚯，这么厉害？吓得小妞们下面紧缩，客人岂不是更舒服。”雷曳调侃道。

“哈哈哈，先生真逗！您还是先选个妹妹开心一下？”鸡头想尽快做成这笔生意，赶紧把话题拉回主题上来。

“不急，我想听听那个妓女杀手的事儿，听起来挺有意思。”

“您到底是来寻开心还是来听故事的啊？”

“你这就没意思了，把我故事瘾逗上来了又不说完。实在没意思，小姐到处都有，我到别家去选去。”雷曳故作不满，站起身来抬腿欲走。

“别啊！先生出来玩就是寻开心的，我主要怕您听了后引起反感，影响到兴致就不好了。”鸡头赶紧起身拉住雷曳赔笑道。自从发生案件之后，生意冷淡了好一段时间，好不容易有个顾客来潇洒玩玩，他怎能就此轻易放过这笔买卖。

“我怕什么？你就不懂了，听了这些之后做起来才更刺激呢！我把自己幻想成是那个变态杀手多爽！哈哈。”雷曳知道鸡头上钩了。

“哟，你爱好还真不一样。这样吧，我告诉你。”鸡头把雷曳又重新按到座位上，然后开始叙述起来：“大约是在十几天前，哪天我记不住了，一熟客来我这里挑选小姐去玩。他妈的，选来选去结果没几个小姐愿意和他出去的。”

“为什么？难道是他给不起钱？”雷曳知道好戏开演了。

“不是钱的问题。主要是那熟客太他妈变态，喜欢性虐待小姐，经常整得的小姐们身上青一块紫一块的，所以大多都不太愿意和他玩。”

“什么样的人如此变态？”

“是个其貌不扬的中年人，下巴有颗骚痣。那人一看就知道不是个好东西！一副色眯眯的样子。早些年老婆和别人跑了，现在孤家寡人一个。”

“接下来呢？”听到此处雷曳陡然兴奋起来，因为他知道对上号了。

“磨来蹭去好半天才有一个小姐答应他了。那妞是北方的，都三十多岁了，客人少，挣点钱不容易，所以咬咬牙就跟他去了。”鸡头吐了把口水说道。

“后来呢？”

“后来就出事啦！那变态骚客没过多久就给我打电话说完事了，放小姐自己回来了。我左等右等始终没见人回来，以为小姐借机去玩了呢，所以也就没太在意。没想到第二天一看新闻，操！那妞居然被杀了！真他妈晦气。”

“呵呵，那你不心疼死，又少个摇钱树。”

“心疼个屁！我这里小姐多的是，少个算啥？只是自从这事闹了以后生意不好做了。操他妈的，抓住那妓女杀手我非揍他个半死不可！”说着说着鸡头还来了劲，咬牙切齿地不停乱骂。

“那变态住哪？”雷曳假意劝了劝鸡头，然后继续问道。

“不远，高架桥那边的一个小区里。”

“哦，他如此变态，是干什么工作的啊？”

“谁知道呢！嗨，你看咱们俩都聊成查户口的了，都快忘记正事了。”鸡头忽然反应过来，赶紧拉回主题，对他而言做成这笔生意才是最重要的。

“哈哈，对。还是选个美女开心开心才重要。”雷曳假意起身准备选小姐，暗中给身旁的助手递了个眼色。助手心领神会，偷偷拨打起雷曳的移动电话。

“嘟嘟嘟。”听得手机铃声响起，雷曳佯装接听电话，一番假意交谈之后，装出一副有急事要办的样子，匆匆与鸡头告别，鸡头还假惺惺地与他客气一番。

线索越发明朗!

驾车急驶的路上，两人心中一阵窃喜，目标轮廓越来越清晰。和预想的一样，案发时间、地点、变态心理都极度吻合，凶手就锁定在下巴有痣的中年人身上。现在只需冲到家里抓住他就算大功告成。

高架桥这边的小区并不太多，没走访几个小区的保安室就查到了中年男子的具体住所，两人直接冲上七楼欲抓捕嫌疑犯。

“咚咚咚。”雷曳先敲了一下门，想探听一下房间里是否有人。

“咚咚咚。”雷曳紧接着又敲了数下，倘若没人，他就准备硬闯进去。

“谁?”就在此时忽听得门后传来一声低沉的嗓音。

“警察! 开门。”助手按照雷曳的要求直接用泰语吼道。

“警察?”房里人听到“警察”二字好像特别吃惊。

“别废话，快开门!”

“你找谁? 有什么事吗?”房里人显然没有开门的意思，只是隔门对话。

“我们找谁你心里很清楚，事到如今就让我们进去看一下吧。”

“你们说什么呢? 我怎么听不懂?”

“哼哼，相信你会懂的。有胆量做就应有胆量承认。”助手不断向房里人施加着压力，他很清楚房里对话的人应该就是下巴有痣的中年男子。

“我……我……我没有杀她们。”中年男子的声音充满了绝望。这话一出倒是很出乎雷曳和助手的预料，没想到此人这么快就心虚了。难道他早料到警察会找上门来，已处于崩溃边缘了？

“呵呵，我们什么都还没说你自己就交代问题了，看来你心里真的有鬼。”

“啊？我……我……”

“好了，开门吧。只要你老实交代清楚，法官会适当考虑减刑的。”

“别骗我了。三条人命，我肯定是死定了！”

“你不是要和警察斗智吗？既然现在已经输了，那就爽快一点吧。”

“你们怎么这么快就找上门来了？”

“那你为什么要杀那三名妓女呢？”助手的疑问始终围绕着问题的核心。

“我没有杀她们，她们，我……”中年男子说话吞吞吐吐犹豫不决。

“自己说出来和被带到警察局再招供是两个概念。我不想威胁你什么，只是皮肉之苦想必你承受不了！”助手进一步施压道。

“嗨，其实我……”中年男子心理防线似已崩溃，沉默了五分钟后才听他缓缓说道，“是，是我干的。三个人都是我杀的，如果有机会我还会继续杀人。”

“理由？”助手翻译雷曳的问话道。

“她们太势利、太肮脏。妈的！一个妓女居然嫌我穷，笑我给不起小费。她们这些婊子有什么资格笑话我？我讨厌那些鄙夷的眼神，我讨厌背叛。她们和那个逃跑的臭婆娘没啥区别，所以只有死亡才能让她们闭上恶心的眼睛和臭烘烘的嘴。”

“好了。开门吧，我们慢慢聊聊。”

“你们会打我吗？”

“放心，不会的。”

又是一番沉默，房间里良久没有什么动静。雷曳和助手正纳闷之际，忽见房门猛然打开，一股白色雾体突然喷向二人！二人毫无防备，就觉得眼前一阵刺痛，本能地捂住双眼大叫一声“不好”。正当二人揉眼之际，听得脚步声从身边一掠而过，急促渐远而去。雷曳完全没料到中年男子会下黑手，用防狼剂偷袭二人。对方毕竟不是傻子，这是在做最后挣扎。他很清楚被警察抓到后的下场，搏上一搏说不定还有出路可寻。

眼睛受伤失去战斗力，雷曳和助手任由罪犯逃跑却束手无策。待稍微缓过劲来之后，助手才跌跌撞撞地冲下楼找寻其踪迹。雷曳本人则进屋用冷水冲洗一下，等灼热感慢慢减轻后才睁眼去观察犯罪嫌疑人的住所环境。

房间不大，装修已陈旧，家什等物杂乱摆放在一起，一看便知主人是个邋遢懒惰之人。卧室更是凌乱不堪，衣物、床罩类物品随意丢弃在床沿或地上，看来中年男子逃跑得太仓促，胡乱翻了几件衣服就匆匆离去。雷曳仔细察看着室内的一切，希望能找到有利的证据。不出所料，他果然发现了一件非常重要的物件。这让雷曳顿时兴奋起来，这样东西很符合他当初的猜想。

墙角椅子上摆着一本《犯罪心理》！

“雷曳先生，那人渣跑掉了！”助手上气不接下气地跑回来报告情况。

“没事。追捕他反正是警察的事，我们只要查出真凶是谁就行。”雷曳埋头翻看着手中的书头也不抬地答道。

“咦？这小子居然还研究犯罪心理学。”助手瞟了一眼雷曳手中的书惊叹道。

“呵呵，他是在学习如何犯罪。”雷曳笑道。

“看来他还真计划过犯案细节啊。”

“犯案人都想把案子做得天衣无缝，没有谁想让警察抓住。”

“那我们可以回去交差了吧？”

“好，我们可以回去了。”

“也就是说那名中年男子已经是你们的首要怀疑对象了？”

裁判弘塞被精彩的办案过程深深吸引，忍不住插话追问道。

"是！"雷曳肯定地答道。

"到此可以下结论中年男子就是真凶，是吧？"

"不是！"雷曳否认道。

"啊？"雷曳的否认让众人惊讶不已。

人证、物证俱在，况且那个中年男子也亲口承认了自己就是凶手。在这种情况下雷曳居然还不认为中年男子是真正的凶手，这个疑惑超出所有人的意料。

听得雷曳清了清嗓子继续回忆……

第二十四章　合乎逻辑的推理

[爱新觉罗·雷曳继续回忆]

回去的路上，助手神采奕奕地和雷曳说笑着。他还从来没有尝到过破案的乐趣，现在亲手破了一件大案，高兴得像个孩子般手舞足蹈，如果不是因为在开车，估计他会蹦到大街上去跳街舞。

“恭喜雷曳先生率先破案，我们现在就去找弘塞先生汇报吧。”助手开心地说道。

“不！直接回住所。”雷曳在旁冷静答道。

“别啊，还是先汇报吧，万一被那个叫木北的小子抢先汇报，咱们就亏大了。”

“回住所！让我冷静分析一下真正的凶手。”

“啊？”助手听得这番话，猛踩住刹车瞪大眼睛惊讶地问道，“什么意思？难道，难道那个中年男子不是真正的凶手？”

“问题恐怕没那么简单。”

“怎么会呢！那可是他自己亲口承认的啊！”

“假象永远是假象，听到的、看到的不一定就是真的。”

“雷曳先生，我真的搞不懂了，已经完全糊涂了。”

“呵呵，你不觉得整个事件有很多疑点吗？”

“什么疑点？”

“好。那我来逐一考考你，你自然就懂得里面的蹊跷了。”

“雷曳先生请讲。”助手虽诧异于雷曳的想法，但他更敬重其侦破能力。

“整个侦破过程你不觉得进行得太顺利了吗？”雷曳开始问道。

“这能说明什么问题？只能说明雷曳先生的破案能力高强啊！”助手不解道。

“错！这只能说明我们太容易被糊弄。”雷曳否认道。

“那雷曳先生的意思是……”

“就是这本《犯罪心理》给了我很大的启发，由此联想到两个问题。第一，如果中年人是熟读了这本书，那他会用如此简单而愚蠢的手法来犯案吗？第二，当我检查整个房间时，发现里面布满了灰尘，也就说明房间应该有好些天没有人居住了，但这本书却格外干净，该如何解释？”

“咦，确实是这样，这说明……”

“这本书应该是才摆进房间不久的！”

“那雷曳先生的意思是有人故意在陷害那名中年男子？”

“有这种可能，当然这只是猜测而已。还有第三个疑点，中年男子基本上没作任何辩解就承认自己是凶手了，你不觉得可疑吗？还有，既然他已清楚自己所犯的罪行是必死无疑的，那他在偷袭之前为何还要告诉我们那么多细节？”

“有道理！”对于雷曳提出的诸多疑问，助手感到的确很蹊跷。

“但是那中年男子亲口承认是他杀害了三名妓女的啊，如果不是他做的，那他为何要把这些命案背在自己身上？”助手对亲眼目睹的事实疑惑不解。

“这个问题问得好。那我继续多问你一个问题。”雷曳轻笑一声说道。

“行，雷曳先生请说。”助手觉得案件的发展越来越不可思议了。

“刚才我们俩都亲眼看见中年男子的面孔了吗？”

“没有，他当时不是喷了……喔！我明白了，雷曳先生的意思是刚才那个隔门对话之人或许根本就不是什么所谓的中年男子，是吧？”助手恍然大悟。

“呵呵，是的，很有这种可能。所以我们需要找一些证据来证明猜测才行。”

“怎么找？”

“组委会提供的一手资料里很可能就有很多我们未曾发现的蛛丝马迹，所以我们应该回去再好好研究一下，静下心来认真梳理一遍思路。”

“还是雷曳先生冷静，刚才我已被胜利冲昏头脑了，嘿嘿，真不好意思。”

“呵呵，难免的。开快点吧，剩余的时间已经不多了。”

“那你最后找到真正的凶手没？”

弘塞已听得入迷，不知不觉就插话打断了雷曳的叙述。精彩刺激的断案过程几乎让他忘记了自己的裁判身份，迫切想知道最终的结果和真正的凶手。

“呵呵，当然。”雷曳胸有成竹地点头。

“谁？”基本上在场所有的人都关心起问题的最终答案。

“你们认为会是谁呢？”关键时刻雷曳居然卖了一个关子。

“清洁工？”弘塞忍不住率先发表了自己的看法。

“哈哈哈。”

雷曳闻言大笑不已。这一笑，把大伙全给笑懵了，众人面面相觑不知何故。

“怎么了？难道我说错了？”弘塞不解地问道。

“哈哈，裁判先生，清洁工是凶手这个答案，恐怕是幕后者期望我认为的结果。可惜，他根本就不是。”雷曳肯定地断言。

“真奇了怪了，到底谁才是真正凶手呢？”众人百思不得其解。

“好！那我就告诉诸位谁是真正的凶手。”

雷曳见众人的胃口已经被吊得老高，也就不忍心再隐藏下去。此话一出，场面上霎时静得没有一丝杂音，大家都屏住呼吸就等着那不可思议的答案脱口而出。

“真正的凶手是——根本就没有凶手！”

一枚威力十足的炸弹震翻了在场所有的人，几乎没有人会相信自己耳朵听到的答案。不可思议，实在不可思议！雷曳抛出的答案超乎了众人的想象，就连旁边守护的众保镖们都情不自禁围了过来，想听听后面的推断。

“雷曳先生，你的意思是……”弘塞大惑不解。

“我的意思很明确，其实根本就没有什么所谓的曼谷妓女杀手，也没有连杀三人这桩案件存在，一切都是假的！”雷曳铿锵有力地答道。

“假的？”

“是假的！这一切不过是组委会精心安排的一场闹剧而已，估计就是想看看我们的推断能力和辨别真伪能力到底有多强。”

“假的？闹剧？那你是如何判断出来的？”弘塞急切想知道原由。

雷曳不紧不慢喝了一口水后开始分析道：“回到住地之后，我又把资料翻出来认真察看了数遍，而且试着把案子倒过来推，推着推着就越发觉得清洁工是非常值得怀疑的对象。一开始我确实首先排除了他是凶手的可能性，那是因为他给我提供的口供的确找不出什么破绽，但自从得到那本《犯罪心理》之后，我就彻底打破了先前的想法。注意，其实这时候我也进入到思维的误区。”

“是什么原因？”

“首先我作了一个大胆的假设，假设那本书的主人是清洁工，如果他深知犯罪心理学，那岂不是就能轻松应对我的审问了？”

“很符合逻辑。”弘塞说道。

“正是因为想到这点，我就将怀疑重心重新转移到清洁工身上，于是我决定从资料里仔细寻找有价值的线索，结果……”雷曳喝了口水停顿了一下。

“结果怎样？”

“结果我偶然寻到了一巨大收获！这个收获大得让自己都震撼不已，甚至久久都不敢相信。

“什么收获？”

“照片！以假乱真的照片！”

“照片有什么问题？”

“情况是这样的。当时我在接咖啡的时候，不经意瞟了一眼桌上的照片，突然发现一个很惊诧的问题。三具妓女尸体的照片无论是在光影亮度、曝光度，还是照片色彩度上，居然都有着不可思议的相近！而且所拍的照片基本上都没有太多的近景。巧合？这难道是偶然的巧合？二张巧合可能不足为奇，但三张都如此接近，这恐怕不能再用巧合来解释吧。那为什么会出现这种情况呢？这个问题让我百思不得其解，思来想去，觉得照片是同一天同一时段拍摄的才最符合逻辑。鉴于这份疑惑，于是……”

雷曳可能说话说得太久有些累，略微润了一下嗓子又继续道：“于是一个巨大的假设在我脑海里产生了。假设一手资料是假的，假设这一切都是假的！其实当这个想法冒出来的时候我自己都吓了一跳，但是我坚定自己的判断。假设毕竟只是猜测，需要大量的证据来证明其真实性，所以我决定再次去案发现场。说实话，时隔多日再到现场找寻有价值的线索已经很难了，在现场我转悠了三个多小时仍旧一无所获，心里那个大胆的假设也渐渐失去光彩，我甚至开始怀疑是自己多心了。正当失望至极的时候，我忽然发现了一个令我无比兴奋的漏洞！”

“什么漏洞？”众人纷纷关心道。

“路灯！”雷曳说到此处眼里充满了兴奋的光芒。

“路灯？什么样的路灯？”

“就是大街上普通的照明路灯！大家请看资料里提供的照片。”雷曳把照片依次摊开来展示给大家看，听他继续说道，“注意看，照片中拍到的这一排路灯都是亮着的，但是我在现场看到的路灯却有一盏是熄灭的。在后来的调查中得知这盏路灯早在案发前两天就已坏掉了，至今都没有人去维修。这个看似渺小的漏洞给了我极大帮助。这说明有两种可能：一、照片造假；二、照片提前就已经拍好了。从影像技术上来分析，造假的可能性似乎不大，那就意味着照片提前拍好的可能性相当大！”

雷曳精彩而细腻的分析听得众人一片哗然。

“有了这个观点作为支撑，于是我把曾经走访过的地方又重新走了一遍，果不其然，发现了诸多漏洞。当我再次来到红灯区时，特意仔细观察了一下，发现该区域根本没有什么警察在巡逻。如果这里真发生过什么大事，从理论上讲警察应该会加强巡逻力度，但我在那里站了两个多小时压根没看到一个警察。依然还是一派莺歌燕舞、歌舞升平的情景，哪像鸡头描述的那般人心惶惶、萧条萎靡。”

“也许是大家心态都稳定了呢，毕竟赚钱才是最重要的嘛。”有人忍不住插嘴。

弘塞狠瞪了一眼插话的保镖，吓得该人赶紧龟缩到后面，不敢再造次。

“说得好，所以我再次找到了清洁工……”雷曳停下来又喝了一口水。然后继续说道，“当我再次找到清洁工时，他依然显得胆小懦弱。在我盘问他时，他还是对答如流毫无破绽。于是我就将计就计假装中了圈套，语言中透露出怀疑他就是真正凶手。恰在此时，狐狸尾巴不经意就露了出来。他的表情闪过一丝很微妙的奸笑。是！他也许读过《犯罪心理》或者有人传授过他这方面的技巧，但他毕竟不是专业人士，当喜悦在内心爆发的瞬间，真实就顷刻反应在了脸上，就是这一细节深深出卖了他。同时还有一个细节也加深了我对他的怀疑。”

“什么细节？”

“我刚进屋的时候，陡然闻到一股烟草的味道，应该是有人刚刚在屋里抽过烟。抽烟本来是件平常事不足为奇，但那味道闻起来有丝别样的醇香味，绝对不是一般香烟燃烧后的味道，后来我在茶几旁的地板上找到了答案！”

“找到了什么东西？”

“烟灰！一段大约有两厘米长的烟灰，而且是呈现出雪白色的烟灰。看到这点我心里就豁然明白了，原来空气里弥漫的是雪茄的味道，且是名贵的雪茄。因为只有真正会品味雪茄的行家才懂得抽烟的细节，雪茄的烟灰要燃烧到约有两厘米的时候才会弹掉，这样可以包裹住烟叶的香味。试问一个清苦的清洁工舍得抽如此昂贵的雪茄吗？”

“有可能是清洁工的亲戚或朋友来访抽的呢？”弘塞辩解道。

“呵呵，裁判先生，你相信自己说的话吗？”雷曳轻笑反讥道。

“这……呵呵，我的说法确实有点牵强。” 弘塞不好意思地笑道。

“其实我们讨论了这么多，最后还是让证据来证明我的观点吧！”雷曳从资料夹里抽出了几张照片丢在桌面上，这一举动引起了众人的好奇，大家纷纷上前围观。不看不要紧，一看吓一跳！原来照片里偷拍到一个女人正在购买毒品，那女人就是“第一个被杀害的妓女”！事实胜于雄辩，果然如雷曳推测的一样，原来这起所谓的案件真是一个虚构的假象。众人的惊讶声顿时响作一片。

“那你如何断定是组委会安排的这一切呢？”

“试问在泰国还有谁能如此了解我的查案思路和方式呢？一步步安排得格外周密而细致，差点让我跟着原计划轨迹走了，可惜百密一疏！现在大家可以理解为什么照片中很少有近景的原因了吧，这不是故意露出的破绽，而是化妆技术的局限，如果拍得太近，肯定会露出马脚。现在回想起来，真多亏那偶然的发现，要不然……呵呵，我不说大家也知道后果了。”

“综上所述，根本就没有什么所谓的曼谷妓女杀手，也没有什么连环杀人案，一切都是虚拟的假象！雷某不才，只得出这样的最终结论。”雷曳正色道。

“哗啦哗啦。”

寂静片刻之后，会场响起了热烈的掌声。大家都被雷曳精彩的侦案过程给深深折服了，每个人都把真诚的掌声送给了这位经验丰富的老警察，正是因为他的出色表现才让大家感受到了一种思维的启迪。当这份掌声持久响彻时，正气凛然的雷曳眼角里居然闪现出点点泪光，掌声和喝彩对他而言已是久违了。更让他想不到的是这感人一幕居然是发生在犯罪组织里的比赛当中，看来真诚这东西和职业无关，即使是黑道，即使是一群恶贯满盈的暴徒，那又怎样呢？

“好了，下面请木北先生开始阐述他们的侦案经过。”弘塞继续主持着比赛。

雷曳的破案过程已经如此完美，那么木北又会给我们带来怎样的惊奇呢？

第二十五章　妓女杀手之踪

听得弘塞引导，木北不紧不慢地站起身来先向雷曳鞠了一躬。

这一动作让雷曳有些吃惊，但他马上报以微笑还礼。听得木北开口说道："首先在这里感谢爱新觉罗·雷曳先生的精彩破案过程，他让我们这组的三人学到了不少的知识，而且也为我们提供了不少的帮助，所以在这里特别感谢一下。"

"呵呵，木北先生客气了，雷曳并没有帮助你们什么，不必那么客套。我想听听先生的破案过程是否和我一致。"雷曳点头以示回礼感谢。

"不！木北并没有客套，而是真心感谢雷曳先生。如果没有你的帮助，我们别说破案，恐怕连入门都难。"木北正色道。其真诚态度似乎并无半点假意恭维之嫌。

"哦？木北先生这番话倒是让雷曳费解，请小兄弟直说。"

"好，如有得罪之处请多担待。"

"行，木北先生直说无妨。"

"其实本案中有凶手。"

木北陡然抛出的一句话又似一枚炸弹震得众人惊诧不已！大家都瞪大眼睛盯着他。这番话实在太奇怪，整件事的发展几乎已经超出了想象的极限，变得越来越离奇。雷曳从有凶手推理到无凶手，现在木北又称有凶手，到底谁真谁假，孰是孰非呢？

“呵呵，有点意思。看来木北先生和我得出了截然不同的答案，我倒想知道这凶手究竟是谁？”雷曳也格外惊讶于木北的答案。

“凶手是谁啊？”众人纷纷探听道。

“呵呵，你们先猜一下。”这紧张关头，木北居然也卖了一个关子。

“不会还是清洁工吧？或者是中年男子？是鸡头？”众人私下探讨着。

“好了，大家别乱猜了，还是请木北先生继续吧。”弘塞示意大家安静。

“其实凶手就是——你。”

木北稳了稳声音陡然抬起手指着“凶手”大声说道。大家顺着他的手指方向瞧去，发现他指的竟是爱新觉罗·雷曳。四周聚焦的目光瞬间凝固了。

这下场面彻底炸了锅！

案件变得完全不可思议，似乎已经超出逻辑和推理的范畴，俨然有几分电影编剧的味道了。基本上没人会去相信木北的言论，一个参赛选手居然会变成凶手，完全就是个令人啼笑皆非的大笑话！纵然木北说得振振有词，但大家仅当作是这个年轻人是想出风头，故弄玄虚罢了。

倘若非要让众人统一看法，估计大家都会认为木北该吃药了。

“呵呵，木北先生的结论让鄙人感到万分惊讶，可以说是无比震撼。雷曳很想听听你认为我是凶手的理由。”雷曳果然有风度，这种场合依然保持着冷静。

“好！那我就从头分析给大家听。”

木北知道最终的较量来了，打起精神叙述起来：“一开始我们三人接手这任务时感到万分头疼，因为破案对我们来说完全就是一窍不通的事。拿着厚厚的资料我们都不知该如何下手。说实话当时我有几分绝望，感觉肯定输定了。幸运的是上天却给我开了另一扇窗，一个老人的简单言语一下就开拓了我的思路，所以才有了后面的经历。”

“一个老人，什么老人？”雷曳果然是老警察，敏感地抓住细节问道。

“呵呵，对不起，这是我的隐私。”木北微笑着礼貌回绝道。

“喔，没关系，你继续。”

“我承认我们三人对于破案完全不懂。但雷曳先生是专家，于是我们就采用了照猫画虎的方式，跟着雷曳先生去破案，他做什么我们就学什么。这算是一个投机取巧的方法，相当于站在巨人肩上。呵呵，裁判先生，这不算犯规吧？”

“这……这不算犯规！因为本次比赛规定是在比赛过程中对手不得攻击或干扰对方，木北三人并没有干扰到雷曳先生的侦破工作，所以没有犯规。”弘塞查阅了一下比赛规则后给了木北一个肯定的答案。

“谢谢，那我继续往下说。正是因为有了这个大思路，所以这几天我们一直悄悄尾随着雷曳先生进行侦案。他到过的地方、他走访过的人、他留意到的任何东西都被我拿来加以详细分析，所以我俩的思路基本是一致的！可以肯定的是，雷曳先生得出的结论是绝对正确的，本次任务调查的案件确实是虚构的案件，根本就没有什么连环杀人案和曼谷妓女杀手。”

“呵呵，那就奇怪了，既然是个虚构案件那何来我是凶手的结论？”雷曳对于木北话里的逻辑错误感到有些可笑。

“呵呵，雷先生请听我继续说完。”木北知道雷曳话中之意，举手做了一个停止的动作，然后继续说道，“其实到了缉拿中年男子那步，我们三人就已经开始怀疑清洁工了，那时候还有点沾沾自喜的感觉，因为我们终于可以走在雷曳先生前面去抓捕清洁工了。但是当宋把监视雷曳先生的情况反馈给我时，反倒让我感到疑问重重。既然我们都已经怀疑清洁工是凶手了，那雷曳先生肯定也知晓这个结论，可是他为何迟迟不去抓捕凶手呢？难道又发现了什么可疑之处？”

“关键时刻，好友土地的一番问话提醒了我。他说：‘兄弟，雷曳先生一直对着那排路灯看什么呢？’就是这番话让我陡然醒悟。对呀，雷曳先生不停看着照片和路灯说明他肯定发现了什么可疑之处，于是我赶紧翻出照片，仔细察看起来。经过一番比对，终于明白了雷曳先生心中的疑惑。正如他所说的，路灯的问题影射出照片真假的问题。当得到这个疑点的时候，连我自己都不敢相信这一切竟会是组委会故意安排的，于是我们顺着怀疑点去继续追查，果然得到了与雷曳先生一致的结论。虽然顺序不太一样，但是结论却是一致的。”

“这和鄙人是凶手有什么关联？”雷曳急切想知道原因。

“别急，慢慢来，就快到了。话说到这里此案就应该结束了，当我们准备去揪出那第一个妓女的时候，没想到却得到了一条爆炸性消息，那妓女死了！”

“啊？”众人听到这里又是惊炸声一片。

“她是怎么死的？”大伙纷纷追问道。

“呵呵，想必雷曳先生应该知道这段插曲吧？”木北侧身盯着雷曳问道。

“你继续说。”雷曳脸色有些阴沉，没有正面回答木北的问题。

“好吧，我继续说。我们三人去找寻第一个妓女的时候，刚到那个妓院就发生了一件始料未及的事情，那算是一段小插曲，容我仔细说给大家听。谁能想到这原本是件虚构的案件，可到了最后居然真的死了人！发生得如此凑巧，而且发生得相当合理，差一点就天衣无缝了。”

[木北、土地、宋回忆]

曼谷的下午有些炎热，三三两两的性工作者陆陆续续汇集到这片欲望之地。梳妆打扮一番准备投入到一天的“工作”当中。“环保产业”解决了部分社会问题的同时也滋生出诸多阴暗事件，当然这往往都是人性丑陋点的直观表现。

当木北、土地、宋三人再次来到鸡头那里时，隐约觉察到气氛的异样。因为瞧见那屋不断有人慌乱跑进跑出，好像发生了什么大事情一般。鸡头很清楚三人的来意，极力阻挠三人进屋查看状况，这让木北陡生怀疑！

“没事没事，一点小麻烦。”鸡头赔笑说道。

“我一定要进去看看到底发生了什么事。”木北态度坚决。

“别呀，何必让我为难呢？”鸡头有些不高兴了。

“什么见不得人的事不敢让我进去看看？”木北咄咄逼人。

“哟！你又不是警察，管那么多干吗？”

“我不是警察也想进去看看。”

“那如果我不让你进去看呢？”

“那只有用人类最原始也是最有效的方法来解决了！”

“嚯！想打架？我可是答应过别人……”鸡头对文质彬彬的木北不屑道。

“答应过谁？答应过什么？”木北听到此话顿时兴奋地追问起来。

“啊！没，没什么，反正就是不让你进！要找小妞就去别处选去，大爷今天不接待你了，甭在这里和我捣乱。”鸡头知道自己差点失言，赶紧岔开话题。

“那就没什么商量的余地了。”木北回头看了看身边的宋。

宋会意点了点头，他知道下面该他出场来解决问题了。

鸡头见这阵式也不示弱，一声响亮口哨之后，从不同方向围过来六名光头年轻人。个个凶神恶煞盯着木北，好像就等一声令下便要把他生吞活剥了一般，看来这群人应该是红灯区的打手。

“给你30秒，行吗？宋。”木北瞟了一眼当前情况，对宋说道。

宋听见木北的话，微笑着比划了一个V字手势，他的意思是只要20秒就够了。动作刚完，宋身影飞快闪出，“乒乒乓乓”和六个打手交锋起来。身形矫健的宋果然了得，那些打手几乎都挨不着他的身体就被瞬间击倒。鸡头最惨，被宋一脚就踢出七、八米远，躺在地下哀嚎不已。宋果然厉害，20秒不到，只用了18秒就解决了所有对手。

完事之后，宋回头对木北和土地报以微笑，木北和土地不禁竖起大拇指表示赞许。正当宋回头之际，在旁观战的一妓女忽然操起一根长凳猛地砸向宋的后脑勺。宋是背对着该女子的，自然看不见其身后动作，但木北眼尖，见此危情他大叫一声“不好”，自己奋然一跃斜扑到宋身后。且听得“啪”的一声脆响，那木凳结结实实砸在木北的后背，疼得他咬牙皱眉直冒冷汗。

“操！”土地见自家兄弟被打，怒火中烧。顾及对方是女人，他猛地推了该妓女一把。虽然是推，但力道奇大，直接把那女人推了个四仰八叉，泼妇般嚎哭起来。

宋把木北轻轻扶了起来，虽不能说话，但他眼里却充满了感激之情。他虽是拿轲派到木北和土地身边的人，但经过这么多天的交往与合作，深深感到了一种从未有过的温暖。自小他就是一个孤儿，一直在战争的阴影中苟活，拿坷把他收到麾下虽然给予了衣食无忧的生活，但是他却从未尝到过人间真情暖心。自从和木北、土地合作以来，二人并没把他当作外人来看待，宋渐渐被他俩的真诚和善良所感动，再加上木北刚才舍身救他的一幕更是让宋体会到了一种兄弟般的情谊温暖。宋无法用语言来表达情感也许是种天生的遗憾，但是人间真挚情感却又何需语言呢？看着手臂里疼痛不已的木北，铮铮铁汉的嘴角有了些许抽搐……

木北的受伤让土地心疼不已，他用手不停擦去木北额头上的汗珠。考虑到事情比较紧急，所剩时间不多，木北还是咬牙站起身来，活动了一下筋骨，然后带着二人直接冲进了妓女候客的房间。

才进屋里，三人就陡然看见地上躺着一名年约三十多岁的妓女，那女人就是他们要找的“第一个被杀妓女”！此人卷曲着身子侧躺在地下，脸色苍白、瞳孔放大、嘴唇紫乌。木北伸手去探呼吸与脉搏，发现对方已经死了有些时分了。

“怎么会这样？”土地看着木北疑惑地问道。

“别急，先让我仔细看看。”木北俯身仔细查看起现场。

尸体旁遗留着一剂针管和一张皱折的小纸片，纸片上还散落着少许白色粉末。再翻过妓女的手臂，清晰地布满密密麻麻的针孔，原来她是个瘾君子！

“土地、宋你们赶快翻一下其他小姐的包。”木北思索片刻后惊呼道。

“好!”

两人应答一声便立即行动。匆多时,两人便收集到五六包毒品摆放在木北面前。木北仔细端详一番后,略加思考便顿时醒悟,他找到了一些蛛丝马迹。

“下面我将问你一些问题,如果有半句假话,你的下场就和外面那些打手一样。明白吗?”木北拉过一名妓女严厉呵斥道。

“是是是,我明白。”妓女知道这三人不好惹,胆怯地点头答道。

“她是不是长期吸毒,而且每天都吸?”木北指了指地下的尸体问道。

“是,是的,她每天都吸。”

“那她每天都出去买毒品吗?”

“是的,每天下午来的时候都会先去买粉。”

“那你们是不是在同一个地方买毒品?”

“基本是的。我们一般都在前面一个街口有个耳朵挂环的男子那儿买粉。”

“好,你带我们去找他!”

路程并不太远,没走几分钟就看见丁字路口站着一名耳朵挂环的猥琐男子。他应该是一名街头毒品贩,见他警惕地盯着过往人群,时不时有些妖艳女子与他擦肩而过时悄悄从他手中接过一些东西。当男子发现异样想转身逃跑的时候已经来不及了,木北、土地、宋三人从不同方向形成包围之势,宋那粗壮有力的单臂轻轻一提就把瘦弱男子拎到了半空,木北目露寒光审问起他来。

第二十六章 再见，寂寞的对手

“你找毒贩干什么？”雷曳此时突然插话问道。

“看来雷曳先生似乎很紧张这一段？”木北一下就抓住了雷曳的细微变化。

“我……我只是关心一下案件的发展而已。” 雷曳知道自己心态有些失衡。

“呵呵，找毒贩当然是为了寻找证据，我想知道那个已死妓女吸食的毒品来源到底在哪。”木北逐步引导着话题深入。

“找来源？来源当然是上家所提供的，难道木北先生认为上家有问题？”

“上家自然没有问题，只是那毒品却有问题。”

“毒品有问题？什么意思？”

“哈哈，雷曳先生不仅破案功夫厉害，而且连掩饰技术也是一流的。好，那我继续讲完。在查看案发现场时，我发现了包装毒品的纸张有异样，所以我让兄弟帮我翻出其他妓女未吸食的毒品，结果发现包装纸的颜色果然有细微差别。这说明根本就不是同一批次的货。就是这个小小的手脚让那妓女送了命。”

“手脚？什么手脚？吸毒者因为吸毒而死这不是很正常的事吗？而且这是迟早会发生的事。沾上毒品的人基本上就已被判定死刑了。”雷曳不以为然道。

“这里我要和大家说个关于毒品的知识。记得国内一朋友偶然给我提过，说一般毒品的纯度维持在30%～40%，如果过量了，那吸食过后人将会很不舒服。根据妓女的猝死时间和症状来分析，估计那个纯度应该在90%以上，我说得对吗？雷曳先生。”木北目不转睛地盯着雷曳问道。

“是，是的。”

“必然结果中加入偶然因素显得很渺小，甚至容易被忽略，所以一切看起来是那么自然。吸毒者因为吸毒而死，一切如此符合逻辑，雷曳先生是有着多年办案经验的老警察了，应该比我专业得多吧！”

听到这些话，雷曳陷入到长长的沉默当中……

他的一举一动在此刻再次成为场上的焦点。场面变得出奇安静，大家都疑惑地盯着雷曳，期待着他能给出一个完美的解释来辩驳。话已说到这个份上，在场每个人私底下都无比钦佩面前这个年轻的中国人，刚开始都以为他是在发疯说胡话，但没想到他却真的把不可能的事变成可能了！而且如此符合逻辑，最终谁是谁非，其实答案已经很明显了。

“你是怎么怀疑上我的？”

雷曳无力地吐出几个字，这几个字的分量极重，因为它预示着雷曳已经低头认输了。还好，他是一个光明磊落的汉子，并不像其他人那样拼死抵赖，即使输，也要输得坦然！

“其实妓女的猝死就已经让我隐约开始怀疑雷曳先生你了。这样的杀人方法虽缜密而隐蔽，但恰恰就暴露了你！因为近乎完美的作案手法绝非一般人所能为，而且其他人也没有杀人动机，我思来想去，觉得也只有经验老道的你才能对得上号。还有一点，像街头毒贩那样的人是靠不住的，虽然你给了他钱，但他更害怕宋那铁砣般的拳头，一逼迫就什么都交代了。”木北适当降低了说话的语调，因为他心里还是比较尊敬这个饱经沧桑的老警察。

“嗨，我输了。”

雷曳的一声叹息让现场所有关心的目光黯然失色，大伙心中的英雄瞬间就跌落到了谷底，人们不知道是应该惋惜还是应该惊叹，他们深刻体会了一次天堂到地狱的伤心陨落。残酷的是比赛，残酷的是输赢。

“雷曳先生请原谅木北的自私，我的本意并不想伤害先生。只是木北必须要取胜。胜利对我来说十分重要，我愧对于你！”说道此处，木北又深深鞠了一躬。英雄惜英雄，此刻木北的心里其实比谁都难过，但是他清楚有很多人的性命掌握在他手里，他完全身不由己！

“嗨，雷曳先生为何要杀死那个妓女呢？”此刻弘塞心里也充满叹息。

“这个问题请允许我来解释，因为我要让大家了解雷曳先生之所以这样做是因为他本性刚正不阿。”木北先接话道。

“喔？那好，请木北先生继续说。”听得故事发生转折，众人又提起了兴趣。

“其实查到本案是虚构的案件就应该完结了，只要抓住三个妓女中的任何一个就万事大吉。只是雷曳先生在追查第一个妓女下落的时候，无意中探听到该女子的种种罪恶行径，于是就燃起了心中的怒火。原来该妓女完全是个罪不容诛的蛇蝎毒妇！很多无辜小女孩就是被她骗去强迫卖淫的！可以这样说，就是因为她而毁掉了很多小女孩的清白，有些小女孩才十一二岁啊！天杀的！基于这种愤怒，但又考虑到不能破坏整个案件，所以雷曳先生这才想出一个几乎天衣无缝的计划，其实他的根本目的只是为了除去一个人渣。”

“好了，别说了。”雷曳摇头叹息道。

“雷先生，请让我……”木北还想继续说些什么。

“好了，已经可以了，谢谢木北先生，我确实输了。”雷曳摆摆手示意木北停止，他站起身来鞠了一躬还礼道，“能输在咱们中国人的手里，雷曳心无遗憾且心服口服。因为对于破案而言，本身就是有利于我，但木北先生能把不利变成有利，而且还能破了我策划的案件，让雷某着实无话可说，两字奉上：佩服！”

“雷曳先生……”木北听到此番话难过得有些哽咽。

“我看好你！木北先生，请继续发挥你的聪明才智来应对后面的比赛，能和你这样的选手比赛一场，雷曳感到荣幸万分！”雷曳伸出双手紧紧握住了木北的手。

“对不起，雷曳先生，真对不起……”

“没什么对不起的，是个男人就不要被一时的情感所羁绊，昂首挺胸站直了！后面的路还很艰险，小兄弟，一路多珍重！无论遇见什么情况，请记得冷静与仔细。这是我毕生唯一可以骄傲的两样东西，现在送给你，希望你能用好它。”

一个英雄的倒下意味着另一个英雄的崛起，语言在此刻已不重要。雷曳离开的背影十分伟岸，在场所有人都抑制不住感动之情纷纷站起身来为他鼓掌送行。这场比赛没有失败者，因为选手在所有人的心目中都留下了值得敬仰的光环。比赛终有悲欢离合，除了道声再见，已无他法。

再见，警察。再见，寂寞的对手……

FUGITIVE SEASON TWO

第二季　终极揭秘

迷雾重重！

真相永远只有一个！！！

第一章　忐忑的到来

钢铁是呼啸的，夹杂着丝丝寒意吹散凌乱的情绪，拥挤的地下铁把来来回回的人潮带往寄居的角落，人们习惯称之为“家”，一个有温暖的地方。望穿秋水的那个城市亦有灯火，只叹距离黯淡了它应有的霓虹绚彩，成都，遥远且有光。光亮点燃思乡人的企盼，音乐舒缓异乡人的惆怅，当与世无争的卖艺人和他的《卡侬》飘出一抹奇幻色彩时，地面影子终于感动于匆匆脚步、陌生面孔之间。纵然只是片刻，紧锁的眉头得以慰藉，烦躁的思绪得以安宁，收获这份心情只是用来支撑蹒跚的脚步，很累却须努力前行。影子叫影子，影子的主人叫木北！

忐忑的这一天终于来了！

这一天的到来比想象要快，本应该还有一场血雨腥风的较量，但由于一些参赛选手没有完成任务而被淘汰出局，从而促成冠军之战的提前到来。能走到这一步实属不易，每个人的脸上都写满疲惫，人与人之间的钩心斗角消耗了大量精力，但生存的希望苦苦支撑前进的步伐，谁都清楚失败将意味着什么。会场开始变得空荡荡，往日的喧嚣和嘈杂伴随着其他人的落幕开始寂静，就连窗外糟糕的天气都格外配合着内心的不安与压抑，闪电之光透过玻璃印射在阴霾的脸上让人有些狰狞。成王败寇，谁能笑到最后谁就有生存的权利。

对面是他！木北一点都不感到惊讶。

衣着朴素、低头不语的男子始终保持着他那固有的动作，仿佛在他的脑海里永远有思考不完的事情。这样的对手才是真正可怕的，因为飞扬跋扈只是一种野蛮的表现，而静如冰的沉默才会带来窒息的压迫，无形且深不可测。就像武侠小说里所写，少林寺武功最厉害的是那最不起眼的扫地僧，不动则已，一动必然惊天下！

"呵呵，首先恭喜双方都进入到了最后的决赛，几位离4亿奖金的距离越来越近了，这确实是让人兴奋的事！"裁判弘塞礼貌地客套了一番。

"当然决赛的内容肯定是大家目前最为关心的问题，这里我要善意地提醒一下诸位，比赛可能会超出诸位的想象。"弘塞见无人答话便继续说道。

"主题！"木北率先发话。

"合作。"弘塞轻描淡写地蹦出俩字。

"合作？"众人吃惊不小，好像比赛的安排总不按常理出牌。

"呵呵，可能超乎在座诸位的预料。"弘塞早已料到众人惊讶的表情，摆了摆手继续道，"因为需要在座四位先生共同完成一件艰难的任务。很客观地说，应该是难度非常大的任务！"

"那如何能分出胜负？"土地追问道。

"完成任务，双方都有4亿奖金。如果失败了……呵呵，想必结果大家都能猜测得到。"弘塞的话让场上又恢复到鸦雀无声，大家纷纷紧盯着他的嘴唇，生怕又会冒出什么惊炸言语。就连一直在旁低头不语的男子都忍不住微微抬头瞟了一眼裁判。

"任务的具体内容现在暂时不说，后面将由拿轲先生亲自来告诉大家。在这之前，有一个小任务需要先完成，各位可以暂时休息一下，一个小时后我们出发。"弘塞抬腕看了看表，似乎早已安排好了一切。

"什么小任务？这个总要告诉我们吧。"土地发问。

"呵呵，到现场各位就知道了。这里有两份文件分别是各位的资料，大家可以先彼此熟悉一下，因为接下来的日子里，你们将成为很好的合作伙伴。"弘塞的话显得格外神秘，说了半天却又像什么都没说，只是把文件递给了木北和朴素男子。

木北疑惑地皱了皱眉，接过文件，仔细端详起来。

姓名：阿尼体察·昆卡

性别：男

年龄：30岁

国籍：泰国

资料：不详

“不详？为什么他个人资料不详？”木北看到这里心里产生了一丝疑惑，狐疑地抬头看了看坐在对面的朴素男子昆卡。恰好他俩的目光碰在了一起，昆卡好像也在观察木北，四目对视，勉强挤出点笑容以示礼貌。

“看来我们要成为合作者了，我叫木北。”木北率先伸手示好。

“阿尼体察·昆卡。”昆卡回答得很简洁，象征性地握了一下手。

“昆卡先生的中国话说得很不错。”木北试探性地打开话匣说道。

“谢谢。”昆卡话不多。

“呵呵，看来昆卡先生受过良好的教育。”

“五年学校。”

“喔？昆卡先生的意思是只受过五年学校教育？”昆卡的答案让木北和土地吃惊不小，一个只受过五年教育的年轻人好像颇有语言天赋。

“佩服，能自学成才确实不易。”土地插话道。

很奇怪的是昆卡并没有接话，好像土地的言语不经意间触碰到了他的敏感神经，转眼又低下头沉思起来，仿佛什么事情都没有发生过一样。这一奇怪举动让木北三人丈二和尚摸不着头脑，刚才还在侃侃而谈，现在陡然就陷入僵局，这让场面上显得有些尴尬。

“你的鞋脏了。”大约过了十分钟，昆卡忽然毫无征兆地指着木北的鞋开口说道。

“谢谢提醒。”木北下意识看了看鞋，拍了拍上面的污渍说，

“今天路过……”

“我知道。”昆卡似乎并不太有兴趣听完木北的闲谈，直接打断了他的话。

“知道？昆卡先生你知道什么？”

“没什么。”

“现在无事，闲谈一下也无妨。”

“那你想知道什么？”

“想知道昆卡先生刚才那番话的意思，呵呵。”

“地铁、施舍、想家乡，对吗？”

“嗯！”昆卡莫名的话似魔法般一下就镇住了木北，他十分诧异地盯着眼前这个朴素的男子，如见鬼魅一般。

“你怎么知道的？难道你跟踪我？”木北缓了一下神问道。

“跟踪？我可没兴趣干那种事。”昆卡摇头否认。

“那昆卡先生你是如何知道我所做的事呢？”

“是你自己告诉我的。”

“我？”

第二章　不可思议的天才

对面端坐的昆卡让木北感觉到一丝不可思议，简单的话语里似乎透露出他知晓木北的诸多事情，可两人基本上没有什么接触，他是如何知道的呢？难道只是随口说说而已？

“能详细解释一下吗？昆卡先生。”木北想刨根问底。

“是鞋上的污渍告诉我的。”

“喔？这个也能告诉你事情？”

“污渍在左鞋的外侧，呈微散状，说明你的鞋碰到过什么东西，因为摩擦而留下这种印记。这种污渍和普通的油渍不太一样，混入了少许黑色杂质，似常年污垢。曼谷这么干净的城市，到底哪会有这种污垢呢？

“我是泰国人，自然对曼谷很熟悉，一般情况下只有过路天桥、地铁入出口的乞丐才最有可能拥有这种污渍。他们为了博得过客的同情往往把自己乔扮得很脏很落魄，以便能获得更多的施舍。

“你是外国人，人生地不熟，自然不会走太远去闲逛，那么离这里不远隔街的地方刚好就有个地铁站，入口转角处常年就蹲守着一个满身污垢的乞丐。他是战争的牺牲品，全身伤痕累累，但人却十分聪明，喜欢选择在入口的转角处乞讨。因为他清楚一些不熟悉路的人在转角转弯的时候会不小心碰到他的腿，这样他就可以发出可怜的哀号声吸引注意，过路人看他如此可怜，难免会心怀同情地掏出点钱施舍以表达歉意。

“再看看你衬衣口袋的钱币，有一个角露出了口袋，说明你是掏出过钱，然后胡乱塞进了上衣口袋，露出角的纸钞是张面额较小的钱币。一般人的习惯是把钱归类整理好，大额面值的叠在一起，小额面值的放在一起。既然露出来的是小额面值的钱币，那说明掏出去的那张钱币也应该是张小额钱币。综上所述，最大的可能性就是你到过地铁口并施舍过那个乞丐。”昆卡轻描淡写地阐述了自己的观点。

震撼！木北完全被昆卡的言语所震撼了！

他很难想象这番精彩推理是从一个如此朴素且沉默寡言的男子口中说出的，福尔摩斯的故事只能存在于侦探小说中，而今天在现实生活中，他却遇到了一个别样的福尔摩斯！他看似那么普通，你很难想象他居然是一个这般出色的天才！这不得不让人惊叹。

“非常精彩！昆卡先生的推理确实厉害，发生的一切好像就如你亲眼目睹一般，不得不让我佩服。但我有一个疑问，我确实动过口袋里的钱，但是不一定就是施舍给乞丐的啊。”木北发表了由衷的赞叹后提出了自己的疑问。

“是不能证明，但是你胡乱塞进口袋的钱币却能帮助推理。” 昆卡对于木北的赞赏不以为然，只是礼貌地微微一笑。

“喔？听听先生的见解。”

“像木北先生这么细致的人，肯定会很注重细节。胡乱一塞这个动作表明你的注意力根本就不在钱币之上，那会在哪呢？既然已经分析出很可能是到过地铁，那地铁里还有什么是能吸引你的注意力呢？最大的可能就是乞丐满身的伤疤！我观察过那个乞丐，他喜欢展示身上的伤疤来博取同情，所以……相信你能理解了。”

“精微！令人叹服的精微！我算见识到了。那你提到的‘想家乡’又作何解释呢？”木北对于昆卡的推理越发感兴趣，继续追问下去。

“我对木北先生的资料还是了解一点。木北先生是外国人，这里基本上就没有什么朋友和亲戚，而且人生地不熟，那到地铁去干什么？从心理学上解释这是一种特殊的情结，当你心情抑郁的时候，便会来到一个有方向感的地方。地铁的来来回回刚好满足了你的心理，身在异乡思故乡，这是一种很符合逻辑的心态。”昆卡不紧不慢地把自己的推理继续下去。

不得不承认昆卡的脑袋就像一架扫描器一样，把木北的点点滴滴都暴露了出来，而且分析得如此准确。任何人在他面前好像都变得格外透明，让人陡生敬畏！

“那昆卡先生还能看出什么？”土地不死心，还想看看他到底有多厉害。

“呵呵。”昆卡淡笑一声继续说道，“我还能看得出来，木北先生有一个女朋友，刚结交不久的，是个很细心的女孩子。”

“啊！这个都能看出来？”木北和土地惊呼道。

“木北先生的手指没有带戒指，而且也没有带过戒指的痕迹，说明是未婚。衬衣烫得很平，特别是衣角部分都弄得很好，只有很用心、很细腻的人才会注重这些细节，所以最大的可能是出自女孩子之手。只是衬衣的颜色和所穿裤子的色调并不是太搭配，说明对方还不太了解男友的色彩喜好及个人偏向，显然木北先生和女朋友是才接触不久的，这些细节足以说明问题。”

昆卡的推理让场面突然陷入到一种奇异的安静状态，木北和土地并没有再答话。因为此刻二人心里陡添了震撼下的诸多担忧，面对这样一个天才，面对一个精确的分析机器，假如有一天成为对手，他们不知道是否能有还手之力。

天边闪电依然悬挂在阴云端，忙碌的曼谷迎来了一天中的喘息。此刻准备下班的上班族脸上流露出一缕简单笑容，因为夜晚而苏醒的笑颜把光芒射印在路边黑色商务车的车窗玻璃上，可惜却没有印亮车里那些冷峻的面孔，每一个眉头都紧锁着，每一个人都心事重重。

“十五分钟后，曼谷银行的职员会从这里经过，今天是这家银行的例会，员工到得比较齐。各位需要做的是尽量记住这些面孔，因为这里面有个职员是警方的卧底。三天时间！三天时间内请各位找出这个卧底。”弘塞这时才说出此行的目的。

“卧底？银行里怎么会有警方的卧底？”木北对于这一要求心存疑惑。

“详细情况晚点再说，现在最重要的是仔细观察他们每一个人。”弘塞没有正面回答问题，只是提醒了他们。

既然言不对时，木北也就话不多语，下意识回头看了看后座的土地和宋，他俩也是满眼狐疑，完全不知道这个弘塞到底要干什么。只有昆卡始终一声不吭，从他严肃的表情来看，仿佛早已陷入到沉思中，没人再多说什么，大家都各自紧盯着车窗外的来往路人……

“不用三天，我马上就告诉你卧底是谁。”沉寂片刻的昆卡突然抛出爆炸言语。

“你是说马上就能知道？”车里每个人都惊诧于听到的言语，无不目瞪口呆地望着昆卡，他似魔术师般充满了各种不可思议的神奇。

昆卡没有答话，只是俯耳向弘塞嘀咕了几句，而后拉开车门自顾自消失在街口。约莫五分钟的时间，他迅速返回到这里，只是手里多了一块硕大的泡沫板，上面写了一串泰文，然后他若无其事地高高举着展示给路人看，似示威抗议的游行人士一般。这一奇怪举动让大家面面相觑，还真不知他葫芦里卖的什么药。

“牌子上写的什么内容？”木北不懂泰语自然要问土地。

“这小子什么意思啊？牌子上面写着‘还公道！揭露曼谷银行黑幕内部事件！’他到底要干吗？”土地抠头逐字翻译道。

“嘘，看他的表演。”弘塞示意众人收声看昆卡的行动。

来往的路人立刻就被这一奇异举动给吸引住，纷纷侧目围观，交头接耳谈论起来。没过多久，曼谷银行的职员刚好就从这里经过，他们的制服很显眼，一眼就能辨别出是银行员工。本是一群谈笑风生之人，当看到这一幕时个个都傻眼了，马上围上来追问原因。不管谁来问昆卡都默不作声，不作任何解答，只是私下悄悄打量着人群，好像在寻找什么。几个好似管理级的人物按捺不住，掏出电话开始拨打一气。没过多久，昆卡好像找到了目标，回头递了一个眼神，弘塞心领神会，马上拿起电话给下属布置起任务。

事情比想象中来得顺利，当他们一行人回到大楼会议厅的时候，久未露面的拿轲居然拍手欢迎着他们的归来，神情中流露出赞赏和满意。

“非常非常精彩。”

拿轲用了两个“非常”来表达他的欣赏之意，很显然他的赞赏是送给今天格外抢眼的天才昆卡。昆卡这人甚是奇怪，好像对于别人的赞赏并不太在意。

“昆卡先生果然有过人之处，居然能用最简单的方法解决问题，让人叹服。先生能不能解释一下你的思路？”拿轲把话引入到正题。

“不过是心理游戏而已。”昆卡沉默了片刻缓缓说道。

“能否具体点？”

“银行有卧底本来就是件奇怪的事，能说明什么？说明警方想秘密探听关于银行内部的事，这恐怕也是卧底最关心的问题。以此作为基点来考虑，我就按照他感兴趣的思路来布置计策，以抗议游街的方式来吸引曼谷银行职员的注意力，这就会衍生出两种表象。一、银行职员的反应。普通职员看见我的牌子，表情上肯定是吃惊且充满疑惑，定来询问缘故，但是我始终不开口，他们没办法，而我的行为涉及曼谷银行的声誉，所以管理级别的官员第一反应是打电话回银行寻找保安来驱赶或者盘问我，这都是正常表象。二、卧底的反应。他的表情同样也很吃惊，但因为心里有鬼的缘故，会迅速静下心来作出判断。所以我一直在暗中观察场面上谁是那个最镇定的人！还有一点，这条线索对他来说显然很重要，按常理他会把第一个电话悄悄打给与他秘密接头的警方人物。注意！我这里用的是‘悄悄’二字，这就意味着他会隐蔽拨打这个电话，所以当他悄无声息远离人群的时候就已经把自己暴露。剩下的事只需安排手下跟踪即可。”

“我印证一下昆卡先生的推理。刚才手下报告，技术员追踪了他拨打电话的信号接收地址确实是警察局，可以确定那人就是警方的卧底。”弘塞补充道。

“漂亮！漂亮的逻辑推理。能结识昆卡先生这样的高手，实乃一大幸事，那下面决赛的事情我就更有把握了。”听完整个推理过程，在座众人无不佩服着天才的智慧，拿轲更是再次鼓掌来表达自己的赞许之情。

“看来决赛肯定是和曼谷银行有关。”昆卡不为所动，一直跟着思路走。

“呵呵，什么事情都瞒不住昆卡先生。”拿轲点头赞许道。

“既然这样那我就说一下任务计划。曼谷银行里有一件我非常想要的东西，就是编号为F3109保管柜里的东西，此任务非常棘手！”拿轲迅速切入主题。

“看来里面的东西很重要。”一直缄默不语的木北插话道。

“是！那里面的东西对我来说非常重要！而且这次行动不能有丝毫闪失。”拿轲突然加重语气来强调此项任务的重要性。

“这有什么难的！你手下那么多人，直接抢银行就得了。”土地不屑道。

“呵呵，如果真有那么简单就好了。不妨告诉大家，我已经失败过两次，第一次是抢劫，第二次是窃取，结果都失败了。银行和警方毕竟都不是吃素的，特别是银行，防范工作做得相当到位。我的手下早就上了对方的黑名单了，所以问题变得越来越复杂，越来越难操作。”

“所以你需要我们这些陌生的面孔。”昆卡一语中的。

“是的！我需要有头脑、有胆识，且陌生的团队来帮我完成这个任务。这次不能再失败了，倘若失败，我可能再也没有机会得到保管柜里的东西了。”

“事情可以联系在一起了。很明显你和警察都在寻找同一样东西，只是你比警察知道的稍微多一点，他们显然不清楚那东西到底存放在哪个柜子里。能在曼谷银行存放东西的人非富即贵，警察不敢把每个保管柜都打开检查，这也就解释了银行里为什么会有警察卧底。你这次不想打草惊蛇，所以先让我们判断出卧底，好避开警察的耳目悄悄下手。”昆卡似乎已经推测出事情的大概情况了。

“推理得很正确，昆卡先生说得没错，事情就是这样。”拿轲点头道。

“等等，这里有个疑问！”木北忽然插话道，“既然拿轲前面已经试过两次，目标应该早就暴露，那警察为什么还不知道他们要找的东西是在F3109柜子里？”

第三章　神秘的保险柜

“这个问题问得好，其实当时我也低估了难度。第一次抢劫，几个手下还没打开第一道安全门警察就赶了过来，幸亏劫持了人质才得以逃脱。第二次偷盗准备得比较充分，租下了银行隔壁的店铺准备采用挖地道的方式进入保管室，连监控中心的保安都被我们买通了。但谁都没想到保管室里安装有隐蔽的振动报警装置，这个装置连内部保安都不知道，只要它测量到的震动超过了正常范围值就会直接向警察报警，结果可想而知。”拿轲摇头解释道。

“警察没抓到你的手下？”土地追问。

“保安从监控中看到几辆警车急速开了过来，知道事情已败露，马上通知了挖地道的人，所以他们才提前跑掉的。”

“警察，卧底，保管柜……”木北喃喃自语。他好像想到了什么。

“什么？木北你说什么？”拿轲疑惑地问道。

“没什么，继续正题吧。”木北马上集中精神回到主题上来。

拿轲狐疑地瞟了一眼，没再继续追问，打开幻灯片，把一张清晰的大楼结构图展现在众人面前说道：“这是曼谷银行的内部结构图，我把整个布局给大家说一遍。银行大门的左侧是通往保管室的通道，走过通道来到第一道安全门，右手边有一个VIP卡扫描器。客户凭持有的VIP卡扫描之后，扫描器屏幕上会自动显示相应的保管柜号码，客户经理根据此号码提取保管柜。第一道门的开关是由坐在里面的保安掌控的，他只有看见客户经理的示意才会打开第一道门。进门之后，左边房间是VIP客户休息室，客人到这里也就止步了，而客户经理会来到第二道门刷身份识别卡，核对后监控中心的保安才开启第二道安全门，保管室就在这里面了。客户经理提取保管柜后返回到VIP休息室交给客户，大致流程就是这样的。”

“那监控中心在哪？”土地问道。

“监控中心在三楼，那里就是银行保护系统的中心。只要有紧急情况，监控中心一按钮，所有安全门都将自动关闭，任何人都打不开。”拿轲解释道。

“银行有哪些保护措施？”昆卡开始提问。

“一、进第一道安全门必须凭VIP卡，刷卡才能显示相应的保管柜号码；二、保管柜只能被唯一的钥匙打开，当然这钥匙是银行配给客户的，如果采用撬、砸等手段，保管柜里的报警装置会自动拉响；三、第一道安全门后面有一个安检装置，假如有人想窃取保管柜，走过那里，警报就会自动响起；四、到处都是监控探头，重要地方还装有红外线传感器和振动传感器，可谓步步危机。”

“VIP客户室里也有？”

“VIP客户室除外，因为涉及私隐的问题，所以那里没有监控。”

“明白了。”昆卡若有所思地点点头后自顾自思考起来。

“这样的话，银行岂不是把N种可能性都估计到了，基本上没有什么破绽，你不会打算让我们白白去送死吧？”土地隐约感觉到问题的难度。

“正是因为有如此大的难度才邀请了你们这些高手来解决，办法肯定是有的，至于是什么方法，当然就是在座各位的事了。”拿轲微笑道。

拿轲无疑把矛和盾同时摆放在了每个人的面前，当问题全部剖析开来，任务比想象中的更为艰巨。矛和盾是现实，不是电影，电影里总是以胜利作为结束镜头，但现实却不会以皆大欢喜作为标准。特别是面对这个不可能完成的任务时，任何的自信难免都会望而却步，隐约的忐忑心理困扰着众人的思绪。

是矛锋利还是盾坚固，答案扑朔迷离！

雨淅沥不停，窗玻璃上的水花模糊了城市街景，室外昏暗不堪，室内焦躁不安。恼人的雨滴声在安静的密室里显得格外突兀，沉默的影子在柔柔的灯光下很是幽暗。木北和弘塞就这样面对面坐着，这是会议结束后的私人密谈。

“有把握吗？”思考良久的弘塞终于开口说话。

“完全没有。”木北非常清楚对面这个刀疤男的意图。

“我很清楚难度，但这次任务对我来说确实太重要了。”

“你？是对于你还是对于拿轲？”

“呵呵，好了，木北你就别再讥讽什么了。现在已经走到很关键的一步，这一步成功与否将决定事态的发展方向。举足轻重这词想必你应该明白吧。”

“事态，什么事态？那个F3109保管柜里到底有什么？我记得你最初说过你在寻找一盘拿轲犯罪资料的移动硬盘，不会就是它吧？”

“不该问的问题最好别问，木北你应该关心的是‘活着’这个字眼。”

“活着对我而言本来就是一种未知，真伪也是一样，每个人似乎都是谜团。”

“什么意思？谁是谜团？”弘塞听出木北话外有音。

“比如说你！”木北抬头直视着弘塞。

“我？我的情况早就告诉你了！”

“哼哼，估计你是用来迷惑我的吧。到现在为止，我已分不清楚你到底是警方的卧底还是黑社会的大管家了。”

“嘘！小点声，这里到处是耳目。我不是从一开始就告诉你我是警方卧底吗，这还有什么值得怀疑的？我不知道你到底在想什么，但请把话说清楚。”

“警方卧底？这四个字就值得推敲！你在拿轲身边潜伏了那么久，都已做到大管家的身份了，那他以前实施抢劫、盗取F3109保管柜的计划难道你能不知道？刚才拿轲那么一说让我陡然醒悟，这一点完全不合逻辑。还有，如果你是卧底，那你会眼睁睁看着银行卧底的身份暴露而不管？”木北完全藐视对方的言语说词。

“呵，原来是因为这个，看来你木北是聪明一世糊涂一时。拿轲实施抢劫、盗取F3109保管柜的计划是两年前的事了，当时实施这些计划全部都是拿轲本人亲自在安排，对任何人都保密。你说拿轲如此谨慎多虑之人他会轻易相信人？不妨告诉你，两年前的助手不是我，是另外一个人，我们警方是费了九牛二虎之力设圈套陷害了那个助手才让我得到机会的。”弘塞不紧不慢地解释道。

“两年？为什么那么久？”木北依然心存疑虑。

“两年前拿轲就准备实施计划，但没想到都失败了。那时他已经察觉到警方在密切监视他了，所以让参与过任务的人全部秘密消失，安心等待事情平息下来再作打算。这一熬就是两年之久，风声好像已过，所以他现在又开始蠢蠢欲动了，而且这次准备得更加充分。你以为他组织这次死亡竞赛的最终目的是什么？其实就是为了获取F3109保管柜里的东西！明白了吗？”

“那银行的卧底你就不管他了？”

“银行有卧底我是知道的，但我却不能插手去管，这样会彻底暴露身份。做任何事情都可能有牺牲，木北你太心软不明白这些道理。所做的一切只有一个中心，那就是拿到F3109保管柜里的东西！”

“既然你已经知道目标是F3109保管柜，那你完全可以通知警方去取，何必还费尽心思帮着制订计划呢？”木北不放过任何一个疑点。

“关于F3109保管柜，我和你一样是现在才知道的。之所以不去取是另有隐情，这涉及另外一个隐秘问题，恕我不能解答。”弘塞似乎还有顾虑。

“昆卡这人到底是什么背景？”木北清楚已问不出什么隐情来，就转换话题问道。

“嗯，这人很神秘，具体的资料我也不太清楚，好像是拿轲专门请来的。看得出来，这人相当聪明，逻辑推理能力超强，你要小心！”

“这点我明白。但我糊涂的是昆卡已经十分厉害了，能力绝对在任何人之上，那拿轲还需要我和土地做什么？”

“呵呵，他做任何事都有目的，绝对不会平白无故。等你完成任务之后，诸多疑惑就会自然揭开，但是有一个前提……”

“什么前提？”木北知道谈话已进入到关键阶段。

“F3109保管柜里的东西必须交给我！”弘塞肯定地说道。

“为什么必须给你？拿轲那儿我又如何交代？”

“你要搞清楚，东西到了拿轲那儿对你没有半点好处。你、土地对他来说是什么？不过是棋子而已，棋都下完了，棋子还有什么用呢？”

“有几分道理，但是我把东西交给你又有什么好处呢？”

“当然有！第一，我可以保证你们的安全；第二，你为警方铲除拿轲这个黑社会巨头出了一份力，可以获得不菲的奖励。当然，最主要的还是你能平平安安回到中国！想必你的亲人和女朋友都更注重这一点吧。”弘塞的话句句在理。

“似乎有些道理，怕只怕最后你会过河拆桥。”木北的思维也很清晰。

“呵呵，这份担心有些多余了，兵匪游戏中，到底应该相信兵还是匪你应该有个基本的判断吧？木北你要明白，利弊只不过是一念之间的事，选择错误可能将给自己和朋友都带来灭顶的灾难！”

“嗯……”木北果然被这番话钳制住了。他非常清楚抉择的重要性，当土地、希颜、希老的面孔浮现在自己脑海中时，木北迟疑了。

“所以希望我们合作愉快！”弘塞乘机向木北示好。

“希望你能信守诺言。”木北看似妥协地与弘塞握了握手。

第四章　姜老尚辣

不论前途如何，不管发生什么事情，我们都不失去希望，希望是一种美德。

——《雨果传》

纤纤玉手托起的娇容有些憔悴，木北不在身边的日子让希颜心里时刻充满了煎熬。思念尚且无药可救，更何况魂牵梦萦的那个人正处在危险的境地，这怎能不让人担忧。曾经憧憬的一切会实现吗？有机实现吗？纵然在心里千百次地说服和鼓励自己，但龙潭虎穴之危是否能还给她一个健康平安的木北呢？祈祷上帝保佑木北吧！不，天上所有的神灵都保佑木北吧……

"颜儿去开一下门，有人敲门呢。"书房传来了希老呼唤的声音。

"是谁啊？这么晚了，谁还来啊？"希颜应答着扣开书房门探头问道。

"是木北！"希老贼坏地挤眉弄眼笑道。

"真的啊！"希颜居然还相信了，看来恋爱中的女人智商确实不高。

"哈哈！完了，我孙女的智商就毁在爱情上了。"希老开心大笑起来。

"爷爷坏死了，不理你了。"希颜知道上当，娇嗔一声转身开门去。

少时，希颜引进来阿复和一位年约六旬的老者。此人中等身材，雍容娴雅，眉宇间透露出几分浩然正气，身着天蓝细纹衬衣，下穿黑色西裤，岁月虽攀华发却丝丝不乱，整个装束彰显严谨、睿智。

“终于来了！章大使终于被盼来了！”希老眼见来者颇为激动地说道。

“希老言重了，鄙人深夜来访实属唐突，望希老勿怪。”老者双手紧紧握着希老的手礼貌地答道。原来此人就是中国驻泰国大使馆总领事章启恒先生。

“感谢感谢！来坐来坐，颜儿看茶。阿复你先回去休息吧，这么晚了还麻烦你带大使过来，真不好意思，呵呵。” 希老礼让章大使落座，微笑扫量着阿复。

“看您说的，希老的事就是我的事，我的任务完成了。您二位聊着，阿复先回家休息去了。”阿复眼神里闪烁着一丝不易察觉的诡异。

送走阿复。宾主落座简单寒暄一番后，章启恒大使率先打开话匣道：“希老送来书信甚急，不知道信中所言危急之事到底是何事？”

“事情目前已经发展到非常危险的阶段，具体的情况容我详细道来。”希老不敢怠慢，赶紧将整件事情的来龙去脉一五一十叙述给章大使听。种种离奇的经历听得这位饱经风霜的老者都不禁暗自惊诧不已，表情凝重地靠在藤椅上沉思。

“那希老有没有什么办法？”章大使虚心请教希老。

“有一计划向大使讨教，首先我们可以……”希老甚是奇怪，边叙述边拿笔在纸上书写着什么。老人的确厉害，居然能一心二用，口中流畅叙述计划手上飞笔疾书，勿多时，就把书写内容交到大使手中。

“嗯？”章大使详看所述内容后不禁惊叹一声，原来信中这样写道：“大使勿言实话，你身上恐有监听器，内奸疑为阿复。你我以手写书信的方式交谈详细计划，口中所言之事乃诱骗之策，切记！”

“嗯，希老的办法果然不错，那我们再详细讨论一下细节问题……”姜果然是老的辣，章大使一下就领会了希老的意图，配合着完成口头上的“烟幕弹”。

两人就这样采用巧妙的方法把真实计划一步步沟通清楚，智慧男人间的交流让事情变得格外顺畅，一盏茶的时间便把方案梳理好。待送走章启恒大使之后，希老略微松了一口气。

“爷爷，我想和您聊会儿天。”一直在外站岗放哨的希颜憋不住好奇劲。

“呵呵，小丫头，我就知道你想问什么。”希老轻捋银须慈祥地笑道。

“爷爷，您是怎么把章大使请到家里来的啊？”希颜眨巴着大眼睛问道。

“我写了张便条让阿复带给章大使的。”

“就这么简单？”

“当然就这么简单。”

“天啊！爷爷老糊涂了吧，您明知道阿复有问题还让他带信？这不是把自己往火坑里送嘛！”希颜惊呼起来，完全不明白希老的意图。

“嘿嘿，可爱的傻丫头，这叫将计就计！”希老偷乐不已。

“爷爷您葫芦里卖的什么药啊？快给我说说。”希颜着急问道。

“是这样的。今天我给章大使写了一张便条，内容是这样的：吾全家身陷危机，因行动受限故劳烦大使深夜前往寒舍一叙，共商重要计划，望不吝相助。希尧天敬上。所以大使今晚深夜来访。”

“我就不明白了，爷爷您让阿复去捎信，他肯定会把信先交给那个叫什么拿轲的黑社会头目，那您的计划不是全暴露了吗？”

“呵呵，我就是想让他知道！”希老胸有成竹地答道。

“爷爷您别卖关子了，都这节骨眼上了快告诉我吧。”希颜着急地追问。

“丫头别急，其实这件事情是我和木北早就商量好的。这里是泰国人的地盘，任何条件对我们都不利，所以只有依靠中国大使馆的帮助才能顺利渡过这一难关。那首先就要和大使接上头，以我薄面邀请，章大使肯定会非常看重此事。为什么让阿复去送？因为我想给黑社会社团制造一种错觉，觉得我们并没有怀疑阿复，依然把他当成贴己人看待。我料定那信肯定会先到拿轲小儿那里，他必读此信内容，但信中只是提到了计划的重要性，只字未提计划内容。以此反推，他肯定非常想知道我们葫芦里卖的什么药，所以他会将计就计让阿复继续送这封信。一来能掩护阿复这个内贼，二则可以探听到我们计划的内容，可谓一举两得！那他何乐而不为呢？呵呵。”希老不紧不慢地解释了他的用意。

“原来是这样啊！开始还吓了我一大跳。爷爷真聪明。”希颜兴奋地亲了一口希老的脸颊，转而又疑惑道，“但这里有个问题，刚才屋内只有您和章大使两人在密谈，那拿轲如何能知道所谈内容呢？”

“这个问题问得好！假如你是拿轲你会怎么做？”

“我……我会，我会窃听！”希颜反应非常快。

“聪明！最大的可能性就是安装窃听器。如果所料不错，阿复在送章大使过来的过程中肯定在其身上偷偷安装了一个窃听器。此法既简单又实用。”

“那你们的谈话……”

“放心！我和大使的谈话是故意传递给拿轲一个错误计划。真实计划是在纸上书写完成的，圈套都设好了，就等他们来钻。而且拿轲目前最关心的是比赛的事情，没有多少闲心来辨别此事的真伪，这给我们创造了一个有利的条件。”

“那木北和土地哥有没有什么危险？”希颜还是担心。

“呵呵，不但没有危险，反倒对兄弟俩有极大帮助。拿轲之所以能一直威胁他们就是因为始终拿我们做人质要挟，假如我们安全了，那他俩就可以完全摆脱拿坷小儿了。周密计划是一步步展开的。”希老轻拍着希颜的头努力打消其顾虑。

“爷爷，那什么时候实施计划呀？”

“等！等到木北他们实施最后比赛的那天！”

“嗯？为什么要选在那天？”

“因为那天拿轲的注意力全放在比赛上了，无暇顾及我们这边，天赐良机！”

“嗯！我相信爷爷，相信木北，相信土地哥的智慧。”

“我保证还给我孙女一个健康的情郎。哈哈。”

希老又搞怪式地给希颜敬了一个军礼，逗得希颜咯咯大笑起来……

坚定的信心，能使平凡的人们做出惊人的事业。

对于凌驾命运之上的人来说，信心就是生命的主宰。

——海伦·凯勒

战战兢兢的这一天终于来到！

阴霾，暴风雨欲来的前兆。一切并没有因为这天的到来而显得很特别，每个人都低头不语整理着自己的装备，比起前段时间的争论吵闹，现在片刻的安静使得众人更为紧张，更为担心。兄弟间的拥抱用力量和温度传递着鼓励，只是谁也无法预料今天将会出现什么情况。未知历来就是变数的制造者！

“行动！”大家最后一次对完时间后各自分头行动。

第五章　初露锋芒

午间14：05。雷电交加。

整座城市很湿暗。电闪雷鸣的恶劣天气让躲在室内的职员正陷入萎靡不振、昏昏欲睡的状态，据说夏季这一时段是产生工作疏漏的高峰期。当曼谷银行自动门打开的时候，风雨中迎进来一位头戴白色棒球帽，鼻架贴面太阳镜，肩挎硕大背包的年轻人。他进门后无任何停留，如熟客般径直向银行VIP客户咨询处走去，其实此人并非他人，正是乔装后的木北！泰国人的微笑服务是世界闻名的，客服小姐了解客人的来意之后请来客户经理为其服务。

“先生您好，欢迎光临曼谷银行。请先生在VIP鉴定器上刷一下您的贵宾卡，谢谢。”客户经理礼貌地用英文与木北对话。

“好的。”木北微笑点头。一手拿着手机，一手从裤兜里掏出一张VIP卡。正要刷卡时，忽见银行大厅灯光熄灭，接着又闪烁了几下，两三秒后恢复了正常。

曼谷银行的素质培训果然做得好，客户经理见状赶紧赔礼道歉：“实在不好意思。今天天气实在太恶劣，雷电造成了一些影响，给您带来不便了，请先生原谅。”

“一直这样吗？”木北问道。

“不是的，大约是在十分钟前才这样的。刚才电力公司来人打过招呼了，说雷电造成这一片区的变压器有所损坏，正在努力抢修，一会儿就恢复正常了。”

“那会影响我取保管柜里的物件吗？”

“不会的。先生请尽管放心，一点不影响，您可以刷卡了。”

“好。”木北应答一声。

卡片不紧不慢地划过卡槽。机器发出“嘀”的一声响，表示已刷卡成功。

“对不起，请让一让，我有急事！”

就在此时，身后突然蹿出一个火急火燎的人冒失地撞了一下木北，把他撞了一个趔趄，手中手机“啪嗒”一声摔在地板上。机盖、电池和主机顿时分了家。

“对不起，对不起，实在不好意思。”那人自知闯了祸赶紧赔礼道歉。

看来他确实有急事，道完歉之后自顾自向旁边的客户小姐咨询起事来。别人的无心之过木北也没往心里去，只是扫了那人一眼。泰国人微笑贴心服务做得真到位，体现在诸多细节上，客户经理见状立即向木北道歉，并赶紧弯腰去拾散落在地上的手机零件，一样样耐心组装好，擦拭干净后毕恭毕敬地还给木北。待木北示意无碍后，客户经理才回到正题察看起VIP鉴定器上的号码。此时显示屏上读出的保管柜号正是“F3109”！

一切发生得如此巧妙，木北是如何做到的呢？

[历史回放，回到数天前]

一天、两天、三天、四天……

大楼里某个房间的灯数天以来通宵达旦一直开着，屋内的气氛分外压抑。方案不断修正、否定，再改正、再否定，每一张年轻的面孔上都写满了疲惫，血丝横布的眼睛始终未离开过满墙的资料，诸多细节的反复推敲考验着每根神经的极限。坚持似乎变成了唯一的信念。当生存成为第一目标的时候，原始能量迸发出的耀眼光辉照亮着生命的奇迹！

“第一个难题，到底如何才能进入第一道安全门？”

木北环顾四周征询着大家的意见。土地和宋很自然地把目光投向了沉默的昆卡。

“这个问题我有了大致的思路。”昆卡托着下巴胸有成竹道。

“喔？那请昆卡先生说说看。”

“要进第一道安全门，必须要有曼谷银行VIP保管卡这是毋庸置疑的，那我们就要先弄到一张VIP卡。这个很容易，随便申请一个银行保管柜即可，至于是什么柜号根本无关紧要。”

“无关紧要？该卡只能刷出相应柜号，我们要的可是F3109啊！”土地争辩道。

“用它！”昆卡突然丢出一颗纽扣大小的黑色圆形物体，严肃地说，“德国BND联邦情报局曾使用过的干扰器。它可以干扰显示屏上所显示的号码，只要通过电脑的远程修改就可以变成任何想要的数字，我试过很多次，非常管用！”

“你是说把这东西贴在VIP鉴定器上能起到干扰作用？”土地好奇地问。

“是的！但是有两个具体问题需要解决。”昆卡若有所思道。

“什么问题？”

“第一，众目睽睽之下，我们如何能把干扰器贴放在VIP鉴定器下面？第二，干扰器至少需要三十秒的时间才能发挥作用，如何才能争取足够的时间？”

“呵呵，恐怕只有我们来导演一出戏了。”木北神秘地笑笑。

“嗯？有道理，是个好主意。”昆卡略作思考后马上同意了木北的想法。

“木北你有办法了？快说说看！”土地着急地问。

“第一个问题，贴放干扰器的问题。我们要对付的主要有三个目标：客服小姐、客户经理及监控探头！假设我们调开客户小姐然后去安放干扰器，行动不具有隐蔽性，很容易被监控探头注意到，可行性不高。因为根据我们这几天的实地观察，发现咨询处是固定岗位，客户小姐是不能随意离开的。那该如何做？大家注意看位置，VIP鉴定器是在咨询处的右后方，有个监控探头是在咨询处的正前方。假如有个顾客能站在准确的位置，那他就能用身体遮挡住监视器的视线。假如再发生一件偶然性事情，那就能同时吸引住客户经理和客服小姐的注意力。什么是偶然性事情？呵呵，比如不小心碰撞之类的，当然一切都需要符合常理，要不然就很容易暴露目标。说到这里想必大家都能猜到我们要干什么了吧？”

“喔！我明白了。假设我去充当那个顾客，假装很冒失地碰撞你，这样就能顺利吸引住客户经理和客服小姐的注意力，同时又用身体遮挡住了监控探头的视线。而你在身体晃动的时候就有机会偷贴上干扰器。一切是那么合情合理。”土地弄懂了木北的思路。

“很好，那第二个问题呢？”一旁的昆卡很赞同这种想法。

“第二个问题，关于拖延时间的问题。还是要回归到‘一切都要符合常理’这个思路上来。服务行业的准则是一切以顾客为先，假设土地不小心碰撞了我，假设我手里刚好拿着样东西，假设这东西掉在地上摔得七零八落，那客户经理通常会怎么做？呵呵，大家应该很清楚该怎么做了吧。”

“聪明！是一个非常好的想法，这样我们就能顺利解决第一关的问题！”能得到昆卡赞赏是件很不容易的事，看来他发现了木北的光芒。

第六章 寂静的完美风暴

见到客户经理示意，门内保安打开第一道安全门让木北得以顺利进入。按照程序接下来木北应在VIP贵宾室休息等待，客户经理则进入第二道安全门里的保管室取得F3109保管柜交付与木北，而后退出贵宾室在外等候。

此时大厅的灯又连闪了数次，客户经理很担心这种状况会引起顾客的不满，心里暗暗祈祷。没等多久木北便从贵宾室里走了出来，很自然地把F3109号保管柜交还到客户经理手中，并礼貌地表示感谢。一切如资料所示，出第一道安全门之前有一个安检门，此门不会检测客户携带的私人物品，只是为了防止保管柜被私自携带出门。如果发现是银行内部的保管柜，该门会立刻报警！

木北似乎并不急着出门，边与客户经理交谈边轻拭去帽上的雨滴，时不时偷瞟腕上的手表。待整理完衣服后，木北耸耸肩上斜挎的背包便向安检门走去。刚走近该门，听得“扑哧”一声响，银行灯光又瞬间熄灭，接着又连闪数下，惹得银行里的人怨声一片。

“你们真该让电力公司好好检查一下电路了，要不然这样很容易影响顾客的！”木北刚垮过安检门略带恼怒地对客户经理说道。

“是是是，先生提醒得对。其实平时好好的，主要是今天天气实在太糟糕了。请先生多多谅解，我们一定认真听取您的建议。”客户经理赶紧点头哈腰赔礼。

“算了，其实还是应该感谢你们的。”木北忽然说了一句莫名其妙的话。这话听得客户经理有些茫然，只是机械地点点头，估计打死他都理解不了话中含义。

居然能顺利走了出来，木北心里窃喜万分，他又是如何做到的呢？

[历史回放，回到数天前]

“我们就算进入到VIP贵宾室，那又如何获取F3109里的东西呢？”土地继续提问。才解决了前面一个问题，现在又面临一个更棘手的问题！

“怎么才能打开F3109呢？”木北自言自语道，他也感到很棘手。

“把它撬开真行不通吗？”土地抠头问道。

“当然行不通！柜里有隐蔽报警装置，银行在设计的时候早就考虑到这一点了。如果强行去撬，恐怕我们几人出了银行门就直接上监狱了。”木北摇头否定。

“那如何是好？难道让它长对翅膀自个儿飞出来？”土地烦恼不已。

“没事。慢慢来，总有办法的。”木北走到土地身边拍拍他肩膀安慰道。

“狸猫换太子。”当问题陷入僵局时，昆卡突然插话道。

“换太子？你的意思是……偷换出来？”

“是！”

“说说具体的想法。”

“银行的保管柜肯定有制造商，我们可以让制造商仿冒一个出来。这个交给拿轲去办肯定不是难事。先前我们不是说到随便去申请一个VIP保管柜吗，这样我们就能知道保管柜的数据，按照标准的尺寸再做一个，绝对不难。”

“不行不行！就算调换成功，你如何带得出来？那里有个安检门就是专为对付私藏携带的。换不难但带出来难。”土地极力否定。

“那我问你，是对付保管柜内部的隐蔽报警器难度大还是对付摆在明处的安检门难度大？一个在暗，一个在明，谁的难度系数更大？”昆卡也努力辩解。

“那你说如何能通过安全门？”

土地的一番话也不无道理，当新问题抛出来的时候，众人顿时哑口无言，又重新陷入到苦想的冷场之中。难题是一个接着一个，环环紧扣！而且最难的是还不能一个一个问题去解决，必须同时解决N个问题！怪不得拿轲都已失手两次，看来困难比想象要大得多。

阻滞让沉默延续，呼吸夹杂着些许叹息，房间里指针滴答滴答声阵阵刺耳。多变的天气也格外烘托着屋内压抑的气氛，刚刚还艳阳高照，两盏茶的工夫乌云就驱赶走了太阳，把阵阵闪电散播开来。

土地百无聊赖地躺在沙发上对着窗外的闪电发呆，昆卡依然保持他那惯有的动作在沉思。宋则面带愧色地给木北倒了一杯茶水，他一直没有什么主意提供给大家，心里难免有些过意不去。木北很能理解宋的心情，微笑着搂了搂宋的肩膀，用眼神表达谢意。

“闪电啊！我们快被憋疯了，拜托给我们一些主意吧！”

受不了压抑气氛的土地歇斯底里地呼喊起来。没想到这招还真起到了缓和气氛的作用，众人皆被土地的急躁劲给逗乐了，纷纷欢笑起来。就连一贯表情单一的昆卡都挤出了一丝难得的笑容。

“兄弟，除了本杰明·富兰克林外，估计没有人敢和闪电直接对话了。”木北打算休息一下高速运转的脑袋，与土地调侃道。

“你说爱情的闪电能激发灵感吗？”土地贼坏地冲木北挤挤眼。

“那种闪电可能更能激发诗情画意的灵感。”木北自然明白弦外之音。不提还好，一提他就分外想念希颜，好些天没见到她了，也不知这段时间她过得如何。

“闪电……闪电……闪电，对！就是闪电！”

昆卡突然毫无征兆地雀跃起来，那迸发的兴奋劲比刚才的土地还吓人。

“想到解决办法了？”大伙纷纷追问。

一向沉稳老练的昆卡突然有此激动表现，肯定是有了什么奇思妙想。

“犯罪历史上的神来之笔，我们的同盟将是——天气！”昆卡自信满满地说。

“什么意思？天气？”众人对于这番话感到疑惑连连。

“刚才不是说到安检门的问题吗，这确实是一个难题。我们开始一直在思考如何能骗过安检门。但是现在请诸位跳出这个思考点，往大方面去想。安检门再厉害需要什么？当然是电源！如果没电了它只是一个摆设而已。”

“等等，破坏银行内部的电源设施似乎难度更大。”木北心存疑虑。

“谁说就一定是破坏银行内部电源？为什么不把思路扩散到银行以外的区域呢？假如我们对控管银行这一区域的电力设施做手脚，那谁又能怀疑得到呢？”

第七章　木北之死

昆卡的一席话让众人心中一惊，他的想法果然奇特，而且思维相当开阔。

“我把思路再梳理一遍。携带保管柜必过安检门，假设安检门那一瞬间突然断电，那门岂不是就失去作用了？如何能干扰电源呢？潜伏到银行内部去破坏几乎不可能，那就对控管这一区域的电力设施做手脚！比如变压器。因为事故的原因让这一区域的电力受到影响是不是更能迷惑人？”昆卡解释道。

“事故？比如……”土地追问。

“比如雷电之患！巨大的闪电破坏了这一区域的变压器，我相信应该没人能怀疑到是人为因素吧。所有过错自然归罪于恼人的恶劣天气。”

“明白了。你的意思是我们根据天气来决定行动，以雷电击坏变压器来掩人耳目，伪装电力人员进行维修，实则是干扰银行这一区域的电路。最后用调包之计换出F3109柜后顺利躲过安检门的检测。”木北理清了思路。

“这不是非常符合你先前提出的‘一切都要符合常理’这个理念吗！”昆卡冲木北点点头。

“妙！确实太巧妙了！看来老天爷真要帮助我们了，这段时间刚好是雷雨季节，那我们就选在雷电交加的那天动手。”土地和宋仿佛看到了胜利的曙光。

“还有个因素必须要考虑进去。”昆卡话锋一转。

“什么?”

“就是曼谷银行那个卧底经理。由于身份特殊,他更能注意到诸多细节和疑点,所以我们应该在他休假的时候动手,绕过他的视线。想必这就是拿轲先生让我们先找出卧底的真实用意。”昆卡果然厉害,把诸多细节考虑得一清二楚。

昆卡的细腻着实让在座的人都暗自佩服不已。虽衣着朴素、其貌不扬,但他那缜密思维和绝妙创意的确非常人所能及。当众人沉浸在喜悦中时,木北心里却充满了无法挥去的忧虑,这样的天才太可怕!木北甚至觉得自己的智商在他面前似无知孩童一般,落差之大堪比天壤之别,自己和昆卡根本不能相提并论。天才的创造力和破坏力都是惊人的!爱因斯坦、柯南道尔等慧人运用才智为人类作出了贡献,而另一部分天才却选择破坏或者犯罪作为耀世的资本。

世界上使社会变得伟大的人,正是那些有勇气在生活中尝试和解决人生新问题的人!

——泰戈尔

走出曼谷银行的大门,眼前淅沥不停的小雨变得晶莹透亮起来,街头花样各式的伞似林中蘑菇般鲜艳可爱。成功是一瞬间的酣畅!努力压制着喜悦的木北终于还是忍不住流露出激动的神情,停留在大街上任由雨水冲刷着数天以来堆积的疲惫与憔悴。

木北笑得很开心。

遥不可及的美好幻想仿佛已近在咫尺。也许不久的将来,也许就在明天他就能亲手触碰到。畅想让木北似婴儿亲昵母亲的怀抱般慢慢张开了双臂,渴望紧紧拥抱一下久违的自由,久违的希望……

“啪!!”

一声枪响!

一声突如其来的枪响!

怎么了？怎么了？街头忽然慌乱起来，木北看见路人尖叫着四下夺路狂奔！

唯美的画卷瞬间就被这划破长空的枪响无情撕裂！

血！有血！木北陡然感觉到嘴角挂着一抹淡淡腥味，下意识往下看，瞳孔顿时剧烈收缩。他居然看见自己胸口冒出大股大股殷红刺眼的鲜血。顿时觉得身子似被掏空一般。

是子弹，是可怕的子弹！急促的呼吸早已支撑不住虚弱的身体，木北来不及环顾四周情景便轰然倒在湿漉的街面上抽搐不已。一切发生得如此突然，意想不到的灾难瞬息而至。死神的青睐让这个对美丽人生充满无限眷恋的躯体就这样永久留躺在了异国他乡冰冷的街面上……

“呜啊！”

一声悲愤的咆哮从黑色商务车里传出。准备作接应的宋看到眼前这惊人一幕完全崩溃了！他无法相信自己目睹到的一切，那个数日来与他朝夕相处且活生生的木北就这样倒在他的面前，内心的悲愤促使他发出巨大的吼声！虽是哑巴，但喉咙却依然能发出惊人的声响。

疯狂了！宋发疯地拉开车门欲奔向躺在不远处的木北。可密集的子弹瞬间就呼啸而来，“乒乒乓乓”地在车门四周击得火花四溅。车里其他人不顾一切地紧抱住宋。

生拉硬拽地把他拖回到车里绝尘而去。

一切发生得如此莫名，平地突然冒出的数辆警车顷刻间就把现场包围得水泄不通。警察的突然出现打乱了全盘计划，这使场面更加混乱。一名留着胡须趾高气扬的中年警官下车简单环顾了一下周围情况，确定一切都在掌控之中后才慢条斯理地摸索起木北的尸体。斜挎背包落入他的手中让其非常得意，拉开检查一番后他便指挥身边警察七手八脚地把尸体抬进了警车。

警察是怎么来的？

整件事情本来已清晰明朗，但突然的风云变幻让格局又重新陷入到扑朔迷离之中，好不容易到手的F3109柜就这样落入警察的手中。他们是如何知道这件事的呢？答案无从知晓，唯一可以肯定的是这将是泰国警察的一次“丰功伟绩”。因为大批闻风而来的新闻媒体长枪短炮地采访着刚才的喋血事件。

骤然热闹的场面反衬了木北尸首的冰冷，也许躺在警车里的他在这一刻才算是真正的解脱。告别神秘的泰国，告别梦幻的曼谷，却终究没能回到那片朝思暮想的故土。故乡、亲人、恋人、朋友等各种难以割舍的情结在苍白轻渺的灵魂中渐渐褪色。离去是自由，死亡是解脱。

再见，努力的孩子。

再见，未完成的愿望。再见，一切的一切……

第八章 天衣无缝的计划

破旧大楼。

破旧与繁华形成鲜明对比，它似暮年老者在灯红酒绿的奢靡下喘息，孤独且寂寞。稀稀落落的斑驳灯光努力证明它残存的价值，却早已被喧嚣的城市所遗忘。会被遗忘的还有木北，他的离开只留下了一个未解的悬念而非永恒的话题，甚至都没人知道“木北”这个名字是否真正存在过。

“操！”

沙包般大小的拳头直落在干涩的唇角，巨大冲击力带出刺目的血丝和混浊的唾液飞溅在四周。眉头紧锁掩饰不住切肤之痛，只得低沉呻吟着。

“好玩是吧？啊！”灯光下的刀疤脸冲着一张蓬头垢面的年轻面孔咆哮不已。

“你他妈真是活腻了！敢这么玩。”愤怒让刀疤脸歇斯底里。

“说！东西呢？”

台灯强烈的灯光直射在年轻面孔上刺得他睁不开眼。凑到灯光下的刀疤脸狰狞且愤怒的表情似要把对方生吞活剥了一般，仔细一看发现那人竟是弘塞，那个卧底大管家。

“呵呵。”蓬头垢面的年轻人冷冷一笑，微微仰了仰头。

他双手被反铐在靠背椅上动弹不得，只得用肩膀蹭了蹭火辣的唇角。疼痛使他紧紧咬住牙关，面对刀疤脸的不断逼问他只是抬起头来漠视着对方。谁都没想到这一抬头却露出了一张熟悉且令人惊讶不已的面孔。谁？

木北！一个活生生的木北！

怎么回事儿？他不是死了吗！而且是当着那么多人的面被枪杀的，怎么现在又复活了？事情变得极其不可思议！

“说话呀！东西呢？”弘塞抡圆了拳头。

“没在我手上。”木北吐了一把口水有气无力地答道。

“胡扯！你是不是偷偷藏在银行周围某个地方了？”

“我有那么蠢？真如你所说的那样那我还有什么利用价值？”

“狗屁！从进银行到出来只有你一人碰过那背包，怎么就莫名调包了？”

“呵呵，银行有些区域你们是看不到的，比如VIP室。在那里调包是件很容易很隐蔽的事，还需要我解释得更清楚吗？”木北言辞犀利地与弘塞针锋相对。

“你到底想怎么样？没想到你小子还真够阴险，本想用调包计来骗过银行和拿轲，结果你把我们都给骗了。愚蠢的是你居然还敢用假东西来糊弄我，未免也太自大了吧！别忘了不属于你的东西迟早都要归还的。说！真东西在哪？”弘塞把一堆撬烂的破铜烂铁堆放在桌子上，不断用手指敲击着桌面吼道。

“刚说过了，藏在很安全的地方。”木北对着狂躁不安的弘塞只是淡然一笑。

“我他妈就搞不懂了，你拿那柜子到底有何目的？实话对你说，那里面的东西对你一点用都没有。只要乖乖交出东西我保证你平安无事。”

“你当我三岁孩童？我的性命就完全掌握在F3109上。”

“那你想怎样？说啊，给个交换条件呀！钱？自由？女人？说出来我什么都满足你！”弘塞知道眼前的木北是不好糊弄的，态度马上改为利诱。

“呵呵，我还是不相信你。其实在我们合作演绎枪杀这一幕假戏之前我就已经怀疑你了，虽没有什么实质证据可以证明这些怀疑，但幸好我留了一手。不然我这颗棋子估计真就到西方极乐世界去了。现在看来，很庆幸当初的决定。”木北道。

原来我们先前看到的一幕是木北和弘塞导演的一出戏，以假死的方式来彻底摆脱拿轲组织的控制，双方为了各自的目的共同策划出一个瞒天过海之计。

“你他妈说这么多想证明什么？”

“证明你是另有目的的人！证明你就是当初我们所说的坏警察。拿到东西后不是直接回警察局而是来到这破旧不堪的大楼里，想必足以说明问题了吧。”

“别扯没用的。好坏都无所谓，最重要的是东西！”撕下伪装的弘塞恶狠狠道。

“既然那东西那么重要，我就带你们去拿。”木北冷静笑道。

“做梦！谁会上这种鬼当？以拿东西作为借口乘机溜掉，我没蠢到这种程度。你信不信我现在就杀了你！反正你已在众目睽睽之下死过了。”弘塞断然拒绝道。

“想要杀我早就动手了，不必等到现在。只是今晚我不准时出现在约定地点的话，那珍贵的东西自然就会落到中国驻泰大使馆章大使的手里。到时候恐怕谁也别再想得到那东西了。”木北轻描淡写地说道。

“你唬我！”弘塞装腔装作势拉动了一下枪栓。

“约定时间快到了，你看着办吧。”木北面对恐吓不以为然，低头哼起小曲来。

这招果然有效，顿时把热锅上的弘塞推入到进退两难的境地。答应木北的要求，万一他要滑头逃跑了呢？不答应要求，可他死不开口。也许只有赌上一把才有机会，因为想要的东西毕竟是F3109柜而非木北这条小命。反正他是个落单的俘虏，料他也玩不出多大花招，只要把他看紧，应该出不了什么意外。一旦拿到东西，就算木北寻机逃走了也无关紧要，抓住问题的中心点即可！

“行！我答应你。”思量许久的弘塞终下决定。

已近午夜的曼谷街头略显冷清，可能是白天暴风骤雨带来的难得凉爽让人们纷纷躲在家里享受。一辆风驰电掣的雪佛兰优普兰在街头急驶，几番穿街钻巷后骤然停在一狭窄巷口。青砖所砌的巷子很阴暗，几盏昏暗的路灯孤零零立在深处好似冥冥幽火。小巷两旁是几所典型华式风格的建筑，仔细分辨略有几分眼熟，原来这里是希老家宅的后巷。

“早该想到你会把东西藏到这里。”下车后的弘塞四下打量着周围。

“哼哼。”木北并未理会，只是自顾自仰首扫视着希老的住宅。

“别磨蹭了！东西在哪？”弘塞赶紧催促着，唯恐存有变数。

“就在巷子深处那间小木屋里。”木北抬手指了指方向。

木北随意应付着弘塞的问话，他的眼睛却始终未离开过希老家的建筑，当看见二楼窗口挂着一块红色绢帕时才露出一丝隐秘的微笑，那是一个绝好的消息！

“前面带路！别耽误时间！”

弘塞和三名助手警惕地押着木北朝小巷深处走去。

此刻的木北心里暗自窃喜不已，一切正按部就班在实施。刚才他看见的那块红色绢帕其实就是约定的暗号，这表明希老和希颜已成功离开住宅躲进中国驻泰国大使馆里。计划是如此周密，就在今天他们偷窃银行之际，希老和希颜在这边同时实施了金蝉脱壳计划，两边都有动作让拿轲顾此失彼，根本无暇注意到这边的动向。只要爷孙俩能转危为安，木北心中的大石头就算落下了。

“砰！”助手一脚踹开简陋的木门，警惕着举枪把持在门口。

“进去！”弘塞猛推了木北一把让其率先进门，提防其设有陷阱。

“东西在哪？”进入到木屋里的弘塞面对伸手不见五指的黑暗不安地低吼道。

“这么黑我什么都看不见，如何告诉你？”

“少废话！别耍什么鬼花招，我可没那么好的耐性，快告诉我！”

“那你们自己翻吧，我什么都看不见。”

“我警告你，别打什么烂主意，不然子弹不会同情你。电源开关在哪？”

“就在进门右侧，很容易摸到。”

手下按照示意很快就摸索到了电源开关，“啪”的一声按下电灯按钮。众人还未看清屋内摆设，忽听“扑哧”一声闷响突然爆炸了！

猝不及防的爆炸瞬间灼伤了眼睛，大家只觉得眼前一束强光转而什么也看见了。

闪光弹！有人使用闪光弹！守候在门口的手下听得动静不对忙冲进屋内相救。跨进门口数步，忽见身后一遮布忽然掀开，一壮汉持木棍猛得砸向其至后脑勺！来不及作任何反应助手就轰然倒地。壮汉二话不说拉起木北就夺路狂奔，一切就如演练过般纯熟。

“兄弟，我们终于成功了！”满是激动的壮汉紧紧拥抱住气喘吁吁的木北兴奋不已，此人竟是土地！原来刚才发生的一幕是事先早就安排好的计划。

“是啊，终于！”

木北脱口而出的“终于”二字是如此沉重，眼见期盼已久的愿望顷刻实现让兄弟俩充满了无限感慨。多少辛苦挣扎的日子就为了今天自由的这一刻，这不得不让人感到一丝苦涩和辛酸。

“真不敢相信我们在这一刻居然成功了！这种酣畅的心情，这种突然降临的幸福感让我觉得有些眩晕。兄弟你掐我一下，看是不是梦境。”土地兴奋得手舞足蹈。

“呵呵，不是梦境是真的！土地，我们真的做到了！”木北非常肯定地说道。

“多亏有你，让你吃苦了。”土地看着伤痕累累的木北心疼不已。

“土地，别这样说，没有你的帮助我永远都逃脱不了这炼狱。这下好了，我们终于看到了自由，终于可以和希老他们在一起了！”木北饱含感激的泪水紧紧拥着土地结实的肩膀，打心眼里感谢这位忠诚憨实的朋友。

“走，我们现在就去大使馆。拿轲那乌龟王八蛋肯定到现在还没反应过来，所以我们可以大摇大摆地去大使馆。希老他们肯定急切盼望着我们的归来呢。”

“终于盼到团聚的一刻了，太想他们了！”

“嘿嘿，我的希颜小妹恐怕早就望眼欲穿了吧。”

“呵呵。”

“哈哈，兄弟你好像害羞了喔。”

“我那是热的。”

“好了，别狡辩了，估计你心里都快美死了。”

希望之光照耀在内心的时候，幸福感油然而生。曾经憧憬的美好就要在顷刻间实现，这份得来不易的喜悦让心沉醉。本是岌岌可危的生命在经历种种磨难后终于焕发出璀璨的光芒，坚持不懈与勤奋思考共同演绎了这幕精彩绝伦的完美风暴！《肖申克的救赎》、《美丽人生》等经典影片的现实版在曼谷天空上演，生命本能的挣扎与反抗衍化出诸多不可思议的奇迹，两个默默无闻的年轻人依靠信念拯救了自己！

第九章　无比绝望

“啪啪啪……”

正当二人沉浸在愉悦中时，忽听不远处巷口传来阵阵拍掌声，由远及近的声音在宁静的夜晚显得极为清晰。谁？掌声的主人是谁？这突如其来的状况让木北和土地不禁心中一怔，两人杵在原地面面相觑，一种惶恐不安的感觉陡然袭上心头。那人有节奏的击掌声好像表明自己早已守株待兔式地等待兄弟俩的到来……

“完美！不，应该是差一点就完美了。”

随着声音越来越近，说话的身影越来越清晰，不紧不慢的脚步紧扣着兄弟俩的心弦。当这人完全暴露在路灯下时，露出了一张让木北和土地几乎绝望的面孔。

昆卡！那个谜一般的天才！

“呵呵，见到我出现是不是有种绝望的感觉？”昆卡一语中的。他的出现几乎意味着所有希望的破灭。刚才那份兴奋不已的激动心情一瞬间荡然无存。

他怎么会来到这里？难道他知晓一切？难道先前的计划早已露出破绽？答案当然是肯定的。因为眼前的一幕意味着费尽心思的计划显然已被人识破，所有的努力都化为乌有，所有的希望均化作泡影。现实如此残忍！就差一步，就只差一步而已，却恰恰就倒在了这一步。兄弟俩开始惊恐于绝望的侵袭。

“跑吧……”土地心存侥幸地窃语道。

“不用了，他肯定不是一个人来的。”心灰意冷的木北摇头否定。

“真替你们俩可惜。假如没有那些细微的破绽，假如没有多此一举的行为，你们就完全成功了！聪明的木北你让我眼前一亮。”昆卡颇有点惺惺相惜的意味。

“破绽？”

“对！破绽，细微的破绽。”

“比如？”

“呵呵，告诉你吧。其实在你中枪之前我丝毫没察觉到你的异样，也无从知道你任何计划，在银行门口中枪倒地前的任何行为都是非常符合逻辑的。特别是警察围捕射杀你的那一幕几乎是点睛之笔，堪称精妙……”

“你的意思是破绽是在中枪之后？”木北无意听取恭维之词。

“是的，就是那之后。”昆卡非常肯定地答复道。

“中枪之后有什么破绽？”

“你中枪的整个过程我尽收眼底，我就打着雨伞一直站在街对面观察。现在可以罗列给你听。破绽一，子弹会拐弯？根据枪声的方向可以判断出子弹是来自于你的右后方，但是中枪之后你的胸口却是对直在冒血，难道子弹会拐弯？破绽二，常理的失误。倒地之前你是一直注视着冒血的胸口，想必此招是用来吸引人们的注意力，而后假装倒下。这恰巧就违背了常理，因为人在受伤后本能的反应应该是马上捂住自己的伤口，而你自始至终都没有这个动作，这是个明显的破绽。我阐述得很清楚吧。”

“嗯……”根据昆卡的思路木北开始反省。

“破绽三，为什么是警车？我的意思是为什么警察把你抬进警车而不是救护车？难道警察会对救死扶伤感兴趣？呵呵。破绽四，潘石（土地）人呢？他自从在银行和你搭档完后就一直没有露过面，就算你中枪死掉这种悲惨场面，他都没有出来拯救你，这好像不符合兄弟情谊的行为逻辑吧？”

“然后呢？”听完昆卡的陈述木北彻底跌进冰窟窿里。本以为可以瞒天过海，可听完这番推理之后突然觉得自己拟定的计划如小儿游戏般简单透明，在这个天才面前根本不值一提！

“然后发生的事情就简单多了，跟踪警车到破旧大楼，再跟踪你们到小木屋，最后就在这里等收网了。”昆卡尽显胜利者的姿态。

戏谑！命运的戏谑。眼睁睁看着本已牢牢掌握在自己手中的希望被眼前这个聪明绝顶的朴素人残忍掠夺。反抗已是徒劳，因为巷子两边隐约闪现的诸多影子表明昆卡是有备而来。技不如人，败得心口皆服，唯一值得欣慰的是希老和希颜安全了。至于后面会怎样谁也不知道，听天由命是现在唯一的选择了。

再次回到熟悉的会议室身份早已时过境迁了，十几小时前还是被寄予厚望的智囊团成员，现在却变成可怜的阶下囚！命运的掌控权戏剧般地又回到这位面带金罩、眼神傲慢、手握金樽的“君王”手里。当然，这是胜利者固有的姿态！

“卧底的下场基本上都很惨。”君王拿轲率先对弘塞发难。

此时的弘塞耷着脑袋不敢吭声，刚才飞扬跋扈的气焰荡然无存，犹如完败的斗鸡蔫在一旁瑟瑟发抖。他深知眼前的格局形势，自己落到拿轲手中恐怕在劫难逃。

“不想辩解点什么吗？”拿轲似乎很能沉住气。

“我……我，我毕竟跟了你那么多年，而且还为你办了很多事。走到今天这一步实属无奈，只希望你能网开一面放我一马。”弘塞战战兢兢道。

“嗯。跟了我那么多年，为我办了很多事这是要肯定的。没有功劳也有苦劳嘛，来！喝点酒。”拿轲语气略显缓和，见他转身倒了杯红酒递到弘塞跟前。

“谢谢拿轲先生，从今天起我愿意一心一意为你效劳。”弘塞摸索着接过酒杯。刚才受闪光弹的刺激视力受损严重，到现在眼前还是一片模糊景象。

“喝了这杯压压惊。”

“我一定做你忠实的手下，绝对不辜负你！真的！绝对的！”

“先喝了这杯。”

“拿轲先生，我真的……”

“喝酒！”拿轲突然提高分贝无比威严地呵斥道。

弘塞唯恐得罪命运的主人不敢再多言什么，战战兢兢地捧起酒杯往嘴巴里灌。人为刀俎我为鱼肉的窘迫局面让人有几分欷歔，可叹人还真是世故的动物，得意时不可一世，落难时楚楚可怜。

就在美酒一饮而尽之时，忽见拿轲单掌突然猛击弘塞持杯的手。就听“啪”一声脆响，玻璃杯应声而碎！锋利的玻璃碎渣纷纷刺入到嘴唇肉中，巨大的冲击力和剧烈的疼痛使弘塞瞬间倒地哀嚎不断。

“多年！多年！”拿轲发疯似的猛踢弘塞，那愤恨之情仿佛要把弘塞置于死地。

“不不不，不要。”地上翻滚着的弘塞不断用模糊的声音苦苦哀求。

“不要什么？告诫大家不要当卧底是吧？告诫不要与我作对是吧？”

“是是是，啊！不是不是……”

“起来！”拿轲拉起地上不断哀求的弘塞将他拖拽到玻璃窗前说，“看见没，曼谷的夜景永远是那么美丽。那霓虹、那灯光无不在炫耀这片土地的热情，像家吗？像吗！估计此刻的你也非常想回家是吧？”

“求求你，放过我吧。”弘塞哭丧道。

“我当然会放过你的，别担心，就快回家了。”

拿轲拍拍其肩膀，然后向身边的助手递了个眼神。左右二名助手心领神会，打开窗户，紧抱着弘塞把他从窗口硬推了出去。天！这可是十八楼啊！一条鲜活的生命就这样在惨叫声中陡然消失……

第十章　梦寐以求的真相

恶魔拿轲疯狂起来竟如此心狠手辣，这让在场的木北和土地顿时惊骇无比！惊恐不安的情绪瞬间侵蚀着脆弱的神经。难道他们也会是这样的结局？难道命运安排他们就此命丧异国他乡？不敢想，真的不敢往下去推想！再勇敢的人在直面赤裸裸的死亡时估计都会产生几丝本能的畏惧。

“精彩吗？”拿轲对木北笑笑。

“血腥。”木北强作镇定地答道，他很清楚这一幕其实是导演给他俩看的。

“是够血腥的，其实我也不想这样。不过对于那种自以为是、出卖主人的卑鄙小人而言恐怕这就是应有的下场，你说呢？”拿轲话里藏刀。

“理解不了你的观点。”

“呵呵，你当然理解不了，因为你没坐在我的位置上。”

“想怎么样？痛快点吧。”

“很简单，我想要的东西在哪？”

“没在我手上！”

“哈哈，我早就知道没在你手上，而且我还知道它到底在哪。”

“喔？”

“在银行对吧？”拿轲自信满满地说：“其实你根本没有调包，

F3109柜也没有被拿出来，一直放在银行里。想以此来作为要挟我的工具。估计你思来想去觉得银行才是最保险的，所以你依旧把那个假柜盒带了出来。呵呵，小伎俩。”

“是，你说得很对。”既然计谋已经被识破，木北干脆承认一切。

“既然承认了，那就要为你的过失付出代价。”拿轲又开始玩弄起戒指。

“难逃一死？”

“你觉得呢？难道还有其他方式能弥补这弥天大过？”

“也是，我们对你而言已经没有任何利用价值了。”

“哈哈，很有自知之明的木北，一语中的。走到今天这一步我很叹息，真不想挥泪斩马谡。本以为能和你可以成为很好的合作伙伴，可惜你的愚蠢之举葬送了自己的美好前程，不！应该是你们俩的前程。”

“美好前程？哼哼，你在讽刺我的未来。”

“未来，你认为你们还有未来吗！你知道我为什么那么看重你吗？”

“利用我们为你卖命而已。”

“错！妇人之见。瞧瞧，这就是你我之间的差别，观点如此之悬殊。其实我的本意是想好好培养你，然后接替我的位置。”

“你的位置？”拿轲抛出的答案让木北和土地吃惊不小，把脑袋翻过来想也想不出其用意竟是让木北来坐黑社会老大的位子！这葫芦里到底卖的什么药。

“不信吗？”

“看来我还是人才啊！”木北与土地对视一眼自我嘲讽道。

“别高估自己了！像你这样的人全世界何止千万，凭什么好事就能落到你头上来？论身手你有宋敏捷？论才智你有昆卡聪明？”

“那我就更加奇怪你的如意算盘了，我何德何能能坐你的位子？”

“哈哈，木北啊木北。好了别绕弯子了，你不是一直想揭开心中的疑团吗，今天就满足你这个最后的愿望，一切的一切都在今天揭晓答案！”

听到这番话木北和土地心中为之一振!

终于把这一刻给盼来了。答案!诸多的谜团即将揭开神秘面纱。遥远的木北为何会莫名来到曼谷,为什么奇奇怪怪的事会发生在他身上。先前发生的一幕幕影像重现在亢奋的脑子里,纵然即将面对可怕的死亡,但至少不用做一个蒙在鼓里的冤魂。此刻木北眼里闪烁着兴奋与期盼……

屏住呼吸,目不转睛。

神秘一刻降临时出奇的安静和翻腾的内心形成强烈对比。聚光灯将焦点集聚在拿轲身上,每一个动作每一个表情都是那么扣人心弦!且见他慢慢取下一直带在头上的金色面罩,将本来面目暴露在木北和土地面前。这是怎样的一张面孔?俊朗的五官略显异样,深邃双眸里蕴藏着几分睿智,鼻梁挺拔,唇方口正,奇怪的是有数条细细疤痕极不协调地盘绕在苍白的脸庞上。看上去让人平添几分怯意。

“看出什么了吗?”拿轲故作神秘问道。

“车祸现场。”土地接的话逗得木北忍不住笑出声来。

“呵呵,料想你们也看不出什么端倪出来。没关系,你们再看看这张照片。”拿轲对于土地的挑衅似乎并不生气,而是从上衣口袋掏出了一张相片递了过来。

啊!!!!!

当木北和土地看见照片中的人像时,瞠目结舌的表情如见鬼魅一般。目光完全呆滞于相片之上,瞪大眼睛久久不愿相信眼前的景象。这怎么可能?这让人如何相信?实在太匪夷所思!兄弟俩看见照片里的人物居然是木北!

“明白了吗?”拿轲早已料到兄弟俩那吃惊不已的表情。

“这……这,这是你?”木北完全没回过神来。

“是我!以前的我。”

“那你现在怎么……”

“整容!”

“为什么整容？”木北直勾勾地盯着拿轲，完全理解不了他的意思。

“呵呵，这个就说来话长了。纵横江湖多年早已树敌无数，很多组织帮派都想取我的性命。为了掩人耳目我只好出此下策。木北你以为你是随随便便就来到曼谷的吗？我是对比了世界上千万张照片才发现我们俩的相貌相似度是最高的。对于不熟悉的人完全可以做到以假乱真。”拿轲终于说出了惊天大秘密。

“原来，原来我是替死鬼！”木北从呆滞的神情中幡然醒悟。

“这是整个策略的需要。”拿轲默认道。

“嗨，我完全理解了。处心积虑……处心积虑啊！”木北沉重叹息道。

“怎么回事儿？什么替死鬼？”在旁的土地还未理解话中之意。

“嗨，好吧，让我来解释吧。土地你还记得最初的情形吗？我在高档娱乐场所迷糊期间，有几个大汉闯了进来把我挟持到河边准备溺死。其实这是拿轲先生的借刀杀人计划。为了避免事情露馅他先用迷幻剂麻痹我的意识，目的是让我不能与来者顺利对话。在那种糜烂淫乱环境下诸多细节都会被忽略掉，再加上我和他长得如此像，所以大汉就把我错当成拿轲本人。那些人肯定是他的死对头，正所谓仇人相见，分外眼红，毒打、谋杀我自然就变得合情合理。”木北说道。

“啊！原来是这样，他妈的太狠毒了！”土地愤愤地咒骂道。

“更毒的在后面，这完全是个一石二鸟之计！能从敌人口中传出拿轲的死讯估计没有人会去怀疑什么，所以他就可以顺理成章彻底改头换面了，用另外一个身份替代曾经的拿轲！我甚至怀疑拿轲都不是他的本名。”

“哈哈哈，精彩！”拿轲听完一系列陈述后拍掌笑道，“木北所叙述的分毫不差！这就是我先前的计划。可惜你们醒悟得稍微晚了点，实在可惜。”

“我有些细节没有弄明白，后来救我的警察为什么会突然要杀我？”木北追问道。

“呵呵，小心驶得万年船。黑社会组织把你溺水的时候其实我一直躲在暗处观察，要确认你死亡之后我才能真正放心，可没想到半路却杀出个程咬金，土地鬼使神差地救了你！看见他打电话报警，所以我也只好找我的警察朋友帮忙了。”

“原来是这样。那个被杀的大使馆助手和伪装成职业女郎的女杀手呢？”

“他们都是我安排的杀手。利用警察朋友的技术手段来窃听打进中国大使馆的外埠电话几乎是易如反掌。所以我的杀手就提前接走了你们。这里设了一个连环扣，也许你们会提防助手，但当女杀手干掉他的时候，肯定会打消你们的防范心理。我做任何事情从不掉以轻心，就是想让你们防不胜防！”

“那个推我下河的杀手怎么后来又突然冒了出来呢？”

“那是一段插曲。不知道是谁走漏了消息，也许是我的仇家察觉出事件的异样，所以专门派该人来核实问题，结果没想到那蠢猪居然被你们给修理了。真是活该！现在看来出卖我的人无疑就是刚才那个坠楼的飞人。”

“明白了！全明白了，后面什么假参赞、红毛的事都迎刃而解，谜底完全都揭开了！”木北摇头叹息道。对手处心积虑的计划的确让人防不胜防，世上没有任何事情是偶然的，看似莫名来到曼谷，种种离奇事件，其实背后都隐藏着一双操控的手。就是这双肮脏的手让一个普通年轻人彻底改变了原来的生活！

“还有一个谜底没揭开。”拿轲瞳孔微缩道。

“喔？”

“难道不想知道我为什么要让你坐我的位子吗？”

“为什么？”

“呵呵，先前的计划确实选定你当替死鬼。但后面你一系列的成功逃脱让我开始注意到你的才智和能力，于是我改变了原先计划打算让你坐我的位子。一是准备把你培养成为一个傀儡，二是想把被刺杀的可能性转嫁到你身上。这样我就可以高枕无忧地在幕后轻松操控一切了，你说这样岂不是更加完美！所以从那时候起我就刻意培养训练你，准备把你打造成我想要的人物。"

"可惜我如此不听话，是吗？"木北明白一颗任人摆布的棋子的悲剧。

"呵呵，这些都已经不重要了。你这人太不好驯服，我可不想养虎为患！"

"如此处心积虑地算计他人有这必要吗？"

"哈哈！麻烦你的问题最好有点深度，这可是全盘计划的需要。"

"事已至此，我们已经是毫无用处了，难道就不能善心放我们一马？"

"天真的言语！秘密永远是秘密。对于曼谷或者整个泰国而言，从理论上来讲根本就没有你这个人。所以事情的真相还是让它永远沉睡的好，就像什么都没有发生过一样，结局需要以完美来收场。"

"既然这样，那我希望一人做事一人当，所有责任我来扛！"

"你是在乞求？"

"算是吧。"

"这份乞求有意义吗？你的义气不会感染我的。最多只能放过那老头和你的女友，至于其他的，就别妄想了。"

"兄弟咱不奢求什么。那条路上老哥陪着你。"在旁的土地赶紧插话道。他非常清楚双方对话的含义，生死关头他绝不背弃自己的兄弟独自苟活。

"土地，这事因我而起，我不能眼睁睁看着你和我有一样的结局！"木北紧拉着土地的手哽咽着说道。紧要关头他只能想方设法保住土地的命。

"这种悲情戏就别在我面前上演了，它对我来说毫无作用！无论怎么选择结果都一样。只是你们要清楚一点，今天这样的结果完全是你们咎由自取！”拿轲点上一支雪茄，狠狠吐出一卷烟云后幽幽说道。

“我能知道F3109里到底有什么东西吗？”这是木北心中最后一个疑问。

“这不是你该关心的事！我之所以能抖搂出这么多秘密完全是对你俩最后的尊重，知足吧。废话不多说了，那条路上我就不亲自送你们了，希望在转世投胎之前你们可以先回到中国看看热爱的故土和思念的亲人。就这样吧，再见！”拿轲话刚完当即转身以背相对，独自目不转睛地眺望着曼谷夜景。

谈话的结束意味着死亡的开始。

数名黑衣成员的围拢预示着一切的结束。谁都清楚后面将发生什么样的悲剧，刚还沉浸在真相中的思维顷刻就要跳跃到对死亡的恐惧之中，恐怕这次确实是在劫难逃了！不想坐以待毙又如何，无谓的反抗只是徒劳，心灰意冷是必然的结果。木北神情暗淡地瘫坐在沙发上不敢对视土地那绝望的眼神，走到最后一步已经无计可施，没有任何自救的办法了！绝望蚕食着每一粒生命细胞，甚至能提前感受到死神靠近时所带来的窒息寒气。会有奇迹吗？也许他会帮助一下，当然这是仅存的幻想，被寄予薄望的他真会出手相救吗？骗骗自己总归好受些。

数名黑衣大汉把兄弟俩塞进黑色现代车里一路奔驰而去。不清楚拿轲拟订了什么样的死亡计划，不过这些都已不重要，反正难逃一死，还是静下心来留恋这陌生而残酷的曼谷夜色吧。多讽刺！路面上坑洼的积水预兆着奈何桥的孟婆汤，看来今天的这一碗是专门为他俩准备的。真不想喝下它！因为不想忘记至亲的家人、甜蜜的爱人和肝胆相照的兄弟！

来世，假如有来世，一定生死相守！

一路颠簸一路幻想，当到达目的地被推搡下车后木北和土地才恍然领悟到拿轲的死亡意图。真是莫大的嘲讽！他们居然来到木北最初被推下河的地点。拿轲的心肠果然阴毒，未完成的事想方设法都要去完成，所有的一切戏剧性的全回到了原点。难道这就是所谓的宿命论？沙袋、绑绳等谋杀工具一应俱全。黑洞洞的枪口始终警惕地跟随着木北和土地的身影，而兄弟俩却只能像待宰的羔羊般任人捆绑。冰冷的河水就在面前，死亡的河水就在前面，心理逐渐崩溃。

现在唯一能做的只剩下祈祷上帝的出现了……

第十一章　再见！宋

豆大的汗水悄然滑落，过一秒……

冰冷的双手微微颤抖，又过一秒……

上帝始终在无情地浪费着诸多个一秒……

上帝在无情地浪费着诸多个一秒后终于让奇迹陡然降临！

就在万念俱灰时，风云毫无征兆地突然变幻。一名持枪压阵的黑衣大汉突然爆头倒地！接着是第二个、第三个。怎么回事儿？难道真的出现奇迹了？狙击手！肯定是有狙击手在周围！剩下的两名正在捆绑兄弟俩的黑衣人早已慌了手脚。已经连续死了三名成员却还不清楚狙击手的具体位置，如何能不让人惊恐？二人似丧家之犬拔腿就跑，可惜仍未逃过子弹的召唤，蹦跳两步之后就双双毙命。

木北和土地瞪大眼睛惊诧于眼前的一切，久久不愿相信的奇迹还真就不可思议地出现了！待回过神来后兄弟俩才欣喜若狂地四下找寻救命恩人，可二人环顾四周也未发现其身影。但木北坚信自己的判断，是他！一定是他！果然不出所料，终于在抬头仰望高处的时候发现了站在楼顶冲二人招手的狙击手！

真的是他！宋！

宋的出现让兄弟二人如释重负，千钧一发之际正是他出手救了木北和土地的命！一开始木北对于这位身份特殊的"兄弟"能否在关键时刻拔刀相助深表怀疑，因为二者毕竟立场不同，他们的组合只是为了共同完成一项任务。但宋用实际行动证明了自己的赤诚之心！木北心里很清楚宋的出手相助对于他个人而言将意味着什么。

三兄弟紧紧拥抱在一起，枕在宋结实的臂膀下，木北感觉到一丝亲人般的温暖。是啊，身边两位半路相识的朋友都在危急关头鼎力相助，自己何德何能修来这等福气！母亲从小就教育他做个好人，也许就是这颗虔诚之心带来了今天的好运。对于土地、宋这两位肝胆相照的兄弟，木北一辈子没齿难忘！

"谢谢！"此时此刻木北实在不知道用什么语言来表达心中的感激之情。

宋憨笑着摇摇头，示意不足挂齿。

"兄弟你傻呀，你这样不是把自己陷入到危险境地。"木北心存愧疚道。

宋继续笑着摇头，眼神中透露出"誓为兄弟两肋插刀"的坚毅。

"嗨，说你什么好呢。"木北极力隐忍着欲滴落的泪水，紧紧拥抱宋。

正当三人感动于生死友谊之时，几束强光突然直射而来。惊得三人本能地慌退数步，惊恐中他们努力辨别光源出处。怎奈强光刺得眼睛无法适应，缓和了好一阵才看清情景。原来是不远处并排停着三辆商务车，悉数下来十多名彪形大汉，个个虎背熊腰、魁梧挺拔。为首者更是一名人高马大、面露凶相的光头大汉！

这一架势明显是来者不善！

"拿轲先生早料到有这一幕，所以我恭候多时了！"光头怒吼道。

"糟糕。"三人心里暗暗叫坏。原来对方早已料到此番情景，已布下天罗地网。

"宋！你这个无耻叛徒，居然敢背叛拿轲先生，枉费他对你的一番栽培！今天就是你的死期！"光头高声讥讽道。

宋怒目相视，本能地把木北和土地揽到身后，用自己壮硕的身体充当保护。他深知对方的来头和身手，恐怕有场凶多吉少的恶斗。他只有尽全力保护身后的兄弟了。

“恐怕你只有以死才能谢罪了！组织里不是一直在猜测你我之间到底谁是第一杀手吗？今天正好来个彻底了断！来吧，放手一搏！”光头边说边挽起袖子，似打算和宋进行一场肉搏血战！

对于对方的辱骂和挑衅宋只是冷漠藐视一眼，并未妄加行动。又见他回头看了看身后的木北和土地，然后用眼神指了指河面。木北和土地心领神会，宋的意思是让他俩趁打斗之际赶紧跳进河里逃生。眼下情况危急，这是唯一可行的逃生方法。

“不行！同生死共患难！”木北和土地坚决否认道。这节骨眼上，他们不能做背信弃义的小人，只顾自己安危而不管朋友死活。

生死攸关的紧要关头，焦急万分的宋不停比划着手势，大概意思是说他拼死相救就是为了兄弟俩，不愿看到他的努力全部白费！

“不！绝不！”木北也顽固至极。

场面陷入到互不让步的僵持阶段。光头已越走越近，情况越来越危急。就在此时忽见宋突然紧紧拥抱了一下兄弟俩，然后以雷霆万钧之势独自冲向光头！他深知此刻枪械之战已徒劳无益，一把枪无论如何也对付不了对方十几条枪的围攻，何况不长眼的子弹很容易击中木北和土地。既然光头提出要徒手肉搏，这就给二人提供了逃跑的有利时机，至少那些爪牙不敢随意开枪射击。

不容多想，宋以死相拼换机会！

“啪！”

正在此时突然响起了一声枪响！宋在奔跑途中突然仰翻倒地。定睛一看，见他血流满面躺在地上，爆裂的头部鲜血狂喷不止！天！宋头部中弹了！准备与之肉搏的光头手里居然多了一把枪！

“白痴！谁想和你近身肉搏，有枪不用我费那劲儿！”光头阴笑道。

木北和土地被眼前这可怕的一幕彻底惊呆了！他们完全没想到铁血硬汉宋居然会命送于如此卑鄙无耻的手段。一条鲜活的生命、一腔义薄云天的豪气、一颗肝胆相照的赤诚之心就这样倒在了自己的面前，而且发生得如此突然。

“王八蛋！畜生！人渣！我操你妈！”

木北胸腔已经爆炸，发疯似的冲向光头！

他完全没想到光头会如此阴险狡诈。说好是肉搏之战，自己却偷偷用枪袭击了宋。这简直是无耻畜生的行径！愤怒让木北已经丧失理智，他要生生啃下光头身上的肉！他要吸尽光头身上的血！

“兄弟不要！走，快走！”一旁的土地在紧要关头一声暴喝。冷静促使他必须对兄弟的生命负责。见他猛地抱起木北，不顾对方的拼死挣扎扎进了河里。

待到光头醒悟过来时，两人早已消失在波光粼粼的河面之上……

第十二章 复仇！复仇！

“我要和你们合作！”

门口一个惊雷！推门而入的怒吼声让屋内的人惊骇不已，纷纷扭头寻声而望。见得门口立着两个浑身湿漉、怒目圆睁的年轻人。

“你……你……你什么意思？”中年警官面对突如其来的一幕不知如何作答。

“满足我的条件，就给你们想要的东西！”

“条件？什么条件？”

“我要报仇！”年轻人显得狂躁不安，愤怒的表情似要吃人一般。

“什么意思？等等。我们正到处找你呢，你居然敢自投罗网！”中年警官这才突然反应过来，冲上前一把抓住年轻人的衣襟。其他几名助手也赶紧冲上来帮忙。

“放开放开！我不跑。”年轻人奋力挣扎反抗，此人就是木北。

“妈的，这次你别想再溜掉了！”说话的中年警官正是先前搜木北身的那人。

“我不跑！我要和你们合作！”木北振振有词。

原来木北和土地跳水躲过光头的追杀之后，两人居然又回到先前拘禁木北的破旧大楼里。宋的死让兄弟俩彻底疯狂，不共戴天之仇令他俩已无任何理智可言，满脑子想的都是复仇。宋为救他俩搭上自己的生命，此仇不报，天诛地灭！

“合作？狗屁！说！弘塞先生是怎么死的？”中年警官毫不理会木北的言辞，麻利地把两人反拷在椅子上厉声问道。看来他已经知晓先前发生的事了。

“我告诉你！我全部告诉你！”木北咬咬牙把能说的事情简要描述了一遍。

“原来事情是这样的。等等，你脑子是不是有问题？被水泡坏了吧？居然敢跑到这里来谈条件，我们凭什么要和你合作？”中年警官嘲讽道。

“因为我手里有你们想要的东西！”

“放屁！你以为我们会相信你？”

“你没有不相信的理由。假如没有那东西，我敢闯这龙潭虎穴？”

“谁知道你小子想要什么鬼花招！明说，我不会相信你的。”

“哼哼，这可是你唯一的机会。如果我不说，你们永远都不知道那东西究竟在哪！倘若我俩中有一人死掉，东西自然就会通过中国大使馆传递到泰国政府手里，到时候恐怕神仙也救不回来了！”

“我靠！你唬我？”

“唬你？有这必要吗？到底要东西还是要我们的命，你自己选择吧！”

“嗯……你，你确定东西在你手上？”

“废话，我又不是来白白送死的！”

“等等，让我想想。”中年警官的犹豫代表事情出现了转机。

“就算要合作，至少也应该先让我们确认一下东西是否在你们手中吧。”中年警官果然是个老奸巨猾的家伙。

“哼！我没白痴到让自己往火坑里跳的程度吧！让你们看见那东西，恐怕它就不再属于我俩了。别玩这种弱智游戏，要谈就谈合作的事情。”木北冷笑道。

“我怕竹篮打水一场空。”

“为了证明东西确实在我手上，我可以透露一点给你听。F3109柜里其实放着一个类似移动硬盘的东西，想必你也应该知道这点吧。”木北很聪明，他料定中年警官未必就知道那个东西，所以用弘塞当初哄骗他的方法来忽悠中年警官。

“这……”这番话让中年警官果然不好回答。要说知道吧，可自己从没见过F3109柜里的东西。要说不知道吧，东西了无踪影，的确不好交代。

“你等等……”中年警官思来想去觉得应该采用缓兵之计。

他转身出门打起电话来。这一通电话足足打了有半个多小时，隔着走廊玻璃能看见中年警官表情凝重地倾听着电话里的吩咐。这是一个奇怪的信号，说明电话那头还有一个人物！神秘人物是谁？这趟水好像越来越深，木北心里隐隐觉得问题的复杂性难以揣测。

“好！我跟你合作。”打完电话推门而入的中年警官语气很坚定。

“明智的选择！事后你们一定能得到想要的东西。”木北悬着的心终于落下。

“但是我有条件。”

“喔？什么条件？”

“我们的人不会出现在任何公共场合，只在幕后协助。无论你俩干什么，或者出了什么事都与我们无关！我的话你明白吗？”

“明白！”

“那你现在想做什么？”中年警官急切想知道木北和土地的行动计划。

“打电话！”木北早就准备好了答案。

“什么电话？”

“一部让别人无法窃听的电话，这个对你们来说应该不难吧？”

“好，就听你的安排。”

第一个电话是打给心急如焚的希老和希颜的。

早就过了他们约定见面的时间，想必每一分每一秒对于藏在中国大使馆的爷孙俩都是一种煎熬，木北感同身受。听见熟悉的声音，希颜在电话里直接哭泣起来。男与女的思念是截然不同的，当女人牵挂男人时，那是一种一心一意忘却所有的想念，在这过程中她能衍生出诸多幻想与猜测。杳无音讯对于女人而言是地狱，但一个期待许久的电话就能立刻把她拉到天堂。很显然，木北的声音对于希颜而言就是天堂。随后木北花了一盏茶的时间才把事情的经过与希老沟通清楚，因为他并不太信任中年警官的安排，所以尽量把话语说得很隐晦，但他相信聪明的希老是能明白话中之意的。

第二个电话是打给千里之外的母亲。

孩子对亲人的善意谎言完全是为了化解老人心中的担忧。木北甚至要压抑住对痛苦经历的悲愤，努力伪装出愉悦的声音才能换取老人的心安。儿行千里母担忧，木北很清楚母亲那份让人心疼的牵挂，但他更清楚自己还有很多事要去了结。

挂完电话，成都仿佛又离他很远。即使再也回不去，仇也一定要报！

第十三章　魔鬼与魔鬼

男人的一半是魔鬼。

躺在简陋小床上的木北和土地已经筋疲力尽，两人痴痴地盯着头顶上旋转的吊扇一言不发，各自整理着繁乱的思绪。破旧小旅社的条件确实很糟糕，嘈杂的轰鸣声及喧闹声不时侵扰着兄弟俩本已脆弱不堪的神经，这让他们很是烦躁。此刻的回忆在脑海里显得特别灰暗，因为宋的音容生生地变成了倒下时的血腥画面，而光头得意的奸笑却如烙铁般深深灼伤木北和土地。一个可怕的梦魇！这个梦魇会将心中的天使暂时关进监狱从而释放出魔鬼的一半，仇恨由此复苏……

“假如有天我死了那会是怎样的情景？”土地开口道出一句悲凉的话。

“不知道，因为我看不到。”木北侧首望了望土地的面容。

“看不到？什么意思？”土地不明白话中之意。

“呵呵，因为我会死在你前面。任何危险情况下都是我先死，所以我将看不到你刚才假设的场景，而且也不敢看，更不能承受那种切肤之痛。”

“我明白你的意思。木北你别担心，我只是随口说说而已。经历了那么多悲喜，人难免有些恍惚和忧虑，生存的代价太大！曾经以为杀人或被杀那些经历离真实生活很遥远，可到了今天，已什么都经历了。想想都后怕，常被噩梦惊醒。”

“唉，我也是。”木北一声叹息。

“第一次杀那个警察，恐惧几乎让我崩溃，而今天目睹宋的惨死，我都不知道如何来形容心情。一个人的经历难道真是命定吗？”土地眼里充满困惑。

“或许是吧。这是一个没有答案的问题，命若有此劫，理当承受。”

“昨晚那个拿轲把所有谜底都揭开了，你有什么看法？”

“人性的可怕！确切地说应该是人性复杂得可怕！目的总是终点，但是手段却千奇百怪，甚至肮脏。可见人性的复杂程度远比人类的想象要更加深远！”

“唉，是这么个理。谁能想到动机原来是那么简单却又如此复杂呢！”

“土地你认为我是幸运的还是不幸的？”木北也提出了一个问题。

“幸运？什么意思？”土地不解地问道。

“幸运，我是对比了千万人之后才被选中的人。不幸，被选中的人是赴死亡之约。原来草根之人也有巨大的利用价值！呵呵。”木北自我嘲讽道。

“呵呵，你说笑了。这不应该是幸不幸运的问题，而是你刚才所说的人性复杂的问题。唯一可以称得上幸运的是我们至少知道了真相！”土地努力安慰道。

“真相？真相却会让人变成魔鬼……”

“什么意思？”

“我们将会因为仇恨而去杀人，这可是以前从来都没有想到过的事情。”

木北简单的话语如针芒般直刺到两人心底的敏感点。杀人！多么严肃且令人战栗的字眼，无论是出于什么目的，去剥夺他人的生命是需要多么大的勇气！可是这一切有选择吗？没有！因为那个该死的人剥夺了友谊的生命，所以他也应该尝到绝望的滋味。兽性的冲动和理性无关，如果男人的血未冷，那就意味着应该沸腾！

男人的一半是魔鬼。

对于他而言，问题永远都不是问题。因为很早前他就学会了掌控，事物只要按照预想的轨迹在运动那就符合美学。当然，在他心中这是属于智慧的一种艺术！偶然的小插曲也影响不了大局，咸鱼翻身之类的话语只能充斥在文学字库里，和现实无关！可以肯定的是木北现在就是那条咸鱼，而他——拿轲本人就是随心所欲的美箸！魔鬼进餐前需要血淋淋的开胃酒……

“你仔细搜索过？”拿轲威严地追问道。

“搜索了两遍，但的确找不到两人的踪影，有些奇怪。”踧扈的光头面对主人时显得有些畏惧。一直以来他就十分清楚主人手段的狠毒与残酷。

“那你也不应该回来。”拿轲目露凶光语调加重道。

“拿轲先生请放心，那两人一定逃不出我的手掌心！绝不会成为先生心中的大患！请放心。”光头哆嗦着赶紧表露自己的决心。

“大患？呵呵，你也太看得起那俩兄弟了吧？哼！蝼蚁而已！”

“是是是。先生说得对，只要一根小指头就能灭掉那两条贱命。”

“你怎么看？”拿轲转身望了一眼身边的昆卡，俨然把他看作军师。

“为一无足挂齿的问题无需有什么看法。”昆卡足足琢磨了十多分钟才开口。这个问题并不太复杂，但谁都不明白他为何如此多虑。

“喔？但他俩毕竟是个隐患。”拿轲很欣赏面前这位天才的思维。

“他们能怎么样？逃命？就让他们逃吧，反正已无任何作用。报复？这里是泰国，是曼谷，我不相信木北他俩能蠢到分不清楚利弊关系。”昆卡不屑道。

“那你的意思是……”

“还是把问题回归到重点上来吧，多考虑如何才能取到F3109柜里的东西。”

“说得好！这才是重中之重！如此棘手的问题还要劳烦昆卡先生。”

“给些时间让我仔细想想，这个问题变得越来越难了。”

“好！那就全依仗昆卡先生的智慧了。”拿轲赶紧找顶“高帽”给天才戴上。

“那木北那边……”光头颤颤地低声问道。

“你继续去追查，但是这事变成次要的事情了。现在最重要的就是辅佐昆卡先生！他需要什么，你就全力去满足，听见没？”拿轲果然奸猾，此举一来可以斩草除根，消灭木北和土地这个隐患。二则可以用光头来监视昆卡。要明白欣赏是一回事儿，防范则是另外一回事儿。

“是是是，我明白了，您放心！”光头听到这话心里陡然轻松了。

“这样很好，呵呵。”昆卡心里透亮，他很清楚拿轲的如意算盘。所以随意应付了一下，思索片刻后便露出了一丝不易察觉的微笑。

原来，魔鬼有很多……

第十四章 23:00有事发生

蝼蚁的一步微不足道，努力数步却可以扳倒大象。

平静的两周时间让风雨暂时停歇下来。蝼蚁和大象都躲在自己的圈子里忙碌，所以相安无事。但是倘若再次交汇，定是场你死我活的殊死争斗。光头似乎早已把木北这个名字抛在了脑后，把大把时间和精力投入到生意和对昆卡的协助工作中。很显然他并不太喜欢昆卡这样的人，因为那人实在太沉闷，一天到晚总板着脸琢磨着永远让人猜不透的问题，话语少得可怜。与这样的人合作实在毫无乐趣可言，这可憋坏了他。还好今天是周五，按照惯例光头会去老地方逍遥一番。

“天堂之夜娱乐会所”就是他的老地方。这里是拿轲的地盘，所以光头可以肆无忌惮地在此逍遥。自从干掉宋顺利上位之后，他越发春风满面，而且感觉老板拿轲也越来越重用他，手中满箱的新品海洛因就是最有力的证明！昔日小打小闹的打手如今变成谈判桌上的生意人，这不得不说是一个飞跃！所以光头美滋滋地驱车回家换衣服，准备晚上的狂欢时光。

心情舒畅，哼着小曲，冲电梯里碰面的美女吹两声调戏的口哨，看着她羞怒无措的样子，光头顿时心花怒放。人生得意须尽欢，这般随心所欲的欢畅还有什么能干扰他的高兴劲呢？可没想到还真有东西能干扰到他心情。就在开门进屋的一瞬间，光头发现地下斜躺着一个淡黄色的信封！既然是塞在他门下的，自然就是写给他的信。拆开读来，刚才还神采奕奕的表情顿时变得有些僵硬，他不由得暗自倒吸一口凉气，见得信中只有寥寥数字：

“天堂之夜，23：00有事发生！”

这是什么意思？光头完全不明白这封莫名其妙的信件所表达的意思！没落款、没署名、没日期，就简简单单几个黑色打印字。很是神秘！是警告？是预示？还是阴谋？但写信的人又是谁？光头脑海里把所有值得怀疑的人和自己的死对头都飞速扫描了一遍，却始终无法确定具体值得怀疑的人物，搞不好只是谁的恶作剧罢了！光头自我安慰着。

这样的突发事件根本没影响到光头那兴奋澎湃的心情，身陷灯红酒绿之中，所有烦恼都抛到了九霄云外。买家是老熟客，所以大家都不急着交易，纷纷把酒畅饮起来。周围几个手下也借机邀杯恭贺光头的平步青云。艳光十色的陪酒美女更是讨好着轮番灌酒，场面堪称荒淫。酒过三巡后，买家才不紧不慢地提出交易，此时早已面红脖子粗、满身酒气的光头夸张地努努嘴，手下跟班赶紧跑到隔壁包间去提货。

“不好了！货不见了！”去提货的手下突然惊慌失措地折回大呼道。

“什么？！”光头听见此话猛地从沙发上惊蹦起来。

“四哥（手下人对光头的称谓），那……那批货不见了！”手下人吓得直哆嗦。

“到哪去了？”光头瞪大眼睛厉声问道。

“我……我不知道啊。”

“操！”光头恼怒地送出一耳光，然后跌跌撞撞奔向隔壁包厢查看情况。

包厢内灯光闪烁、音乐绕梁，一切看起来并无什么异样。物品整齐摆放着，也无任何打斗和翻动迹象。三名守护提箱的手下也在，只是目光略显呆滞，满脸疑惑地看着怒气冲冲的光头和一大帮闻风而来的人。

“货呢？！”光头歇斯底里怒吼道。

“不知道，刚才……”三人面面相觑吞吐道。

“不知道？我操！你们仨是不是撞鬼了，居然敢说不知道！”

“四哥你听我们解释。刚才我们三人一下就全无意识了，不知道发生了什么事情，真的！到现在还是懵的。”看护提箱的手下开始意识到问题的严重性。

“靠！要你们有什么用！”光头气得抓狂，发疯似的殴打着三人。

三人慌作一团苦苦哀求告饶。

“妈的！你们其他人还傻愣着干吗，去周围搜啊！饭桶！”光头怒斥着围观的人。周围人见光头如此暴躁赶紧一哄而散，四下搜寻去了。

“当时是怎么回事？有谁来过？”光头猛抓起三人中的一个凶狠问道。

“开始一切都好好的，不知后来怎么像是被鬼迷住了般突然一下子就无意识了。发生的细节一点都回忆不起来了。先前也就妈咪桑和服务生来过，而且都是熟面孔，并无任何陌生人进出过。”

“几点的事情？”

“大概是在23：00钟。”

“啊！”

听得这番话光头不禁失声惊叫起来。他猛然想起先前收到的信件。上面说十一点有事发生，没想到果真就应验了！这一激颤让他彻底酒醒，心里隐隐产生了一丝恐惧和不安。此事发生得太过蹊跷，甚至有些神秘和惊悚！

想到拿轲的表情，光头的后脊梁阵阵发寒。

当他硬着头皮诚惶诚恐地把事情经过叙述给拿轲听之后，主人阴沉的脸吓得他魂飞魄散。即使再怎么添油加醋把责任推卸给神秘人，但丢失重要货品的罪责却让光头难辞其咎，此刻的他早已将心提到嗓子眼上了。唯一聪明的做法是他并没有将神秘信件的事告诉给主人。因为这件事一旦说出口他的罪过可就大了。在信件提醒了的情况下自己仍然疏忽大意丢掉了货品，那只能激怒拿轲把他分尸丢到大海里喂鲨鱼！所以脑筋在此刻千万不能短路。

拿轲的沉默绝对是最具威慑力的武器，这让场面显得格外压抑！在场的人都大气不敢出，纷纷注视着他的一举一动。足智多谋的昆卡也吝啬起言语，对于光头重复又重复的解释，他只是在旁淡然一笑。这一笑虽为淡然却威力十足，拿轲立即换用怀疑的眼光久久注视着光头。说不定这是一场早就设计好的私吞货品的阴谋，一切皆有可能……

光头差点崩溃。

23：00，该死的23：00！

第十五章 24:00有事发生

光头是幸运的。

毕竟没有什么证据能支撑拿轲的怀疑，这就意味着光头可以暂时侥幸躲过此难。劫后余生的他想起这一切仍心有余悸，先前那股得意忘形、飞扬跋扈的兴奋劲早就烟消云散。现在心里充满了懊恼，甚至这股无名之火都不知道往哪去发泄，他只好边走边咒骂着陷害他的人。

满脑子都是那可恶信件的影子，如此神秘到底是为了什么？未解的谜团迫切需要答案。摄像头！对！公寓大楼的监控录像说不定拍下了那送信人的身影，这将是一个很好的线索。光头对于突然迸发的灵感感到一丝兴奋，陡然觉得自己挺聪明，有了这想法他便加快了脚步。

人倒霉的时候真是怕什么就偏来什么。就在路边取车的时候，光头一眼就看见夹在雨刮器下的淡黄色信封。天！又是一封信件！又是一封神秘信件！光头心里不禁打了一个冷战。犹豫了半天，在好奇心的驱使下他还是伸手将信封拿下，拆开读来，只见信中又是单调的几个黑色打印字，上面写道：

“使用消防斧，你才能逃过24:00发生的事情！”

又要发生事情！光头惊恐地盯着白纸黑字发呆，又有什么倒霉之事在等着他？事情越发离奇神秘，而且最无奈的是他还无处去诉说和寻求帮助，这该如何是好？现在手头上没有什么其他任务，按理说应该没有什么危险啊！那写信人究竟怀有什么目的？难道是要我的命？糟糕！

肯定是对性命不利的事！因为信中已告诫要使用消防斧。怎么办？是听信还是弃之不管？这种抉择对于光头而言实在太难了！当他边反复思考边驾驶车子离开时，通过后视镜他突然发现刚才的停车位居然横着一把红色的消防斧！这可是无比惊讶的事，连消防斧都为他准备好了，看来此事绝对不能掉以轻心！

24：00……究竟会有什么事发生……

天不佑人，不！应该是天不佑奸。调查结果让光头极度失望，公寓大楼的监控根本没有角度拍到光头家门口的动静，所以他现在只能靠自己瞎琢磨了。坐以待毙还是放手一搏？可问题是就算想放手一搏也不知道对手在哪呀！算了，还是做好防范工作。躲到人多的地方，看霉运如何在午夜零点降临到自己身上！

酒吧历来是夜晚人口聚集的地方。光头低调地躲藏在人群里忐忑不安地警惕着周围的一切，他不相信在这么多人的掩护下会有人冒险行凶，而且周围还埋伏着几个自己的手下，这应该是非常保险的做法。时间仿佛变成了一种煎熬，光头不停打量着腕表，惶恐地等待着潜伏危机的零点时刻的到来……

这是光头有生以来第一次觉得酒吧里的环境是如此嘈杂，这和他的心境有很大关系。酒没敢多喝，光头小心谨慎地注视着形形色色的人。他们大多是来买醉和寻求刺激的，这样的人一眼就能分辨出来。可有一个与光头擦肩而过的人却和其他人不同，他身型魁伟，头戴一顶硕大沙滩帽，手提一黑色提箱行色匆匆地快步走向酒吧门口。这不看不要紧，一看让光头吓一跳。他看见的手提箱正是先前丢失的装满海洛因的货箱！

这等机会怎能轻易放过！光头当即手一挥率众赶紧追了上去。

壮汉动作很利索，上了一辆白色福特车就绝尘而去。光头和手下也赶紧驱车加速急追上去，午夜飙车就在曼谷的街头开始上演。当距离越来越近时，福特车在前面路口突然拐了个弯消失在街口。心急如焚的光头赶紧挂挡踩油门抛下后面的手下一马当先追了上去，跟着猛甩方向盘也打了一个急弯！刚拐过路口，车窗前突然出现的一道白影吓得光头心惊胆战！下意识猛踩刹车板，听得"哧哧"一长串摩擦声，飞速疾驶的车晃甩了两下才骤然停了下来。待缓过劲来，光头发现那白影是位正在过马路的老者。

"我操！老东西你找死啊！"光头暴跳如雷辱骂道。

"对不起，对不起。"老者闻言当即赔礼道歉。

"快他妈的给我滚开！要死就死远点！半夜不在家睡觉一看就是个老色鬼！"

"对不起，实在对不起。"老者赶紧跑到人行道上不断鞠躬道歉。

"妈的！大半夜的尽遇些倒霉事！"光头加紧挂挡准备继续追击那福特车。

大半夜！光头自己的一句话突然提醒了自己，他下意识抬腕看了看表。0：06分！时间刚过点，并没什么事发生啊！看来自己小心提防确实收到了不错的效果，光头暗自庆幸。可还没来得及高兴，身后一辆呼啸而来的大卡车就结结实实亲吻上了他的轿车。这一撞可撞得不轻，把小车撞得支离破碎，玻璃残渣四下横飞，由于惯性的缘故大卡车有力地顶着小车滑向交通隔离栏，滑行了好一段距离才停了下来。此时车窗、车门已严重变形，光头被死死卡在车里动弹不得。天！不幸的事还真就发生了！

见闯了大祸，卡车司机赶紧弃车而逃。更要命的是小车车底居然还在漏油，倘若有一丁点小火星就能立刻引发剧烈的大爆炸！此时的光头万般焦急，左顾右盼四下找寻着出路。真是急死人！自己的手下也迟迟不见跟上来，现场根本就没有什么人能帮助他。情急之下光头突然发现了放在后座的红色消防斧，他二话不说拿起来就砸向驾驶位的前窗玻璃。耗了半天工夫终于砸开个出口，他全然不顾鲜血淋漓的伤口赶忙狼狈不堪地爬出变形的车辆。

"妈的！操！我操！"滚到路边的光头不断粗口咒骂。

自己万般提防的24：00事件结果还是发生了！

“你们他妈的死哪去了？现在才来！”光头看见这才赶来的手下暴跳如雷地骂道。他把所有怒火都发泄到这帮饭桶身上，此刻想杀了他们的心都有了。

“四哥，四哥对不起！刚才有辆大卡车横着冲出来把我们挡了一下，所以现在才赶过来。你怎么了？出车祸了？”手下看见如此狼狈的光头惊恐地问道。

“老子差点就死在这午夜十二点！”光头狠狠吐了一把带血的唾沫。

手下面面相觑哑然无语，完全不明白光头所言何意……

24：00，该死的24：00！

第十六章 01:00有事发生

被包扎成木乃伊似的光头极度郁闷地走出医院门口。

他茫然站在大街上一支接一支地猛抽着香烟，庆幸自己身体健硕，经医院检查之后确认主要是些皮外组织挫伤和划伤，并无大碍。倒是跟随而来的交通警让他觉得甚烦，老是反复啰嗦个不停。对付完这些婆妈的差佬之后，光头将面临一个更为头疼的问题，他需要给拿轲一个合理的解释。

怎么解释？怎么解释都存在漏洞！把事情的真相告诉主人？以拿轲多疑的性格肯定会追问为什么不把第一封信的内容告诉他。而且作为组织第一杀手发现敌手行踪后居然会失手跟丢，接着又倒霉碰上个蹊跷的车祸，这样的尴尬局面说出去自己都觉得丢人。羊肉没吃着却惹了一身骚。不告诉拿轲吧，事闹得那么大，他肯定已经知晓，再遮掩下去他必定越加怀疑自己。这进退两难的局面让光头焦头烂额，思来想去着实谋杀了他不少的脑细胞。

明知道那场车祸是为自己准备的又能怎样？任何可查的线索都没留下，光头只能干着急。都怪那该死的老头！半夜横穿什么马路，害得引发一连串的事件。半夜！老头！等等，为什么老家伙会恰巧在半夜出现？为什么他恰巧出现在街道上？为什么他又恰巧引发了这起车祸？诸多个为什么让光头心里豁然开朗！对，老家伙说不定就是策划整起事件的成员之一！但现在又能到哪去寻找此人呢？想到这里光头心中悔恨不已。怪只怪当时场面太混乱，自己一心只想追回货品，把这么一个重要人物给忽略了，的确可恼！

最后一支烟很快就烧完，光头把烟蒂狠狠丢在地上然后猛跺数脚，似要把满腔怨气发泄出来。没过足烟瘾，他下意识摸索起身上的口袋看能否翻出一包香烟来。烟没找到倒是翻出一摞医院杂七杂八的账单来，花花绿绿的让人心烦，刚想随手扔掉却从账单中滑落一黄色信件。

信！淡黄色信封！又是一封神秘信件！

光头瞪大眼睛惊恐地看着这倒霉之物，完全没有勇气把它从地上拾起来。犹豫着要不要当作没见过转身离开。这种逃避的心态显然是掩耳盗铃，因为无论你看与不看，事情终究还是要发生。既然这样还不如看看到底有些什么提示，以便自己做好防范措施。好不容易说服了自己，光头才鼓足勇气拆开信件来读，见信中写道：

"号码很重要，01:00有你想要的东西。"

想要的东西？什么东西？难道是……光头首先想到的是那箱失窃海洛因。应该就是那东西，也只有那东西才是他的心中大患。可问题是信中所提的号码又是什么意思？把信翻烂了也没发现任何数字号码的存在。这可难倒了光头，他完全不解其意，难道还要靠自己去推想？这烦人的信件真要把人折磨得快崩溃了！

难得光头像一位勤奋的学者蹲守在家里研究起信件。回来之前先折回医院调查了一下信件的来源，可根本没得到什么有用的线索，医生和护士均不知道信件的事情。时间已剩不多，光头只好龟缩在家里潜心研究起信件的内容。站、立、躺、蹲、坐、卧所有能用的姿势都折腾了一遍，斜视、仰视、平视、俯视，所有能观察的角度都扫视了一遍，他始终没有发现丝毫有价值的线索，更不知信中所提到的号码到底从何而来。

中途接到拿轲的助手催他回组织的电话，光头费尽九牛二虎之力编尽了谎话才得以应付过去。他很清楚现在回去绝对是凶多吉少，只有等今晚拿到那箱海洛因之后才可以将功补过，化险为夷！人在江湖漂不多考虑点怎么行，光头对于自己的混世经验感到很得意。

“嘟嘟嘟！嘟嘟嘟！”

猝然响起的座机声打乱了光头的思绪，这恼人的电话来得真不是时候。

“喂！”光头没好气地应答道。

“先生你好，我是泰国激动酒业公司的十七号话务员。耽误先生两分……”电话那头传来甜美的声音，估计是推销商品的电话。

“我想干你！”光头没等对方说完就直接爆粗口挂掉电话。

操！都烦死了还有这些无聊电话的骚扰，光头干脆蛮横地拔掉电话线。点支烟一屁股倒在沙发上，继续琢磨起今晚的事情来。

号码……恼人的号码，该死的号码……

到底是什么号码？光头对着火红的烟头自言自语。估计再这样折磨下去，一个崭新的精神病患者就悄然诞生了！号码……等等，刚才那话务员报的工号是多少？光头脑子里突然灵光一现。十七号！对，就是这号！这一切肯定不是偶然的事情，原来号码是这样透露出来的。光头惊喜于这偶然的领悟。

可十七号又代表什么呢？光头赶紧把电话录音翻出来反复听了几遍，在一番深思之后，终于露出了得意的奸笑。什么鬼激动酒业，曼谷只有一个激动酒吧。哼！神秘电话故弄玄虚，肯定是这样的。那十七号应该指的是酒吧的桌位号。解开了，完全解开了！原来是激动酒吧的十七号桌位！光头对于这一特别发现欣喜若狂，仿佛一瞬间看见了成功的希望！

光头早早就守候在激动酒吧里。这次不同的是只有他自己一人前往，实在不敢再动用拿轲手下的人员了。万一出了什么差错让那些人抖搂出去，那自己可真就吃不了兜着走！子弹上膛，腰藏匕首，全副武装的光头做好了一切准备。单凭他的身手要对付个六七名壮汉是绝对没问题的。但自己还是要格外小心，因为对手太狡猾，搞不好就要个什么花招来迷惑自己。时刻保持清醒的头脑才能防止中招。猎人已准备好，就等猎物自己来撞网！

时间一分一秒在流逝……

当01：00的指针滑向那特殊的时间时，光头陡然觉得有些紧张。

01：25分……

怎么回事儿？时间都过了一小会儿了，怎么什么事都没有发生？

第十七章 02:00有事发生

这步棋走得让光头丈二和尚摸不着头脑，事情居然呈现出不可思议的反差！什么事都没发生反而让他觉得浑身不自在。难道被信件戏弄了？或者只是给他一个空壳希望？诸多问号在硕大光亮的脑袋里盘旋，他只能傻呆呆坐在座位上茫然无措。到底哪出错了呢？难道是自己理解错了，不是激动酒吧的十七号桌？不太可能呀，这应该是最合理的解释，但为什么却又没有事发生？光头百思不得其解，烦躁不安地环顾四周，希望有什么惊奇发现。

时间在浪费，指针越来越偏离01：00的位置。看来被人戏耍的成分是越来越重，再耗下去也无济于事，光头恼怒地拍了拍脑袋决定结账走人。以后再也不轻易上当了，搞了半天神秘信件如此不讲信用。光头心想，等到谜底揭开的那天，一定把幕后黑手弄个半死，敢惹我光头的人基本都没啥好下场！此时阿Q精神在光头身上发挥出极大作用。

事情总会峰回路转！结账时，光头不经意的一个瞟视给了他巨大提示！他看见什么？他看见了酒吧里的包厢。包厢，十七号包厢！对啊！光头恍然大悟，开始怎么没想到有可能是在包厢里呢！货是在包厢里丢失的，完全有可能在包厢里找到啊！这是一个惊人的发现，想到这里光头二话不说冲向十七号包厢！

希望终于没有落空。光头冲进包厢时一眼就看见摆在茶几上的黑色提箱，正是先前他丢失的重要提箱！他心中一阵狂喜，但狂喜之情瞬间又被冰水给浇灭。因为他看见黑色提箱上还放着一个淡黄色信封!

信! 又是信! 光头完全被吓蒙了。

回过神来，他才想起先检查黑色提箱里面的东西。这可是要命的玩意! 还好，里面的货一样不少，这让光头长长舒了一口气，这下终于可以向拿轲交代了。可信怎么办? 第三封信算是帮了他，那第四封信也应该不会加害于他。犹豫了半天的光头还是伸手拿起那淡黄色信件拆开读来，见得上面写道:

“角色出现! 02: 00揭晓答案，地址: 清爽洗浴中心。”

光头终于松了一口气。第四封信果然不是加害于他的事，而是要揭晓这一连串事件的谜底。再也不用煞费苦心地思来想去，幕后神秘人终要浮出水面了! 等的就是这一刻! 玩火之人必定会被火烧死，光头的凶残本性开始复苏。想起先前被人玩得团团转的窘迫局面，此刻他想要报复! 他要让对手吃尽苦头!

当光头把满箱海洛因返还到拿轲手中时，主人的表情有些惊讶。将功补过让光头骄傲自满的心态又开始蠢蠢欲动起来，他杜撰出一个境外黑社会组织瞄上了他，处心积虑抢夺货品的故事。接着又吹嘘自己多么多么厉害，孤胆深入虎穴与该组织周旋，终于在恶斗了三百回合后才抢回了这批珍贵的货。而且还不知廉耻地把车祸留下的伤疤展现给拿轲看。在旁的昆卡听得是哭笑不得，因为从一开始他就非常怀疑整个事件的来龙去脉。

事情都解决了，一切皆大欢喜!

光头风光地到酒吧灌了些黄汤，然后找了个妹妹好好犒劳了一下自己，再美美睡上一觉，就等着凌晨2点大结局的到来，他养精蓄锐就为最后的报复!

清爽洗浴中心。

02: 00时分客人已经很少。清水大池里就泡着三个刚从夜店逍遥完的中年男子。由于身上伤疤的缘故，光头只能干坐在水池边的石台上警惕地注视着三人的一举一动。凶煞的目光看得那三人心里直发毛，面对这个身形魁梧、肌肉发达且满身刺青的光头凶汉，三人如坐针毡！这样的人绝非善类，还是不惹为妙，于是三人简单冲洗一番后匆匆溜掉。偌大一间浴室里只剩下光头一人了！

就剩一人了这约定还如何进行？光头心中又开始纳闷起来。正当他迷惑不解时，忽听得背后桑拿小隔间里传来了一声咳嗽声。光头这才陡然反应过来，原来约他的人就在桑拿间里候着他呢！真狡猾！怪不得会约到洗浴中心来见面，大家都一丝不挂地“坦诚相见”，排除了携带凶器的可能性。兵来将挡，水来土掩，光头壮了壮胆拉开门就径直进屋。见得屋内端坐一人，这是一位让光头感到既惊讶而又不陌生的人。是谁呢？就是车祸那天过马路的老者！

“玩了半天到底有什么目的？”光头语气强硬地直奔主题。

“当然有目的。”老者面部表情有些僵硬。

“别废话，什么意思？说！”光头咄咄逼人。

“我就是来充当送葬者的！”老者泰然处之。

“送葬者？给谁送葬？我？”光头疑惑道。

“聪明。”老者笑道。

“哈哈！就凭你？老家伙你他妈活腻了吧！就算你有帮手，在他们冲进来之前我就可以轻易拧断你的脖子。找死可不是像你这样找的！”

“为什么一定要用暴力呢？”

“哈哈！可笑！实在可笑。难道你能期望我去自杀？”

“为什么不呢？”

“好！有胆量同时也有神经病！我倒想看看你如何让我自杀！”

“其实答案早就告诉过你了。”老者微笑着答道。

“答案？什么答案？什么时候告诉我的？”光头完全不解话中玄机。

第十八章　惊悚的谋略

“当然是信件！它早就告诉了你答案。”老者的话分外神秘。

“妈的！别绕弯！”光头恼怒道。

“提醒你一下，难道你从没想过把那四封信联系在一起？”

“联系在一起？”听得这番话光头很惊讶。

他的确从没想过要把四封神秘信件联系在一起。什么意思？到底什么意思？光头脑子不自觉地开始飞速运转起来，一遍又一遍默诵起信件中的内容，反复思考。

“四封信件也就时间在递增而已，从十一点一直到凌晨两点。其他就没有什么特别之处了，你是在故弄玄虚吧！”光头把领悟到的内容抖搂出来。

“呵呵，时间递增当然是其中的一点，但具体的过程却是另有蹊跷！再思考一下吧，答案很值得推敲。”老者逐步引导着光头的思路。

“妈的！我想不出来，你再多提示一点。”

“你把四封信件连起来默背几遍，相信会有发现的。”

“天堂之夜……使用消防斧……号码很重要……角色出现……”

光头不自然地开始背诵起来，绞尽脑汁分析着词语组合的各种可能性。

“我操！我想出来了！”思考半晌的光头突然一声惊呼。

“天使号角！把四封信的第一个字组合起来就是你所谓的答案？”光头喊道。

“终于理解到了。不错。”老者轻轻击掌鼓励道。

“天使号角是什么意思？这还是让人不明白啊！”光头又面临一个新的疑惑。

“不明白？难道你没有听说过？”老者惊诧道。

“没听说过，我懂那玩意儿干吗！”光头不屑道。

“唉，可惜啊！早先你多读点书少混点社会也不至于沦落到今天这般田地。”

“操！要你个老东西来教训我！别啰嗦！我现在头昏脑涨的。”

“天使号角学名Brugmansia，是植物王国里最有可能让人变成僵尸的可怕家伙。原产自南美洲，含有一系列强大的毒素、颠茄碱、天仙子胺以及车莨菪碱。车莨菪碱能够穿过皮肤和呼吸系统被人体吸收。哥伦比亚的罪犯从中提取车莨菪碱并制成强效药，这种强效药会让人根本不知道自己在做什么，即使他们处于完全有意识状态。”老者一字不漏地背诵着“天使号角”的简介与用途。

“你……你，你什么意思？”光头的瞳孔开始剧烈收缩。

“真可惜，拿轲黑社会组织的第二号杀手居然不知道天使号角的用途！看来你干黑社会都干得不够专业啊。简直可悲可叹，死不足惜，死不足惜啊……”

“操你妈！你什么意思？难道你想对我使用天使号角？”

“呵呵，别挣扎了，已经使用了。放聪明点吧，为什么会到桑拿间里来？就因为在这里挥发得最快。开始你不是觉得头昏脑涨了吗，估计现在你已经感觉到全身乏力了。真无奈，反应总是慢半拍。”老者的笑容开始收敛起来。

“我不信！同在一间桑拿室怎么你……”光头已感觉到身体的异样了。

“如此笨的问题还要问？当然是先服用了解药。算了，懒得多费口舌了。这里实在太闷热，我老人家扛不住了，你慢慢独自享受吧。”老者说完起身欲走。

“你站住！你……”被着实玩弄了一把的光头心中大为光火。

“哦，对了！谜底还没有完全揭开。”老者忽然折回笑笑说道。

“恐怕你还不知道我是谁吧？告诉你我的名字，我叫木北！”

老者不紧不慢撕下了伪装，将一张熟悉且充满仇恨的面孔呈现在光头面前。

对光头而言，这绝对是一个充满绝望的名字！答案如此讽刺！被忽略的蝼蚁在坚持不懈的努力下终于笑到最后，而大象却只能眼睁睁看着自己被绝望吞噬，且无还手之力。早就该料到是他！可现在悔悟又有什么作用呢？

光头脑海里闪现出宋朝他讥笑的幻觉！

人的求生本能是巨大的，木北离开后，光头挣扎着起身欲逃出桑拿间。见座位旁搭着一根干净毛巾，他赶紧取下捂住口鼻，晃晃悠悠地向浴室出口走去，好在意识还较为清醒，应该能顺利逃出这是非之地。如果能幸运逃脱，他一定将痛苦加倍奉还于木北！光头这样想来着，但想归想，唯恐难以如愿，因为刚撑到门口他便看见木北和土地两人立在出口处等着他！光头惊恐得有些不知所措，原来木北并没有离开，此事还没有就此结束。

“枪杀宋的时候有没有想过今天的报应？”土地愤恨地盯着光头问道。

“我……我那是逼不得已，完全是组织的要求。”光头已成落水狗。

“你本可以给他尊严，但是你却选择了最卑鄙无耻的手段！”土地恼羞成怒地冲上前去对着光头的唇角就是一记老拳。他憋着这股复仇之火已经很多天了，今天终于畅快地爆发出来。

“别别别，求求你们放过我吧……”光头躺在地上哀求道。

“我不想浪费时间，你就快变成被操纵的木偶。趁你还清醒的时候我想告诉你一些事，其实在桑拿室里你根本就没中太多的毒，那只是少量的药剂而已。”木北开口道。

“啊！”这话让光头吃惊不已！他不知是否应该相信木北的话，如果没中很深的毒，那他身体何来明显的异样感觉？如果中毒已深，为什么他现在还是清醒的？

“大量药剂其实是附在你手中的毛巾上的。不幸的是你使用了它，所以现在已没有退路了。至于后面会发生什么事，你想知道吗？”

“放过我吧，求求你们了！是我对不起你们，我该死，饶我这条狗命吧。”

“对不起！你不需要向我们道歉，应该向宋道歉。可惜，他却永远听不见了。这一切都是拜你所赐！血债血偿是男人间的游戏规则。”木北冷冷说道。

“你们到底想怎样啊？”光头痛哭流涕。

“可以肯定一点，你会死。而且是被你的主人拿轲杀死！因为过一会儿你将端着枪去刺杀他！先前还你的那箱海洛因早已做了手脚，95%的纯度变成了35%。我相信拿轲肯定很快就会发现！所以他会直接怀疑是你做了手脚！而这些黑锅你背定了！到天堂之后记得亲自向宋道歉，如果你能到天堂的话。”

木北的话几乎宣判了死刑，光头绝望的眼神里流露出死一般的哀伤……

第十九章　真正的逻辑

平凡的人听从命运，只有强者才是自己的主宰。

——阿尔佛莱·德·维尼

一切就如木北所描述的那样真实发生了。海洛因的调包让拿轲大为光火。早已被“天使号角”迷幻了意识的光头傻愣愣地端着枪去刺杀主人，这一行刺当然不会得逞，结果被七八名组织成员举枪打成了蜂窝，死得甚是凄惨。当尸体被抬出大楼门口的时候，躲在暗处的木北和土地兄弟俩长舒了一口气，费尽周折终于除掉了光头这邪恶卑劣之徒！愿宋在天之灵能得到慰藉，在遥远的天上能见证这份友谊。

02:00是个特别的时间，那是宋离别人世的时间，所以木北和土地特意安排了这一切。这个神秘莫测的计划，是耗费了木北和土地大量心血才制定出来的。当然，光头只不过是个工具而已，真正的幕后指使应该是拿轲！这点大家都很清楚。

须理解，面对拿轲这等势力庞大的犯罪组织，仅凭木北和土地两人之力是无法与之抗衡的。既然宋的大仇已报，也无须再招惹拿轲这个大魔头。衡量再三之后，兄弟俩最终选择逃往中国大使馆，尽早离开这是非之地。理由很明确，他俩不是职业杀手，而是逃命之人。自始至终都是，所以他们要继续完成回家之路。

这个世界上充斥着大把存有侥幸心理的人。木北和土地也犯着同样的错误，以为溜号就能躲避一切，可惜刚出旅店门口就被中年警官等人堵在了出口！看来对方早就防备着这一手了，暗地里调查清楚兄弟俩的落脚点，守株待兔把他俩逮个正着！

“想溜了？”中年警官得意地讥讽道。

“出去买点东西。”土地赶紧圆谎。

“买东西？这就不用劳烦二位了，我去代买便是。”中年警官咄咄逼人。

“算了，我们不买了。”木北不想与中年警官争辩，拉起土地转身就走。

“等等！既然没事了那就跟我们走一趟吧。”

“去哪？”

“去一个很重要的地方！”

“干吗？”

“见一个很重要的人！”

“我们还有其他事。”

“呵呵，这个恐怕由不得你们选择吧……”中年警官露出了恐吓的表情。

又回到了破旧大楼，每次来到这里都觉得这座大楼就像一位苟延残喘的老翁，也许用词不妥，但感觉就是如此。被带进屋内，木北和土地四下打量着房内摆设。房间宽敞通透，布局简约合理，沙发、茶几、杯具等什物被打扫得一尘不染，办公设备一应俱全。满墙满柜的书籍喻示着房间的主人肯定是位爱读书的人。靠窗玻璃边上置放着一把硕大的靠背长椅，虽为背向，但能清晰看见椅上坐着一人。待到长椅旋转过来时他俩发现椅子上端坐着一位老翁！想必此人就是中年警官口中提到的重要人物。

“呵呵，坐下说话吧。”

老翁开口甚是客气。见此人身材臃肿，头发花白且稀少，慈祥面容略带有几分威严及贵气。他虽年逾花甲，双目却炯炯有神，太阳穴凸起，俨然有几分武侠小说里得道高人的模样。

“先生，这俩小子果然想溜，结果……”中年警官抢白道。

“来坐吧，别客气。”老翁摆手打断中年警官的话，招呼木北和土地坐下。

“有什么话就直说吧！”兄弟俩也不客气，大大咧咧坐下后直奔主题。

“呵呵，不急不急。早就听闻两位小伙子的事迹，两位表现出的智勇双全的确让人颇为赞赏！今日相见，实属荣幸啊。”老翁始终面带微笑。

“呵呵，你把我们召唤到这里就是来听些恭维话？想必不是那么简单吧。起码也应该先介绍一下自己吧。”木北机警地回击道。

“操！你是不是想挨揍！”身旁中年警官抬手恐吓着木北。

“呵呵。”老翁摆手阻止了中年警官的粗鲁动作然后继续说道，“我是谁其实一点都不重要。一个暮年老者不值一提，只是这个老者却有一事相求。”

“喔？相求于我们？不会吧！我们有什么可以利用的？”

“不是利用，是帮忙而已。”

“那得看是什么事儿。”

“很简单，帮我给拿轲先生带样东西。”

“带东西？什么东西？”

“他做梦都想得到的东西！”

“F3109柜里的东西？！”木北和土地闻言万分惊讶。

“是的。”老翁给了一个肯定的答案。

“这……这怎么可能！你怎么会有那东西？”木北不敢相信自己的耳朵。

“呵呵，小伙子你要相信这个世界上不是只有你一个聪明人。其实前些天我就已经得到那东西了！知道秘密的人当然越少越好。呵呵，看来你的涉世经验还是太浅啊。”老翁看着两张年轻的面孔淡然一笑。

“不可能！估计你是诈我们的！要不然你就不会和我们合作了。这明显说不过去，你肯定是蒙我们的！”木北脑子飞速运转起来。

“什么叫逻辑？呵呵，逻辑是建立在合理的基础上的，有时候所谓的合理只不过是一种表象，只有通过表象让策略运作得更为合理那才是真正的逻辑！”

“把话说明白点！”

“呵呵。小伙子你一心想报仇，出面帮我干掉了拿轲的左膀右臂，难道这不是更为合理的逻辑吗？话说到这份上，还没明白吗？”

“什么！你的意思是……其实你的本意就是想利用我们干掉拿轲手下的得力干将光头？”木北开始领悟到老翁的话中深意了，原来这里隐藏着一条计中计。

“聪明的小伙子！如果是我的人出手干掉他的手下，那势必会引起轩然大波，最终拿轲会查到我头上来。如果是你们出手清除障碍，那动机就变得单纯多了。只是为了复仇，想必再聪明的人也不会揣测到幕后真正的意图吧。”

震撼！这绝对是一条震撼无比的计中计！

木北和土地听完陈述后惊讶得目瞪口呆。原以为要了一个小滑头，利用F3109柜的确切下落来要挟这帮警察协助他们复仇，结果别人却将计就计反给自己挖好了一个大坑！老翁先前说的那番话太正确，世界上不是只有你一个聪明人，自以为聪明结果却演变成可笑的愚蠢，这真是莫大的讽刺！木北陡然觉得自己其实就是世界上最大的傻瓜！

木北吐出了一口悔丧之气。他终于明白什么叫做“天外有天、人外有人”。

“合理吗？”老翁显得极为沉稳。

“合理，太合理！今天终于知道了什么叫做真正的逻辑！”木北懊恼叹息道。

“好了，年轻人别叹气了。大家只是各取所需而已，你完成了复仇计划，我达到了拔老虎牙的目的，这不是皆大欢喜的局面吗。至少你拟定的除掉光头的计划让我甚是欣赏，杀人都做得如此有创意，的确让人叹为观止！”

“既然如你所说都皆大欢喜了，那就别把我们往火坑里推了吧。说实话，我们兄弟俩只想回家，不想再惹是生非。一切就当没发生过吧，让它永远成为秘密可好？”木北振作了一下精神，把话题拉回主题。

“呵呵，要求很简单也很合理，我想你们会得到想要的一切。只要最后一件事完成了，你们就彻底自由了。这点我可以保证！”

“送完F3109柜里的东西就永远放过我们？”

“是！”

“不可能吧！拿轲那边也不会放过我们的。”

“会！”

“为什么会？”

“那又为什么不会？能把这重要东西交付给他，他肯定会联想到你们幕后有强大的支持者。所以绝对不敢动你们一根汗毛，这个任务其实非常简单。”

“为什么是我们去送？”

“解铃还需系铃人，目的其实是想将你俩顺理成章地移出这场游戏。不瞒你说，中国大使馆早已有所行动，暗地里一直在向曼谷地方政府施压。我可不想惹上这等麻烦事，所以借此机会让你们去完成先前未完成的任务。一来你们可以向拿轲赎罪，二则可以向拿轲暗示你们身后的靠山。于情于理他都不会再为难你们了。”

“似乎很合理，但我还有另一个疑问！”木北点头道。

“你的问题是不是多了点？”旁边的中年警官忍不住插嘴。

“什么疑问？”老翁摆摆手压住中年警官，示意木北继续。

“你是怎么得到F3109里的东西的？”木北问。

“呵呵，原来是这问题。你们先前不是有盗窃曼谷银行F3109柜的计划吗，那目标自然就暴露了。本想借力打力，靠你偷换出F3109柜交给我们，但没想到小伙子你竟然把所有人都耍了一遍！呵呵，不过这也无妨。只要知道目标就好，我们再也不用大面积排查银行所有的保险柜了，只需直接提取F3019柜即可。所以那里面的东西很轻松就到了我们的手中。”老翁不紧不慢解释道。

“那你的身份是？”

“呵呵，小伙子别耍滑头了。别套我的话，有些秘密还是不知道为好。”

“你肯定是他们的头儿！”木北指了指中年警官道。

“哈哈！”老翁的大笑让木北有些尴尬，他很后悔会问出这样弱智的问题。

“还有什么问题吗？”老翁点上一支烟笑眯眯地盯着木北问道。

“F3109柜里到底有什么东西？为什么要平白无故送给拿轲？”

“还是那句话，有些秘密还是不知道为好。”

“看来我永远都不会知道那东西的秘密了。”

“那本来就不是属于你的东西，所以秘密自然也就不属于你。”

“好吧！既然这样，请问要送的货在哪儿？”木北最终还是压抑住了好奇心。

“这里。”老翁边说边从老板桌下拿出一个红色手提箱放在桌上，然后继续说道，“箱子里放着一部手提电脑，那里面有拿轲感兴趣的东西，但有开机密码。这是为防止你们或其他人偷窥而采取的措施！只要你们把东西交给他，等他看完就算大功告成。那一刻起，你们彻底自由！”

“既然有密码，那拿轲又如何开启？”

“呵呵，这个问题问得好。所以需要你们给他多带句话，就说密码是日期。”

“日期？什么日期？”

“你直接告诉拿轲就行，他自然会明白。”

“有诈吧！假如我们不干这事呢？”土地在旁忍不住插话道。

“当然可以选择不干，那你们就继续在曼谷玩你们的猫鼠游戏。要弄清楚一点，没人会帮你们，在曼谷自生自灭是件很自然的事。”老翁不愠不火地说，似乎让兄弟俩没有选择的余地。

“希望你言而有信！”

再三衡量利弊关系后木北终下决心。

害人之心不可有，防人之心不可无。

出来后的木北和土地还是做了以防不测的准备。用路边公用电话给大使馆的希老去了一个电话，把大致情况叙述了一遍，并将老翁的体貌特征详细描述了一番。这样做能让大使馆掌握基本的动向，知道他们去了哪，见了哪些人。假如发生不测，至少有个可查的方向。

从老翁口中得知中国大使馆在暗地努力的消息让木北和土地甚感欣慰，但他们同时也知道走程序是件很烦琐的事。中国大使馆只能不断交涉，却没有行动权与强行执法权。再加上木北对于曼谷而言是个“不存在”的人，所以兄弟俩很清楚“自由”这珍贵的两个字不是别人能给予的，而是要靠自己的努力才能获取！

事件总是朝着戏剧性的方向在发展。木北和土地千方百计想逃离犯罪组织大楼，现在却又自己主动送上门！但愿这是最后一次来到这里，只要办完事后就能立即离开，而且是绝不回头地离开！有生之年再也不想踏入此地半步！这个充满血雨腥风、尔虞我诈的场地就是木北和土地痛苦的根源。幸好希望就在前面，就要和这噩梦般的一切说再见了。

自由在前方！我们在努力！

第二十章　最后的思考

能再次见到木北和土地，拿轲惊讶不已。他无论如何都想不到这两个命大的蝼蚁居然敢跑到这里来自投罗网。当然，他也不相信木北会蠢到这般地步。正所谓来者不善，二人既然敢到这里来，事情必有蹊跷。拿轲自然不敢懈怠，非常警惕地注视着兄弟俩的一切动作。

当了解兄弟俩的来意之后，拿轲的惊讶度又迅速蹿升了N个百分点。他万万没想到自己朝思暮想、苦苦寻求的F3109柜里的东西居然就这样不可思议地被送到了自己的手中！谁让他俩送的？那人又是如何得到F3109柜里的东西的？诸多的疑问在脑海里迅速产生，于是拿轲赶紧盘问起木北和土地，就连身后一直站立的“军师”昆卡也聚精会神倾听起事情的经过。

可以肯定的是事情的经过完全出乎听者们的想象。沉默喻示着每个人的心里都在暗暗揣摩事件背后的真实意图。很难得木北、拿轲、昆卡这三位以聪明立于世的智者会共同琢磨起同一件事情，而且还必须相互猜忌，让这方寸间的距离迸发出浓烈的火药味！从理论上来说最接近事情真相的当属拿轲，因为他是整个事件的当事人，所以他暂时把全部心思转移到红色手提箱上，这才是他最迫切关心的东西。

“我们都出去等吧。”

很难得最先开口的居然是昆卡。他很清楚拿轲现在急切想看提箱里的东西。这是属于他的私人物品，外人在场拿轲肯定不敢轻易打开，理应给他留出私人空间。

“等等。密码是多少？”拿轲表情严峻地追问木北。

“日期。”木北如实回答。

“日期？什么日期？”

“不知道。那老者说你能明白这日期的具体含义。”

“嗯。好吧，我自己想想。”拿轲随意摆摆手示意大家都出去。

“稍等一下，有点事和你说一下。”才走两步的昆卡忽然折回，俯身在拿轲耳边低语道，“看完东西后，后面的一切就全部交给我了，放心！”

“嗯。”拿轲心思早就跑到电脑上了，只是随口应答。

见他沉思片刻，手指飞速在键盘上击打，看来他很快就找到了所需密码。

兄弟俩退出房间并未在门外等候，而是被昆卡带到一间偏僻的休息室喝茶聊天。此时的兄弟二人根本没有心思安坐饮茶，因为他俩心里一直牵挂着拿轲看电脑的事，此事一旦了结兄弟俩便恢复自由之身。这如何不让人期盼？土地焦急不安地在房内来回踱步。神情自若的昆卡倒是轻松悠闲地品着功夫茶。

独处的拿轲正目不转睛地盯着电脑看，表情甚是凝重。烟灰缸沿放置的雪茄已燃烧出长段烟灰他却无暇顾及，叹息声时不时脱口而出，看得出此刻的他定是满腹心事，忧心忡忡。

“为什么会把这东西给我？”

这一疑问始终在拿轲的脑子里盘旋，他百思不得其解。这东西对他（老翁）而言应该更为重要。但他却又为何拱手相送？这老狐狸到底想要什么花招？

拿轲努力深想：

第一种可能，以物明心！

归根结底其实双方都是获利者，这世界只要有利益就有所谓的友谊。如果往好的方面想，那很可能是一个精诚团结的信号！以此信物化解所有矛盾，双方达成统一战线以后好好合作，追求利益最大化。如果是这样，以此推理，那老狐狸完全可以找一个他的亲信且是我认识的人来当传信人。却为何偏偏选择木北和土地这两个毫不相关的人来充当信使？

第二种可能，谋害于我！

这老狐狸早就视我为眼中钉，肉中刺。我和他千方百计想得到此物就是为了保障各自的利益。现在他供手相送说明这东西对他而言已经无足轻重了，只有不在乎的东西才会拱手让人。但是那么重要的东西怎么会在顷刻间就变得不重要了呢？从逻辑上这似乎说不过去。那就把思路绕到木北和土地这两人身上来。他俩和我有恩怨，而且是第三方的恩怨，这和老狐狸没有丝毫的关系。假如兄弟俩想杀我，先不管如何谋害于我，如果他们成功了，那木北和土地就是凶手！而发生的一切却看似与老狐狸一点关系都没有！对！这个推理很符合逻辑！

假设第二种可能成立，那兄弟俩如何杀我呢？看起来也不像是来杀我的样子呀！这个问题的答案又在哪里？把思路再理一遍。如果是老狐狸派人来杀我，难度颇大，他很清楚我肯定会严加防范。假如换成这两兄弟来谋害我，此二人毫无背景，属于危险性极低的人物，估计我会疏于防范！狡猾的老狐狸肯定是算准了这一点，所以派兄弟俩来谋害我！

想通了这一点，拿轲陡然瞪大眼睛惊诧于推理出的可怕结论，但他却始终找不到最终的答案，那就是木北和土地如何杀他！现在兄弟俩根本就不在房间内，刺杀的几率基本等于零。

焦虑的拿轲斜倒在长椅上绞尽脑汁琢磨着最有可能实现的谋杀方法。正当他陷入沉思时，读完文件的电脑屏幕突然跳出一排黑字，见得上面写道：“五年前的错误今日得以纠正，秘密将因为你的离开而永远化为灰烬！”

啊！！！

简单的几行字让拿轲顿时心惊肉跳。直觉告诉他，灾难会立刻降临！人在处于危险境地的时候脑筋会比平时灵光一百倍，拿轲找到了最终的答案。红色提箱！此刻他豁然明白了一切！

一秒的时间瞬息即逝，但在此刻却显得尤为漫长，拿轲似乎领悟到一个更可怕的结果。他陡然想起自己苦苦经营起来的组织，这个曼谷最大的黑社会社团将群龙无首。不！确切地说应该是改朝换代。为什么这样说？因为他突然想起了某人离开时不经意的一番话“看完东西后，后面的一切就全部交给我了”。

昆卡！！！

拿轲瞪大眼睛的醒悟成为最后一秒的思考。

第二十一章 天才的崛起

“首先我应该感谢你们。”沉默了半天的昆卡说的第一句话就有些莫名其妙。

“感谢？为什么要感谢我们？”木北不解。

“因为没有你俩今天的出现我的理想不知道还要多久才能实现。”昆卡笑道。

“理想？”土地觉得昆卡的话简直莫名其妙。

“呵呵，是个很奇怪的理想。说说也无妨，很多人从小的志向就是成为科学家、艺术家、文学家，而我却与他们不同，我向往黑社会龙头的位子！”

“喔！”昆卡抛出的答案让木北和土地惊讶不已。还真没听说过黑社会领头人物可以成为一个人的打小的理想。

“我吃过的苦比很多人都多，没上过什么学，打小就老受别人的欺负。也许经历能塑造一个人，所以我渴望成为一个呼风唤雨、人人敬畏的大人物！呵呵，这样的理想是不是有些怪异和另类？”此刻的昆卡流露出一丝软弱。

“没什么的，有理想是好事，但是方向却很重要！我虽不敢苟同你的志向，但中国有句名言可以送给你，人间正道是沧桑！”木北沉思片刻后答道。

“呵呵，可能是经历的差异吧。我活在一个残酷、现实、血腥的世界里，为一口饭可以和人拼命，为一块钱可以去害人！当然，这是你们生活在阳光下的人所无法体会到的，同一个世界有不同的面！悲剧的是我生活在灰暗的那一面。”

“我无法辩驳你的话，因为事实胜过我的言辞。这个世界有光明就有阴暗，但是你却可以选择从阴暗走向光明。当然这只是我个人的体会，当现实的重担压迫到身上时，也许我就能体会到你观点的正确性。”

“说得好！知道我为何要向你们倾诉这些吗？”

“不会是和先前你提到的感谢之类的话有关吧？”

“当然没有关系。呵呵，你多虑了。”昆卡笑笑否认道。

“那我就猜不出你的用意了。”木北摇头答道。

“第一，我没有什么朋友，而你和潘石（土地）先生都是我所羡慕的人。木北正直、聪明、善良；潘石勇敢、忠诚、耿直！值得向这样的人倾诉。第二，我想证明自己并非十恶不赦之徒，只是生活所迫。第三，我将利用你们！”昆卡的话甚是深奥。

“利用？！”木北和土地异口同声惊诧道。

他们无法想象当一个人想利用他人的时候，居然能亲口告诉对方。

“是的，利用。”昆卡很认真地点头道。

“关于第一个解释，我们先谢谢你的友好评价。第二个我们表示理解。至于第三个那就难以理解了！你的智慧高度我们难以达到，你想利用我们还能亲口告诉我们，这不是我辈能理解的。”木北诧异道。

“呵呵，这个问题先放一放，后面会有答案。”昆卡眯起眼睛答道。

“还有其他问题？”

“其次你们应该感谢我。”昆卡又抛出一句神秘莫测的话语。

“喔？那我们为何又要感谢你？先是你感谢我们，随后又要我们感谢你，这葫芦里到底卖的什么药？如此神秘！”木北和土地紧紧追问。

“要你们送货的老翁和拿轲是什么关系？”昆卡开始展开思路。

“敌对关系。”木北紧随其思路回答。

“既然是敌对，那为何还要将如此重要的物件送给拿轲？”

“可能是想化敌为友。”

“错！是想谋杀！”

“谋杀？好吧，假如是谋杀，那么该如何实施？”

“靠你俩！”

“靠我俩？”木北和土地面面相觑。

“你们和拿轲有矛盾这是事实吧？”昆卡反问道。

“是！”

“你们刺杀拿轲是不是很符合逻辑？”

“是！”

“防备你们和防备那老瓮哪个难度更低点？”

“当然是……等等，让我想想……”木北突然惊醒，见得他继续说道，“你的意思是老翁利用拿轲对我们防备心降低的因素，让我们成功接近拿轲然后干掉他！这样可以把所有的罪名都嫁祸到我们身上，从而让整个事件从表面上看似乎和他一点关系都没有？”

“聪明，这是事实，但是却漏掉了非常重要的一点。”昆卡肯定道。

“哪一点？”

“老翁其实是想把你们一起干掉！这样事情就变得更加合理。‘报复之人与仇敌同归于尽’想必定能成为明天报纸头版的震撼标题！”

“等等！想干掉我们似乎不太合理，这样不好向中国大使馆交代。”

“需要交代吗？别那么幼稚了！你们去报复拿轲，弄得同归于尽，这完全属于个人行为，与政府有何干系？”

“好像很有道理！”

“呵呵，这完全是处心积虑的一石四鸟之计！第一可以毁掉重要物证；第二可以除掉心头大患；第三可以去脱任何干系；第四不用向泰国政府、中国大使馆交代。那老头果然不是一般人。高手中的高手，深谋远虑之人！”

“歹毒！果然是只歹毒无比的老狐狸！”

“呵呵，现在全然明白了吧？是不是应该感谢我的救命之恩？”昆卡笑道。

“如此说来，我们还真应该感谢你。”木北和土地若有所思地点点头。

“所以就可以返回到第一个问题上来了，为什么我要感谢你们！“

“喔，为什么呢？”

“那是因为你们不应该死！”昆卡的话总是那么出人意料。

“看来我们的死与不死和你所谓的利用有很大关系？”木北快速答道。

“聪明！一点就通！明人不说暗话，其实我需要树立一个矛头。拿轲会死是必然的，在他死后龙头宝座自然会落到我的头上。他的死会引发什么？肯定是追凶报仇。倘若关于凶手的线索都掐断了，那组织里势必会钩心斗角、各自为政.与其这样还不如给他们树立一个明确的方向，木北和潘石就是杀他们老大的凶手！把所有矛盾都集中在你俩身上。这样组织就一心一意对付你俩了，无暇顾及内乱之事！”昆卡简单的言语中透露出一个惊天大计划。

听到这些，木北和土地完全惊呆了！

昆卡的智商确实高得骇人！他竟然能想得如此深远！天才是什么？天才就是深谋远虑！他不仅短时间破解了老翁那堪称完美的计划，而且还很快就拟定出适合他自己的计划，且比老翁想得更远更完美！

“明白了吗？知道我为什么要感谢你们了吧？”昆卡终于解释清楚了原由。

“全明白了，你的确应该感谢我们。唉，如棋子般被移来走去，如傻子般被呼来唤去，我彻底认输了！你这类人的思维真可怕，我永远都达不到这种高度。挣扎下去已没有任何意义，你想怎么办就看着办吧。”木北沮丧叹道。从小他就觉得自己不笨，当旁人夸奖他聪明的时候也暗自有些洋洋得意。但自从到曼谷经历了诸多事情和见识到许多人物之后，他才真正认识到什么叫做聪明过人！什么叫做高瞻远瞩！

“哼！阴险狡诈！刚才还想证明自己并不是十恶不赦之人，转眼就露出了丑陋嘴脸！你以为天下的事都被你算完啦？凭什么认为拿轲的龙头宝座就落到你头上！你是他亲儿子、亲孙子？”土地愤然怒骂道。

“呵呵，不用变相辱骂我。我当然有这自信，因为我有他的遗嘱！上面写得一清二楚。”昆卡依然慢吞吞说道。

“遗嘱？做梦！拿轲怎么会有遗嘱留给你！”土地绝不相信会有什么遗嘱。

说话之际见昆卡从怀中摸出一张信件，小心翼翼地展开将信件内容展示给木北和土地兄弟俩看。见上面用泰文写道：“如若本人因身体疾病或偶然事件不幸离开人世，组织内部最高管理权宜暂由阿尼体察·昆卡先生接管。待推选出新头领之后，阿尼体察·昆卡先生方可交付权限。立嘱人：户罗迪·杜砌。”

“户罗迪·杜砌是拿轲？”木北听得土地翻译之后问道。

“是拿轲的真名！”昆卡似乎对一切了如指掌。

“如此看来你已经做好了充分的准备，只是我确实不相信这是拿轲亲笔所立遗嘱。此信件必定是假的！”木北怀疑道。

“你说的一点都没错，此遗嘱的确是假的，但比真的还真！”

“喔？如何解释？”

“先前我已经说过，我打小的志向就是当黑社会首领！两年前我终于锁定了目标，当时拿轲就是曼谷最大的黑社会组织头领，所以我决定取代他！费尽周转终于弄到了他的笔迹，我很清楚终有一天会用上，于是就天天模仿、日夜苦练。皇天不负有心人，到最后我模仿出来的笔迹让诸多专家都分辨不出真伪，更何况让组织里那一群打打杀杀的亡命之徒来分辨，而且信中提到的只是让我暂代头领，很符合逻辑，几乎没什么破绽。”

“代理毕竟是代理，总有一天你会被新的头领所取代。”

“哈哈，你们这就外行了！做代理头领的这段时间已经足够我施展能力和培植势力了。当一切都准备好的时候，试问推选出来的头领还会有其他人吗？”昆卡思维极度犀利，把条条道理分析得清晰透彻。

“的确高明，什么都算准了！那我们就恭喜你了，你就快实现自己的理想了。”木北又是一声叹息，可怕的昆卡总能给他带来无数的惊讶。

“这不是算准的问题，而是我一直很努力！多少寂寞的夜晚、多少挨饿受冻的日子我都咬牙挺了过来。机会是留给有准备的人，机会是留给坚持不懈的人！我相信自己会苦尽甘来！”昆卡激动地讲述着自己的苦难奋斗史。

“好了，你留着以后慢慢品味吧。此刻有什么打算？什么时候放我们走，以便你的手下以后来追杀？”木北不想看见昆卡那副鱼跃龙门的样子。

“谁说以后要来追杀你们？”昆卡收敛住激动的心情反问道。

“嗯？那打算现在就干掉我们，直接斩草除根？”

“我为什么要杀你们？我们又无冤无仇。”

“啊？那你想怎么样？”昆卡的话让木北和土地完全迷糊了。

“再过一会儿你们就彻底自由了，想干吗就干吗去。木北你不是想念中国都想疯了吗！如果可以，你今晚就可以坐飞机回中国。”昆卡笑道。

“真的？！”木北和土地都以为自己听错了。

“当然是真的。”昆卡非常认真点头道。

“算了，不相信你的鬼话！谁知道又有多大一个陷阱在等着我们。刚说到想把谋杀拿轲的罪名栽赃到我俩身上，可现在又好心想放过我们，我们才不上当呢！你要是男人的话就痛快点！别使那些阴招。”土地嘲讽道。

“呵呵，你俩还真是一遭被蛇咬十年怕井绳！我开始所说的把矛头对准你们只是为了转移组织内其他人的视线，却从未想过要加害于你们！等我掌管了大权自然就把目标给淡化了。到时候大家都忙着生意场上的事，谁还有空来理你俩小子啊！你当现在的黑社会真是忠肝义胆啊？”

“果然厉害！原来你是这样考虑的。”木北听完后惊讶道。

“这么说你真打算放过我们俩？”土地惊喜道。

“放心啦，我说的都是真的。”昆卡抿了一口茶肯定地答复道。

“呵呵，昆卡你是我见过的最聪明、最高深的人了。说实话，你的智商太吓人了。看来曼谷黑社会的大旗以后就要改扛‘昆卡’二字。这是我的肺腑之言，当然你可以当作嘘溜拍马之词。”木北由衷赞叹道。

“谢谢，木北你也不赖。光头之死能做得如此有创意，假如你真想犯罪的话，估计是一个令警察非常头疼的罪犯！”昆卡话里充满了对木北的赞许。

“嗯？你都知道了？”木北吃惊道。

“呵呵，早就知道了。而且拿轲也怀疑是你们所为，只不过我把他的推理引到其他思路上了。这些细节不提也罢，既然都过去了，就把他永远封存吧。”

三人的闲谈并没有结束，昆卡把不为人知的某些事情一点一滴告诉给木北和土地听。大家聊得很高兴。也许过完今天他们将永不相见，所以能倾诉的事情就尽量让它浮出水面。

“有一点我要提醒你们，离开后尽快回到中国大使馆，不然危险会紧随而至！那个神秘老翁如果知道你们还活着，绝对不会轻易放过你们的！”昆卡提醒道。

“有道理。那老头老谋深算，绝不会善罢甘休的！”土地点头道。

“出门时记得换上组织成员的衣服，这样你们才能避开眼线顺利逃脱此地。”说话之际，昆卡从旁边的壁柜里拿出两套衣服递到兄弟俩手中。

“昆卡你果然想得很周到。”木北点头赞许道。

“换衣服逃跑可以理解，但眼线是什么意思？”土地不解问道。

“呵呵。土地你想，既然那老狐狸那么狡猾，他怎会放心让我俩独自前来？肯定会派人尾随至门口监视我们。假如他的计划出现偏差，我俩尚活着，那就相当于留下了巨大的隐患！”木北接话解释道。

“喔，原来是这样，那还是小心为妙。”

“好了，时间应该差不多了。”昆卡抬头看了看墙上的钟表自言自语道。

“什么差不多了？”土地问道。

“拿轲的大限！”

“对了，拿轲到底会怎样被杀掉？”

“难道真想不出谋杀的方法吗？谋杀工具就是你们带来的东西！”

红色提箱！木北和土地不约而同地想到了此物。

一声巨响！一声突如其来的巨响印证了昆卡所有的推理。

巨大的爆炸将最后一秒才醒悟过来的拿轲撕得粉碎，甚至尸骨无存！号称聪明过人、勇谋兼备的曼谷犯罪天才怎么也没料想到自己的下场竟然如此凄惨！飞溅的血肉与破碎的泥浆混合在一起意味着拿轲时代永远结束！同时也预示着另一个时代的到来——昆卡时代！

“赶紧趁乱逃走吧！这可是千载难逢的机会。”昆卡起身说道。

“好！那就谢谢你了，我们知道该怎么做了。”木北点头道。

“保重！”

昆卡出门之际回头叮嘱了一声。他很清楚这一声意味着今生的别离。正所谓道不同不相为谋，自古黑与白只能交锋，不得交融，即使再欣赏也只能分道扬镳！路很漫长，每一张值得留恋的面孔都只能存放在记忆的瓶子里……

再见，昆卡。再见，天才。木北心里默默道别。

他俩换好衣服出来端详了一下周围的情形，确信昆卡果然没有食言，组织成员纷纷慌乱涌向拿轲所在的楼层，根本无暇顾及木北和土地两兄弟。兄弟俩不敢怠慢，低着头装扮成慌乱的组织成员偷偷逃离了现场。如先前预料的一样，大厦不远处果然有两三个贼头贼脑的人在四处张望，只是他们在慌乱的场面中根本无法分辨出兄弟俩的身影，木北和土地就这样堂而皇之地溜掉了。

终于离开了这是非之地！

这一刻空气充满了自由的味道，兄弟俩沸腾的心早就乐开了花！无法用文字来描述这种喜悦，因为人类的生存和自由向来是最基本也是最大的幸福！曾经沉重不堪的曼谷如今在欢跃人的眼里是多么的轻盈，以前不曾入眼的风景在这一刻都变成了不可多得的艺术珍品。自由，让我畅快呼吸！自由，让我欢畅奔跑！

第二十二章　劫后重逢

五星红旗！五星红旗！

当看见天空中迎风飘扬的熟悉万分的一抹红时，木北几乎落下激动不已的泪水。这对于一个漂泊在外、受尽磨难的中国人来说，意味着一种温暖、一种信念、一种坚强！在踏进中国大使馆的那一瞬间，所有的惶恐、委屈、苦涩等不安情结全然释怀，这里是中华人民共和国的地方！这里有强大祖国的保护！只有身处异国他乡之人才能深刻体会到这种安全感。还有什么可担心的呢？现在所站的地方就代表中国，代表母亲！

更感人的是闻讯而来的希老、希颜以及章启恒大使等众人的相迎！希老这位饱经风霜的老江湖面对这重逢的情景都不禁泪眼涟涟，更何况对木北牵肠挂肚的希颜。这一刻她无需坚强、无需矜持端庄，二话不说直扑到木北怀里号啕大哭起来。这无疑是最好最直接的宣泄方式。久别重逢甜似甘露，两情相许泣感天地！这一刻的相聚来得甚是不易！在旁的土地感慨万千，见得此情此景，他也想起了远方的妻儿、远方的亲人……

礼貌地相互介绍、宾主寒暄等细节不表。待兄弟俩洗漱完毕、稍作休息之后，众人又重聚到一起参加章启恒大使款待的盛宴。

觥筹交错间，木北和土地把种种经历叙述给在场众人听。这种离奇惊险的经历听得大家欷歔不已，甚至都忘记了饮酒夹菜，纷纷围拢在兄弟俩身旁聚精会神地听着《木北、土地曼谷历险记》现场版！只有细心的希颜不停往木北和土地碗里夹着菜。在她眼里，离奇惊险的经历远不如现场体贴关心来得更为重要！

“章大使，我杀人了。”

木北想起光头之死，低头向章启恒认错道。不管怎么样，无论出于何种目的，杀人毕竟是违法的事。他要勇敢承认一切，但又不想把土地牵扯进去，所以故意隐去了土地的名字。

“还有我！”土地明白木北的用意，赶紧插话道。

“呵呵，你们俩呀，此事我早就听说了。希老还和我唠叨了一晚上。这件事我琢磨了很久，觉得从一个男人的角度去分析，男儿有血性讲义气是应该的。如果没有这些朋友的帮助，你俩还真是凶多吉少！所以知恩图报、义薄云天理应提倡！这从人情道义上讲完全说得通。但从法律上……呵呵，这里是泰国。你们在泰国犯的法怎能用中国的法律来制裁？所以我拿你俩算是没办法了，哈哈！”章大使开心笑道。他此番言论明显是为木北和土地兄弟俩开脱。

“假如泰国警方查清了此事，要来捉拿我们怎么办？”土地不安道。

“如果泰国警方来拿人，那就请走外交程序。只要向相关部门交代清楚事情，由我来作证，就万事大吉，不用担心！”

“哈哈哈！”听完章大使的一番话，众人纷纷开心大笑起来。是啊，中国人肯定会帮中国人的，更何况这种事是身陷危难不得已而为之。

“小木子放心啦！我还舍不得让我宝贝孙女苦苦等待一名监狱犯人呢，那她还不天天在耳边唠叨死我啊！哈哈。”希老打趣道。

“爷爷，你又来了！”希颜羞红了脸娇嗔道。

“好了好了，不逗你了，说点正事。木北和土地这两天就好好休息一下，回国登机需要身份证明，目前章大使正在办理这事，你俩就放心吧。”

“谢谢希老，谢谢章大使。”木北起身鞠一躬后继续说道，“可是，可是我想了却一件事，要不然这事始终萦绕在心中让我不安……”

“何事？”

“那神秘老翁之事！让这等奸诈之徒就这样逍遥法外，说实话，我良心上有点过意不去。事情已近尾声他才冒出来，可见藏匿之深！如果留着这样的祸害继续为非作歹，确实让我走得有些遗憾！况且他现在正处于被动局面，这将是大好的机会！”

木北的这番话让在场所有人都陷入沉默，大家很清楚惩恶扬善是件好事，但没有十足的把握很容易会平白无故葬送自己。年轻人容易冲动，往往凭一腔热血就想干出惊天动地之事。这种突然的想法让身边的土地和希颜都疑惑连连，担忧之情又爬上希颜的眉梢。

“需三思，这里可是外国呀。” 章启恒大使的劝解道出了多数人的心声。

“多谢章大使提醒，这正是经过我前思后想的决定。”木北肯定道。

“好！我支持你！”沉默在旁的希老突然说道，“我了解木北这孩子。遇事不冲动，善思考。既然他能这样说，就表示肯定早就有了具体的实施方案，这一点我是绝对有信心的。刚好，章大使身边的这几位小伙子肯定能派上用场了！”

“既然这样，好！我们大家定会鼎力相助，拔除这颗大毒瘤！来！木北和土地见过这六位秘密战士。”章大使听完希老的解释后顿时豪情万丈，顺便引出身边六位人高马大、身材壮硕的硬汉。

“这六位是中国特种部队的勇士，是我秘密请到泰国曼谷来的。本想在危难时刻把你们解救出来！看来这次需要他们来帮你完成这最后一计了。”

“谢谢，谢谢各位的鼎力相助！”

木北和土地听到章大使的鼓励之后内心感慨万分。中国大使馆确实在努力！一方面积极运用外交政策，另一方面暗地里居然动用了中国特种兵潜伏到曼谷。有了这些支持和鼓励，兄弟俩心里充满了十足的信心与勇气！

“兄弟！这是我们的最后一计了！”土地兴奋地拍了拍木北的肩膀说道。

“继续陪我走这一程？”木北激动地问道。

“那是当然！”

“哈哈哈。好兄弟！”

爽朗的笑声响彻屋顶。这一次，兄弟俩终于不再是孤军作战了！

第二十三章　最后一计

身处在尔虞我诈的环境中，善思考者往往可以比对手存活得更久！老翁就是这样的善思考者！他在思考时习惯在手中轻捻念珠，这并不为保佑什么，它的转动只是利于理清脉络。亦如许多男人手中的香烟，抽与不抽只是一种习惯动作而已。聚灵之物似乎带有某种预兆性，当它在手中莫名断落时，不祥的预感陡然袭上老翁的心头，难道山雨欲来兮？

“咚咚咚！”

门外骤然想起的敲门声打断了老翁的思路，他抬头应答一声让门外人进来，自己则不动声色地将手中散落的佛珠放进抽屉。他预感来者会带来一个不好的消息。

“先生，有人给您送花！”推门而入的是中年警官，见得他手中捧着一束鲜花。花是用粉色包装纸包裹住着，姹紫嫣红，分外好看。

“花？”老翁略显诧异。他不明白谁会给一个老头子送花。

“您尽管放心！我们仔细检查过了，没任何异样。”中年警官答道。

“谁送的？”

“不知道。是花店跑腿的送来的，我们都仔细盘问过几遍了，没啥问题。”

“好，你拿过来。”

老翁接过花束。他无心欣赏芬芳艳丽，只是四下翻看查找蛛丝马迹。多疑的性格要求他做事必须小心谨慎，以多年的经验判断，来者不善，善者不来，越奇怪的事越应该提高警惕！果然，待拆开花束之后他发现了异样。花茎很短，基本上是齐刷刷的贴着花颈剪齐，留下的空隙中夹藏着一封信件！

“这是什么意思？”中年警官看着眼前一切惊讶问道。

“呵呵，这是一种暗示。”老翁略加思考便明白了花束的含义。

“暗示？暗示什么？”

“花如此鲜艳却无根，预示着命不久矣。”老翁冷笑道。看来送花之人绝非友人善辈。

“那信……”中年警官开始担心道。

老翁未加理会，打开信件仔细默阅起来，见信中写道：“老先生安好！托上天洪福，拜你所赐的升天仙路我们并未赶上，故尚存人间。这对你而言肯定是件非常沮丧的事，所以你要想法安抚一下我兄弟俩惊恐不安的心，因为只要我们活着就会管不住自己的嘴巴。既然嘴巴如此不安分，就应该有东西塞住它让它不能乱说话。什么能塞住嘴？五千万泰铢就能达到这个效果！机会只有一次！切记！当然，交钱之日需要你亲自来，不然我们会很不高兴的！交易时间：二日后。交易地点：到里棵宾果路三号路口第三个绿色垃圾箱里寻找具体地址！写信人：木北、潘石。”

看完信件老翁豁然开朗，原来这俩小子居然还活着！

“信中……”中年警官看见老翁表情甚是凝重，于是紧张追问道。

“自己看吧。”老翁把信件丢给中年警官，然后独自思考起来。

“这……”中年警官看完信件后惊恐不安道。

“你想说什么？”老翁微笑问道。

“先生，这下糟糕了，他们开始来要挟我们了。”

“呵呵，这未必不是好事。”

“啊？什么意思？”

“只要能用钱解决的问题都不是问题！贪财本身就是一个巨大的破绽，既然金钱能让他们现身，那有利的局面就会从他们那边转换到我们这边来。”

“先生，这信也许是别人诈您的吧！您的计划如此完美，单凭他俩怎么可能识破？说不定他俩早就死了，是其他人冒名顶替来敲诈您的！”

“有这种可能，但可能性不大。其一，写信之人用的是中国书信写作方式。其二，所用措辞大多是中国传统用语，不是熟知中国的人是写不出来这信件的。其三，书写笔迹较硬，这是中文和泰文的差别。对方虽然会写泰文，但显然不太常用，所以诸多笔迹中还保留中文书写的痕迹。综上所述，写信之人很可能是个中国人！”

“喔，原来是这样。很有道理，那我们应该怎么办？”

“就按照信中的要求去办！”老翁语气坚定。

“难道真要给他们这笔钱？”中年警官疑惑道。

“当然要给！现在主动权是掌握在他们手中！”

“可是……”

“可是什么？你想说他们拿到钱后不守信用，把我们抖搂出去，最后我们就落个人财两空，是吧？”

“是的，先生。”

“呵呵，你都跟了我那么多年了，难道还没掌握到我的习性？钱只是利用的工具而已，钱能利诱他们现身，那问题就好办多了。他俩能亲眼看见这笔钱，却永远碰不到这笔巨款！两个外国年轻人就敢到这里来撒野，看来真是鬼迷心窍了！”

“先生，我提醒一下。假如他们还活着，会不会已和中国大使馆勾搭上了？”

“这点无需担心！假如他们真和中国大使馆联系上了，那他们自然不敢来敲诈我们，因为不好向大使馆交代。还有一点，什么叫死无对证？当那兄弟俩永远闭口时，在没有任何证据的情况下中国政府能奈我何？要交涉请找泰国政府。就算案件成立，你想泰国政府会把案子交给谁？呵呵，一旦案子落到我们手中，那最后还不是我们说了算！”

“哈哈哈，还是先生高明，想得深远而且周全！”

“记住！这次是千载难逢的好机会，也是最后一次机会。布置得周密点，千万不能有什么闪失！如果这次失败了，你就随他们一起消失吧！”

“是是是。”中年警官赶忙应答道。

狐狸眼里闪过的一丝光亮，必定是狡诈之色。

第二十四章　终极揭秘

如约而至，两日之后中年警官果然在三号绿色垃圾箱里找到了确切的交易地址。地点约在哪儿？居然在破旧大楼的楼层里！而且该楼层竟然在他们秘密办公点的楼上！该楼层以前是家信息公司的办公室，自从搬走后就一直闲置无人使用。现在木北兄弟俩居然把交易地点约在那里，这可是让人想破脑袋也想不到的，实在出人意料！此信息相当重要，中年警官不敢怠慢，赶紧将情况汇报给老翁，让他亲自来定夺。

当老翁听到此消息后也是大为吃惊，真不知道这俩中国小子到底在搞什么名堂。创意倒是很另类，可总不能拿自己的性命来开玩笑吧！这步棋走得实在莫名其妙，让人捉摸不透。年轻人就是这样，自以为是，不知天高地厚。就算他俩有再高的谋略，在这地盘上也无法施展。想到这点，老翁决定不去费神破解这怪招，而是全心考虑起其他事务。

狼叼羊入口前必先利其咀齿！

按照约定时间，老翁提着两箱沉甸甸的钱进屋时一眼就看见端坐在电脑后面专心敲打键盘的木北！待身旁的土地提醒后，他才缓缓转过身来对老翁报以礼貌性的微笑。那微笑中显然透露出几分得意之色。语言先未交锋，木北就先用表情给对方一个下马威！

“呵呵，木北先生还有这等闲情逸致写文章？”老翁先开口问道。

“那是自然。能来一趟曼谷不容易，能活到现在更不容易，这种经历不把它写成一部小说实在可惜。这不，我正在构思故事情节呢！”木北笑答道。

“很好！而且故事的最后主人公还发了一笔横财！”老翁话中带刺。

“那倒没有，意外之财怎可贪，遭天谴的！”

“呵呵，钱要贪，漂亮话要说，这绝非大丈夫所为吧。”

“第一，我不是什么大丈夫，只是草根而已。第二，钱我不贪！”

“喔？那我就不理解了，难道你让我带五千万来只是为了好玩？”

“错！那五千万是用来买东西的。”

“什么东西那么贵？”

“秘密！买你知道的秘密！”

“呵呵，你所指的秘密是……”老翁笑道。

“当然是F3109柜里的东西！”木北认真地说。

“秘密知道得太多恐怕不好吧。”老翁渐渐明白了对方的真实意图。

“还是弄清楚的好，不然会成为永远都抹不去的遗憾。”木北说道。

“好奇会害死猫！”老翁似乎很喜欢和木北进行口舌之争。

“不好奇会憋死猫！“木北针锋相对。

“呵呵，小伙子，执著不一定是件好事。”

“明白！但是我愿意这样，人总要活个清楚明白。”

“好了，既然你想知道，那我就讲个故事给你听吧。当然听完这个故事后，希望你能带着这个秘密和五千万消失在泰国，这样于人于已都好！”

“一言为定！”

“好！那我先问你一个问题，你知道我是谁吗？”

“当然不知道，我只知道你应该是个大人物。”

“我叫孟迪卡·差落，我的职务是泰国警察总监！”老翁徐徐道来。谁都想不到原来这个花甲老者居然是泰国警察总监。那可真算个响当当的大人物了！

“嗯，有些意外。”木北和土地虽暗自吃惊但表面仍然镇定。

老翁表明身份，兄弟俩已经陡然理解为什么会有各种各样的警察参与到整个事件中来！其实他们早应该想到谁有如此大的权力能动用这么多的警察。

老翁沉默了片刻，其思绪好像已飘到遥远的过去。他清了清嗓子缓缓打开话匣。故事这样描述：“五年前，那时候我是名泰国警察总管，是个刚正不阿、兢兢业业、廉洁自律的好警察，后来发生的一件事彻底改变了我的命运！一名沙特王宫中的泰国侍者江克莱从宫殿中盗窃了价值两千万美元的珠宝后逃回曼谷。震怒的沙特阿拉马王室要求泰国政府追捕窃贼。当时的我获得任命担任这起珠宝窃案的首席调查官。案件侦破得很顺利，没过多久就找到了珠宝窃贼江克莱。可他在拒捕的时候被击毙了！找到了失窃珠宝理当归还原主，但谁都没想到的是事情并未就此结束。沙特王室收到失窃珠宝后不喜反怒，因为泰国警方还给沙特王子的珠宝只有四分之一是真品，其他都是假货。大部分失窃珠宝被调包变成了毫不值钱的赝品！”

“难道是被江克莱调换的？”木北问道。

“呵呵，是我起了歹心！两千万美金啊，我干一辈子都挣不了那么多。欲望，一时贪欲让我误入歧途。”老翁激动道。

“所以你就占为己有了？”

“我起了贪念，但思来想去总觉得那事不牢靠，于是就有人给我推荐了拿轲来谋划此事。他当时不叫这个名字，在曼谷算是个比较有名的犯罪天才。”

“呵呵，终于联系上了。”木北叹息着点头道。

“唉。”老翁长叹一声继续说道，“他确实很聪明，帮助我提前找到珠宝贼江克莱，于是我们三人商量着一起分赃！事成之后拿轲依计划干掉了江克莱，并把所有罪状都推卸到他身上。反正他已死，整件事就不了了之！”

“厉害，你算是权财皆收！”

“呵呵。破了大案，泰国政府很高兴，提拔我当上了警察总监，同时我又捞到了一笔数目不菲的巨款。就算沙特王室最后知道了那批珠宝是赝品也没任何办法，因为死无对证，想查真品的下落也如同大海捞针。”

“好歹毒的计谋，那你可算是风光无比了！”

“风光？噩梦也就从那时候开始了……”

“噩梦？你所指的噩梦应该是拿轲吧？”木北和土地饶有兴趣地听着故事。

“是！他就像个无边无际的梦魇，吞噬着我的一切。”老翁懊悔道。

“他那么聪明，应该算是你非常默契的合伙者！”木北讥讽道。

“合伙者！我看他就是沼泽里的吸血蚂蟥！知道什么叫做人心不足蛇吞象吗？知道什么叫做威逼勒索吗？”老翁的神情开始激动起来。

“呵呵，如此看来，他肯定是借机开始攀权附贵于你了。”

“哼！他以前顶多只能算是个小角色。那次合作留下了祸根，成为他手中的胁迫把柄，他常常以此作为要挟铺垫他的黑社会之路！就这样，我一步步掉进了无底深渊。他的势力越来越大，后来竟变成曼谷最大的黑社会组织团体！”

“作茧自缚的典型。”

“呵呵，年轻人你不用讽刺什么，这就是人性的弱点，每个人都有欲望和贪念！难道你就不曾犯错？”

“周易曰，天行健，君子当自强不息！看来老先生你并不懂这话。”

“高调谁都会唱。面对他人的错误旁人总可以客观，但自己身陷其中时，却分不清楚真伪。”

“呵呵，欲盖弥彰之说，问题的实质就是你曾经犯了致命的错误！”

“好了，年轻人，你是想和我争辩还是继续听完故事？”

“不干扰你的思路了，你继续。”木北知道有些偏题，赶紧回到正题。

老翁稳定了一下情绪，然后继续说道："我不否认拿轲这小子确实很聪明很能干，短短五年的时间就在曼谷树立了自己的大旗，而且建立起庞大的人脉网络，甚至已经把魔爪伸到警察内部中来，好多人都被他收买，成为他扩张势力的工具！"

"他这样做算是触碰到了你的底线。"木北道。

"确切地说应该是他触犯到了我的利益！这是不可容忍的！"老翁愤怒道。

"所以你决定除掉他？"

"我早就想干掉他了！此人不除必将给我带来灭顶之灾！"

"这很容易，派杀手干掉他便是了。"

"哼哼，说得轻松！拿轲这等狡诈之徒难道不会提防？他为什么会有那么多保镖？而且在警察内部早就有他的诸多眼线和卧底，每动一步都在其监视之中，贸然行事定会带来可怕的结果。"

"所以你在拔根前就先松土。"

"显然这是聪明之举。所以我一步步开始清理警察中的内奸，并派人渗透到拿轲的组织内部中，正所谓知己知彼方能百战不殆。弘塞你肯定认识吧？那就是我一直隐藏在拿轲身边的重要棋子！对于整个计划而言已算是比较周密了，但有一物件却成为我心中最大的羁绊！想必你们应该能猜到是什么东西了吧。"

"呵呵，当然就是F3109柜里的东西！一直都没提到过该物，现在是它出场的时候了。"木北肯定地答道。这是他最关心的一个谜团。

"不错，正是此物。"老翁点头道。

"那就揭开它的神秘面纱吧！整个故事中它可是最核心最神秘的部分，几乎都是围绕着它展开的。多少人为之流汗、流血，甚至丢失性命。我倒想看看它有多大的魔力能吸引你和拿轲都不择手段去夺取。"木北沉住气等待着最后的答案。

"其实它并不是那么神秘，只是一段视频而已！"

"视频？！"木北和土地没想到答案竟如此简单。

“是的，视频。呵呵，没想到答案原来并不是那么神秘吧？那只是一段视频而已。对于他人而言可谓毫无用处，但对我来说却是把足以致命的利刃！”

“喔？想听听详解。”

“被我们干掉的珠宝窃贼江克莱其实并不笨，他早就作了提防。在我们三人密谈时，他悄悄把整个谈话过程都录了下来，并花重金存放在曼谷银行里以防不测！他被干掉之后，我们在其日记本里找到了关于这样事的记录，可惜里面却没有详细记下曼谷银行的具体柜位号，所以……后面发生的一切想必你们都应该理解了吧。事情原本没有想象的那么复杂，但它的存在却是致命的！”

“我理解到视频的重要性了。如果拿轲拿到了它，那绝对会影响你的仕途！可以这样说，你就成了他任意摆布的工具！只要稍加不从，如果他交出这份视频，估计你就从警察总监直接沦为阶下囚！把柄落在敌人手里的日子肯定不好过，所以你千方百计都想得到那视频。然后就出现了你和拿轲争夺视频的拉锯战！”

“说得对，这就是整个事件的核心！这也解释了木北你心中诸多个为什么。”

“那你的目的应该算是达成了吧？”

“算！而且完成得相当完美！拿轲和那致命视频都作古了，这下秘密也随之烟消云散了！只是不太明白你和潘石是如何躲过这一劫的？难道你俩早就识破了我的计谋？按理说应该没有什么太大的漏洞吧。”

“其实我们并没有识破你的阴谋，而且还相信了你！但在最危险的时候一个最不可能救我们的人却出手救了我们。可以这样说，他是我见过的最聪明、最不可思议的人物！那人算是真正的天才！”木北蓦然想起了昆卡。

“喔！还有这等奇人？”老翁惊诧问道。

“当然有！天外有天，人外有人。”土地在旁插话道。

“呵呵，好吧。现在所有的秘密都揭开了，相信你们兄弟俩应该满意了吧。既然已经知道了最后的秘密，那就喻示着曼谷不再属于你们了。”老翁正色道。

“看来我们的确应该消失了，你不会在曼谷再看见我们了。至于这五千万，我说过了，是用来买秘密的，所以你现在可以将它提走！”

“呵呵，木北。看来我确实低估了你的能力和智力，你比我想象中的要聪明得多，但是你认为我应该相信你会严格保守这秘密吗？”

“哈哈哈，绕了那么大的圈子，恐怕这才是你想表达的主题吧？”

“呵呵，都是聪明人。”

老翁眼里顿现杀机，在他眼里只有唯一的一种保密方式！

第二十五章　出人意表的结局

男人间的微笑其实并不单纯，有时候是争斗前的预兆，就如动物厮杀前的龇牙咧嘴一般，只是人类学会了隐藏。当然这是冠冕堂皇的说法，实际上就是心计！阴暗的心计！木北和老翁的微笑距离不过几尺而已，间隙间早已潜伏下山雨欲来般的腾腾杀气！有人会倒下，这是必然的结果，因为当一个人成为另一个人的拦路虎时，眼中钉，肉中刺的命运无非就是被拔除！

"看来今天我来这里和你谈条件是错误的选择。"木北摇头轻笑道。

"聪明的人习惯相信自己的聪明，但结果却往往被自己的聪明所欺骗。"老翁对这个涉世未深的年轻人意味深长地说道。

"我们会死？"木北直白问道。

"呵呵。可以理解为成全，只有这样才能延续我的事业。"老翁笑答。

"那你会怎样对付我俩？"

"哈哈哈，知道我为什么会选择一栋破旧大楼作为第二办公地点吗？"

"掩人耳目。"

"很正确！你见过哪国政府认真管理过贫民窟？不都是听之任之。因为它破旧，所以会被忽略，甚至是被无视。发生一两件非法事件几乎无人去管，这个道理再简单不过了。”

“很有道理。可是我还想继续我那愚蠢的问题，你如何对付我俩？”

“木北，明人不说暗话。我知道你心里打的什么算盘，你是聪明人，不会做无谓的傻事。既然你能把交易地点选在这里，说明肯定有帮手在支撑你这种大胆行为。可惜你却忽略了三点，致命的三点！”

“喔？哪三点？”

“一、你在曼谷势单力薄，就算整个中国驻泰大使馆的人全部出动又能增加几个帮手？二、实不相瞒这间屋子的门口已埋伏了十名手下，只要我一声令下他们就会立刻冲进来。你们唯一可逃生的地方就是窗户！我刚才仔细观察过，两扇窗早已陈旧不堪，打开它至少要十五秒，而我的手下冲进来仅需一秒！所以我实在想不出可以支撑你到现在都如此镇定的理由。”

“那第三点呢？”木北依然不动声色地笑问道。

“呵呵，不到黄河心不死。好！第三点，就算有帮手帮你逃离这间屋子，但估计你们还没走出这座大厦的门口就会被大批荷枪实弹的警察给包围！别忘了我可是他们的头儿，所有说词当然以我的为准。”老翁信心十足道。

“但是我们可以选择挟持你。”木北反问道。

“挟持？呵呵，那就正中下怀了！你就给了我一个可以下令当场击毙你的借口！面对这样的突发事件中国政府也拿我没办法。所以木北啊木北，你算是一着不慎，满盘皆输！”

“唉，老狐狸就是老狐狸，机关都已被你算尽，看来我们只能坐以待毙了。”木北把手边笔记本电脑用力一按遗憾地叹道。

“命运无常。如果不是敌人，说不定我们可以成为很好的朋友。”老翁的这番话颇有些惺惺相惜之情，当然这并不能掩盖其真实用心。

“好了，让你的手下都进来做个了断吧！”木北不想听见令人作呕的言辞。

老翁也不多言，见其在胸前纽扣轻按了一下，而后低语召唤。原来他胸前纽扣是一枚微型耳麦，这是警察常用的侦破工具，对于一个警察头头来说自然也是必备之物。老翁话音刚落，忽见大门一下被撞开，冲进来数名身着黑色短袖T恤、头戴黑色面罩的大汉！个个身材魁梧、肌肉虬结，明眼人一看就知道是训练有素的硬汉！

“你们，你们是……”

老翁对突然闯入的蒙面人感到很惊讶！因为他发现这几人好像并不是他的手下。

“呵呵，还是让我来介绍吧。”一旁的木北笑着说道，“今天对于在门口设伏的十多名手下不是幸运的日子。也许你认为他们是训练有素的得力干将，可惜他们面对的是中国特种兵，估计他们现在正横七竖八躺在地下呻吟呢。”

“中国特种兵！”老翁失口惊呼起来。他千算万算也没想到中国特种兵会出现在这里。他们是如何来到曼谷的？难道是专门来营救华人？

“意外吧？”土地得意地嘲讽道。

“呵呵，中国特种兵又怎样？中国军人虽是公认的厉害，但能以一当十，以一当百吗？刚才已告诉过你们现在有百多名武装警察正在赶往此地的路上。鹿死谁手还得拭目以待！”老翁果然经验老到，很快就镇定下来，反过来威胁起兄弟俩。

“很多时候并不是靠武力就能解决所有问题的。”木北摇头叹息。

“哼！但是武力确实是解决问题最有效的方法。”老翁恼怒呵斥道。

“好了，别逞口舌之快了。警察总监先生你还是去自首吧，让你们国家的法律来洗涤你的罪过！敢作敢当才是男子汉。”木北劝说道。

“哈哈哈哈！”

老翁的笑声响彻屋顶。几十年的江湖纵横，多少血雨腥风、多少枪林弹雨都挺了过来，到今天居然会冒出一个毛头小子来对他说教，对方似乎还没搞清楚状况就想让他就地伏法，实在可笑至极！

老翁摇头，他实在不想回应木北那愚蠢的建议。

木北摇头，他无比感叹人们对于悬崖勒马一词的理解。

“你刚才说我忽略了三点是吧？”木北发问道。

“现在看来应该只是忽略了两点，至少有一点你估计到了。”老翁答道。

“但我要告诉你的是，你只忽略了一点！”木北表情严峻地说道。

“喔？哪一点？”老翁饶有兴趣地听着猎物最后的狡辩。

“我身边的电脑。”木北轻描淡写地说。

“喔？”木北的话倒真是提醒了老翁。自始至终他都没注意到对方手提电脑的用途，难道这小子在电脑里动了什么手脚？老翁不禁警觉起来。

“截止到我关电脑的那一刻，我们俩的对话视频点击率已经达到七百五十三万次！这可是全球直播的视频，估计现在你的名字已经响彻全球了！还有，我在来这里的途中早已通知了曼谷各大媒体，所以当你下楼的时候会被新闻媒体的长枪短炮包围！呵呵，我没有那么多老谋深算的伎俩，只用一个最简单的方法就解决了所有问题。而你恰恰忽略了这一点！这才是真正致命的一点！对了，你所谓的武装警察的确会到来，但是他们不应该是来干掉我们的，而是来抓捕你的！如果你现在下楼去自首应该还来得及。”

“啊！”

听完这番话老翁完全惊呆了！他张大嘴巴瞪大眼睛完全不敢相信听到的一切。这怎么可能！这怎么可能！老翁陡然感到呼吸困难，好像有某样东西紧紧压迫在他的胸口。目光呆滞的他跌坐在椅子上，青白的脸颊使其显得苍老了许多。

百密一疏！百密一疏！难道这一切真的就这样毁了？

“呵呵，你骗我的！你肯定是骗我的！”老翁扭曲的表情狰狞且可笑。他拖动着颤抖的身躯走到窗前向下俯瞰，果然看到木北先前所描述的情景。蜂拥而至的媒体记者把大厦出口堵得水泄不通，各类长枪短炮早已严阵以待，就等焦点人物的出现。

“接受吧。”木北看见老翁的凄凉表情顿生怜悯之情，语气缓和了许多。

“完了，一切都完了，我所有的一切……”老翁几乎哭泣起来。那种伤感牢牢占据了他整个身心，这比死亡还让人难受。人尚存心已死！

他不再搭理任何人，只是喃喃自语。没人听得懂他在说什么，只是都有一个共同的认识：高高在上的警察总监已蜕变成一位脆弱的平凡老者……

“对不起。”

欲转身离开的木北忽然听见身后的老翁莫名冒出一句道歉的话语。语调尽显哀伤，充满了悔恨，在场所有人都清楚这话是发自内心的。老翁不仅仅是向木北表达着歉意，更是向曾经犯过的罪行进行的一次发自肺腑的忏悔！

木北回头，沉默片刻，对老翁报以真诚的微笑……

第二十六章　当幸福来敲门

一对男女，确切地说应该是一对恋人。

“瓜娃子！跑哪儿切（去）了嘛现在才来？和你逛街硬是（真是）恼火得很！”精心打扮的女孩对于姗姗来迟的男友直接劈头盖脸地数落道。

“嘿嘿，我切（去）给你买冰淇淋了嘛。草莓味的，巴实得很！”男友面对火辣语言的数落并不生气，而是笑嘻嘻地讨好着女孩。

“瓜的唆？买个冰淇淋都买得满头大汗。”女孩子嘴上虽牢骚不断，但小手还是很细心地掏出面巾纸帮男友拭去额头上的汗珠，疼惜之情尽显无疑。

对于成都这座城市而言，以上场景是稀松平常之事，但却让一人笑得前仰后合。谁？希颜！毋庸置疑她现在正站里在成都这片热土上，亲身感受着这座火辣城市的魅力。“瓜娃子”这三字是让她憧憬了许久的言词，而在今天，她终于亲耳听到了原汁原味的成都方言，心中倍感亲切。虽说是第一次来到这座城市，但她感觉一切并不陌生，因为这里是木北的家，这里有木北的气息！

木北在旁一直傻笑不语，细细品尝着幸福与满足。

春熙路并没有因为谁的到来而改变它的繁华与忙碌。一切对于希颜而言都是如此新奇。麻辣的零食让她直呼过瘾，精湛的茶道表演让她叹为观止，来往的各色美女更让她惊艳连连。

曼谷已经遥远，那段匪夷所思的冒险经历会随着这份遥远而平淡下来。它的结束意味着一段幸福的开始。是的，幸福在敲门！推开门之后我们也许能畅想这样的情景：年迈的木北和希颜躺在藤椅上安享着儿孙满堂的天伦之乐。已经满口地道四川话的希颜慈祥地逗着咿呀学语的漂亮孙女，而悠闲自在的木北开始构思《逃亡者》这本回忆录。当然这些憧憬都是我们的幻想，平淡的生活才是真正的旅程。

这段旅程的直接见证人就是希老，这位老者会见证到未来的诸多美景。他会看见宝贝孙女是如何幸福生活的，他还会看见另一个小精灵诞生到这世上。

同样在憧憬的还有昆卡。是的，他是一位不得不提的人物，我们不能因为他是反面人物就忽略他，相反他给了大家不少谈资。他凭借个人才智和毅力实现了自我的梦想，这是值得肯定的！当然，梦想的实现只是一个结果，当结果完成后另一个梦想就会悄然诞生。也许他会成为泰国最大的社团组织头领，也许他会出家皈依佛门，一切皆有可能。

还有件事我必须要提，木北和土地每年都会回曼谷一次，那是为了祭奠宋！

最后一个镜头我决定把它留给土地！也许读者会有些诧异，故事的结束往往是以第一主人公作为背景，但是我想阐述的是：土地代表了善良、勇敢、真诚等诸多美好的词！正因为有了他那股忠义豪气才使得木北摆脱了种种危险。这样的朋友，不，应该是这样的兄弟才是友谊的标杆！那么他的幸福又在哪里呢？在河南某个小村庄，你如果看见一个在小茶馆里忙碌不停的庄稼汉，那就是土地！打下手的是他的媳妇，生活的滋润让她有些发福。而调皮的女儿则背着书包漫山遍野地疯跑，不一会儿就滚了一身泥土回来给夫妻俩增加家庭劳动。这就是他的幸福，让所有热爱生活的人都感动的幸福。

夕阳西下，土地会习惯性地远眺，只是我们并不清楚他眺望的方向是不是曼谷……

（全文完）

逃亡者特别版(故事原型)

我决定把故事的原型阐述给读者听，这是取材于一个真实的故事。

《泰国：贪污被盗珠宝害人命,前警察总监被判20年》

一名负责调查沙特阿拉伯王子珠宝失窃案的泰国高级警官因监守自盗，与人合谋把价值2000万美元的珠宝的一部分据为己有，后被泰国刑事法庭处以20年监禁。设在曼谷的泰国刑事法院裁定，泰国前警察总监差洛·科德台中将被控与8名警官一道，共谋贪污起获的部分赃物。在泰国，官员贪污最多可判处20年监禁。这些赃物是一名泰国侍者从沙特王宫盗窃的珠宝，价值2000万美元。

泰国侍者江克莱·特差蒙1989年从一名沙特王子的宫殿中盗窃价值2000万美元的珠宝后逃回曼谷。案发第二年，差洛获得任命，担任这起珠宝失窃案的首席调查官。经过调查和追踪，差洛领导的专案组在1990年把江克莱抓捕归案。江克莱后被判处5年监禁。

起获珠宝归还主人后，泰国政府收到抗议。沙特方面说只有四分之一的珠宝属于真品。泰国政府再次任命差洛调查这起珠宝调包案。差洛深入调查发现泰国珠宝商讪滴·斯里他那坎曾经从江克莱手中购买部分失窃珠宝。于是他在幕后策划绑架和谋杀了讪滴的妻子和8岁儿子，强迫他交代失踪珠宝的下落，然后把部分珠宝私吞。

这起珠宝失窃案还牵扯到多名沙特人神秘失踪和遇害。沙特商人穆罕默德·鲁瓦里1990年受沙特王室派遣，前往泰国调查珠宝失窃案，不料离奇失踪。3个月后，3名沙特驻泰国大使馆外交官在曼谷遭谋杀。泰国警方始终没有破案。